AMY ERIN THYNDAL

STERNENGLUT

PRINZESSIN DER NACHT

IMPRESS

© Anna Glatt

Amy Erin Thyndal lässt sich von ihren Freunden gern damit aufziehen, dass sie Bücher doch toller fände als Menschen. Nichtsdestotrotz sind es die Menschen um sie herum, die sie zum Schreiben inspirieren und ihrem Leben das gewisse Etwas verleihen. Und zwischen wissenschaftlichem Labor, Hobbys, Freunden und natürlich der obligatorischen Lesesucht widmet sie sich der großen Liebe – ob in ihren Büchern oder in der echten Welt.

Für meinen Großvater

Aussprache der Namen 发音法

Ri – Wri
Changye – Tschang-je
Cai – Kai
Yong – Jung
Huoyan – Chwor-jen
Mingyue – Ming-yö
Yushi – Jü-sche
Ouyuan – Ou-yön

1

Darius

Mina beugt sich nach vorn, sodass ihr einige Strähnen ins Gesicht fallen. Trotz des furchtbaren Anblicks, der sich uns beiden bietet, kann ich gar nicht anders, als ihre Schönheit zu bewundern. Ihr feuerrotes Haar glänzt wie Seide, ihre weiche Haut hat die Farbe von Honig. Ihr Gesichtsausdruck dagegen ist ernst. Sie hat die Lippen aufeinandergepresst und ihre grauen Augen wirken traurig, während sie von unserem Aussichtspunkt nach unten auf die Erde blickt.

»Sie stirbt jeden Tag mehr«, wispert sie, ein Zittern liegt in ihrer Stimme.

Ich schlucke und schlinge einen Arm um sie, um mit ihr die Zerstörung unter uns zu betrachten. Vieles davon ist den Menschen zuzuschreiben, derjenigen Spezies, in der ich einst so viel Potenzial sah. Seit ihre Seele sie verlassen hat, ist das Schicksal der Erde besiegelt.

Ganze Landstriche sind kahl, die Wüsten breiten sich aus. Wälder sind mit einer dicken Ascheschicht bedeckt, sodass die Bäume sterben. Es gibt noch einige Orte, an denen Leben möglich ist, doch sie werden mit jedem Tag kleiner. Stattdessen mehren sich Geisterstädte und Tod in der Welt unter uns.

Beruhigend streichle ich Mina über die Schulter, deren Augen feucht werden. Ihr Mitgefühl berührt mich, dennoch hasse ich es, sie traurig zu sehen.

»Glaubst du wirklich, sie ist nicht zu retten?«, fragt sie leise, den

Blick auf das zerstörte Olympia gerichtet, wo wir vor vielen Jahrhunderten gemeinsam lebten.

Ich ziehe sie enger an mich, um ihr mit meiner Nähe Trost zu spenden, als ich den Kopf schüttele.

»Ohne die Göttin kann der Planet nicht überleben«, antworte ich, was sie längst weiß, »und auch die Sonne wird mit jedem Tag schwächer, seit ihr Herrscher sie zurückgelassen hat. Kein Licht, kein Leben.«

Dabei ist es erstaunlich, dass die Sonne überhaupt noch Licht spendet. Wenn einer von uns seinen Stern verlässt, erlischt dieser zeitnah. Nur eine rasche Rückkehr binnen Tagen kann unsere Himmelskörper erhalten. Wie wir Sterne sind auch die Sonne und die Erde eigentlich davon abhängig, dass ihr Bewohner, ihre Seele, bei ihnen bleibt. Doch trotz des Verlusts des Sonnengottes klammert die Sonne sich verzweifelt an ihr Feuer, während keiner von uns mehr daran glaubt, dass ihr Bewohner jemals zurückkehren wird.

Mina seufzt schwer und es ist, als würde das Leid der ganzen Welt darin liegen.

»Ich weiß«, murmelt sie leise, den Blick noch immer auf die Erde gerichtet, »ich wünschte nur, es gäbe Hoffnung. Ich wünschte, wir könnten irgendwie helfen.«

Das sagt sie jeden Tag, wenn wir die fortschreitende Zerstörung beobachten, und doch weiß ich, dass es keine leeren Worte sind. Dass sie, wenn sie könnte, alles geben würde, um den sterbenden Planeten und die Menschen zu retten. Aber wir sind hier oben, auf unserem Stern, abgeschnitten von allem anderen. Unser Zuhause ist sicher, aber helfen können wir niemandem. Ich habe mich längst damit abgefunden, aber Mina wehrt sich noch immer dagegen.

»Komm«, meine ich und führe sie langsam weg von dem Aussichtspunkt zurück zu unserem Haus. Es hilft keinem von uns, so lange über das Ende der Welt nachzudenken. Dennoch kann Mina nicht anders und für ihr Mitleid liebe ich sie nur noch mehr.

Mina schweigt, während wir durch das Haus in das Musikzimmer gehen. Ihr verhärmter Gesichtsausdruck bricht mir beinahe das Herz. Dass andere für sie einen so hohen Stellenwert haben, könnte mich eifersüchtig machen, aber es beeindruckt mich nur. Obwohl ich mir so sehr wünschte ihr Lächeln wieder hervorlocken zu können.

Als ich sie zur Zither führe, in der Hoffnung, sie auf andere Gedanken zu bringen, schüttelt meine Begleiterin nur den Kopf.

»Ich bin nicht in der Stimmung«, murmelt sie und wendet sich ab. Ich drücke ihr einen Kuss aufs Haar.

»Wie kann ich dich wieder glücklich machen?«, will ich sanft wissen.

Ihre Mundwinkel heben sich leicht, als sie mich endlich ansieht. Die Zuneigung in ihren Augen, die langsam die Trauer vertreibt, wärmt mein Herz.

»Wie könnte ich je unglücklich sein, solange ich dich habe?«, fragt sie liebevoll zurück.

»Gar nicht«, entgegne ich mit einem Grinsen im Gesicht, das auch sie zum Lächeln bringt.

»Da hat aber jemand eine hohe Meinung von sich selbst«, neckt sie mich und versetzt mir einen spielerischen Schlag gegen die Schulter. Ich mime den Getroffenen und weiche entsetzt zurück.

»Nur zu Recht«, erwidere ich auf ihre Aussage, »schließlich gehört mir dieser Stern, der hoch am Himmel steht.«

Mina verdreht die Augen und ich spüre den inneren Triumph, sie auf andere Gedanken gebracht zu haben.

»Dieser Stern gehört uns beiden«, stellt sie klar. Technisch gesehen ist das nicht ganz richtig. Mina ist eher mein Gast als Besitzerin dieses Sterns, aber sie gehört zu mir wie ich zu diesem Himmelskörper. Seit Jahrhunderten teilen wir alles, unser Leben, unsere Liebe. Besitz ist da irrelevant.

»Vielleicht lasse ich mich auf einen Tauschhandel ein, um dir ein Stück davon abzugeben«, ziehe ich sie auf und trete näher.

»Glaub ja nicht, dass die Masche bei mir zieht«, gibt sie zurück und hebt drohend den Finger, als wollte sie mich davon abhalten, weiter zu scherzen. Die Geste steht in starkem Kontrast zu ihrer zierlichen Gestalt, sodass ich lachen muss. Schmollend verzieht sie den Mund, aber statt einen Kommentar zurückzugeben, ziehe ich sie an mich und drücke meine Lippen auf ihre.

Ich kann ihr anmerken, dass sie mich noch ein wenig für die Sticheleien leiden lassen möchte, aber sie hält nicht lange durch. Mit einem Seufzer öffnet sie ihre Lippen und erwidert den Kuss innig.

Wusste ich doch, dass sie mir nicht widerstehen kann, denke ich zufrieden. Wie immer ist unser Kuss ein Geständnis und eine Offenbarung zugleich. Die starken Gefühle, die wir teilen, lassen mich alles außer Mina vergessen. Sie ist die eine, ohne die ich nicht leben könnte. Es ist beruhigend zu wissen, dass wir die Ewigkeit miteinander verbringen.

»Es ist ungerecht, deine körperlichen Reize einzusetzen, um meine Vergebung zu erzwingen«, flüstert Mina an meinen Lippen.

»Du hast angefangen«, entgegne ich, woraufhin sie verwirrt die Augenbrauen zusammenzieht. »Deiner Schönheit kann ich einfach nicht widerstehen«, stelle ich klar und sie grinst.

»Nur auf äußerliche Werte bedacht, hm?«

»Und ich liebe deine Intelligenz«, füge ich schnell hinzu, »deinen Charakter. Dein Mitgefühl, dein inneres Strahlen, einfach alles an dir.«

Sie verzieht nachdenklich die Lippen, die immer noch nur wenige Zentimeter von meinen entfernt sind. Ich kenne sie lang genug, um sie nicht zu drängen, sondern abzuwarten, bis sie meine Aussage akzeptiert und zufrieden lächelt.

»Du kannst mir ruhig öfter Komplimente machen«, weist sie mich dann an und drängt sich wieder an mich. Ich verkneife mir die Bemerkung, dass ich das täglich tue, und genieße stattdessen den Kuss, den sie mir schenkt.

»Die Ewigkeit mit dir zu teilen, war die beste Entscheidung, die ich je getroffen habe«, gestehe ich ihr und Minas Augen werden weich. Es ist eine Phrase, die ich schon unzählige Male ausgesprochen habe, doch sie ist noch so wahr wie beim ersten Mal.

»Lass uns für immer zusammen sein«, erwidert sie das, was sie immer erwidert, während sie langsam rückwärtsgeht. Ich folge ihr, um ihr weiterhin nah zu sein, und bemerke mit einem Grinsen, dass sie das Schlafzimmer ansteuert. Ich bin schlicht verrückt nach dieser Frau. Auch nach all den Jahren kann ich mein Glück noch immer kaum fassen.

Da stockt Mina plötzlich und bleibt stehen. Sie runzelt verwirrt die Stirn, während ihre Augen einen seltsamen Ausdruck annehmen. Statt mich anzusehen, ist es, als blicke sie durch mich hindurch, in die Ferne.

»Ich werde gerufen«, sagt sie abwesend.

»Was?«, hake ich irritiert nach, was sie zurück ins Hier und Jetzt bringt. Statt des eben noch glücklichen Gesichtsausdrucks erkenne ich Angst in ihrem Gesicht.

»Darius«, meint sie, ihre Stimme klingt fast panisch, »Darius, ich …«

»Was ist los?«, will ich wissen, Sorge hat sich in meine Stimme geschlichen. Wir sind auf meinem Stern, fernab jeglicher Gefahr, aber warum schaut Mina dann so erschrocken?

»Ich werde gerufen«, wiederholt sie ihre Worte. Sie klingen verzweifelt.

»Was bedeutet das?«, frage ich und packe sie an den Schultern, als wollte ich die Antwort aus ihr herausschütteln. Statt mir jedoch zu antworten, hebt sie eine Hand und blickt auf ihre Fingerspitzen. Ihre Fingerspitzen, die von einem Moment auf den anderen durchscheinend werden.

»Ich kann mich nicht wehren«, murmelt sie voller Angst und mein Verstand setzt aus. Panik setzt sich in meinem Herzen fest.

Mir wird eiskalt, als ich sehe, wie Minas ganzer Körper nach und nach durchsichtig wird, als wäre sie ein Geist.

»Mina!«, rufe ich ihren Namen, sodass sie nicht mehr ihre Finger, sondern mich anblickt. »Was geschieht hier?«

Ich stolpere, als ihr Körper unter meinen Händen plötzlich nicht mehr fest ist. Mein Griff an ihren Schultern geht ins Leere, als würde sich Mina auflösen.

»Ich weiß es nicht«, gibt sie zu und ich entdecke Tränen, die ihr das Gesicht hinablaufen.

»Darius, ich liebe dich«, ruft sie und ist mit einem Mal verschwunden. Die Stelle, an der eben noch meine Begleiterin stand, ist leer. Sie ist weg, ohne eine Spur zurückzulassen.

»Mina!«, schreie ich entsetzt ihren Namen. Ich kann und will nicht glauben, dass die Frau, mit der ich die Ewigkeit verbringen wollte, plötzlich fort ist. Doch selbst nachdem ich meinen ganzen Stern nach ihr abgesucht habe, gibt es keinen Hinweis auf ihren Verbleib. Habe ich Mina wirklich verloren?

2

Jahre später

Darius
Es ist seltsam, dass man in einem Moment alles besitzen und dann innerhalb weniger Minuten alles verlieren kann. Dass man das Glück der Welt sein Eigen nennen kann und es mit einem Mal verschwindet, als wäre es nie da gewesen. Kein lebendes Wesen vermag zu verstehen, was ich durchmache. Ich fühle mich so allein wie seit Jahrhunderten nicht mehr. Die Einsamkeit ist ein Monster, das seine scharfen Klauen nach mir ausstreckt und sie in mein Herz bohrt. Dabei kann es die schrecklichsten Schmerzen auslösen, mich peinigen wie nichts anderes und doch zeigt mein Äußeres keine Wunden. Es ergibt keinen Sinn, dass ich noch da bin, unversehrt auf meinem Stern lebe, während mein Grund zu leben verschwunden ist. Nichts in meinem Leben ergibt mehr einen Sinn.

Und doch habe ich gelernt mit dem Schmerz zu leben. Ihn auszuhalten, zu überdauern, mein Licht leuchten zu lassen. Denn obwohl ich fast aufgegeben habe, bleibt dieser kleine Schimmer der Hoffnung, sie eines Tages wiederzusehen. Herauszufinden, was mit Mina geschehen ist, und sie zurückzubringen. Die schwache Hoffnung, dass dies nur eine Prüfung ist, die wir überstehen müssen, bis wir unsere gemeinsame Ewigkeit fortsetzen können.

Eine Hoffnung, die mit jedem Tag kleiner wird. Auch meine Kraft schwindet, inzwischen fühle ich mich wie betäubt. Anfangs waren Trauer- und Wutausbrüche meine ständigen Begleiter, oft versuchte ich das Geschehene einfach zu leugnen. Mir einzureden, dass Mina nur in einem anderen Raum unseres Heims auf mich wartet oder ich sie an unserem Aussichtspunkt finden würde. Nur um dann zusammenzubrechen, als dies nicht der Fall war.

Irgendwann musste ich akzeptieren, dass es nicht so einfach ist. Ich habe Jahre gebraucht, um das zu verstehen, Jahre, in denen ich verzweifelt nach Antworten gesucht habe, sie jedoch nie finden konnte. Meine Mina nicht wiederfinden konnte.

Und doch ist sie da, diese Hoffnung, die brüllend aufflammt, als ich die weiße Gestalt erkenne, die auf meinen Stern zusteuert.

Mingyues lange Drachengestalt schlängelt sich hell über den Nachthimmel. Seine weißen Schuppen schimmern im Sternenlicht und seine Mähne wallt durch die Bewegung. Der Drache, der auf dem Mond lebt, ist ein beeindruckendes Wesen, aber ich habe ihn schon so oft gesehen, dass ich gegen sein majestätisches Auftreten immun bin. Zudem hat seit Minas Verschwinden nichts mehr eine Bedeutung für mich. Seit Jahrhunderten war all mein Sein auf sie ausgerichtet und obwohl sie fort ist, bleiben meine Gefühle für sie.

Ich befinde mich wie so oft am Aussichtspunkt, von dem ich jeden Tag auf die Welt hinabblicke, hoffend, in den schwindenden Archiven der Menschen irgendeinen Hinweis zu finden.

Dass der Drache mich aufsucht, ist mehr, als ich mir seit Langem erhofft habe. Anfangs war ich es, der ihn jeden Tag besuchte. Mingyue war das Opfer vieler meiner Wutausbrüche, da er mir nicht die Antworten geben konnte, nach denen ich verlangte. Er, der immer allwissend schien, hatte keine Ahnung, was mit Mina geschah. Er konnte mir nur versprechen mir bei meiner Suche zu helfen. Ein, wie ich dachte, leeres Versprechen und doch ist er hier, landet neben mir auf meinem Stern und blickt mich weise an.

»Hast du sie gefunden?«, ist die erste Frage, die ich stelle. Ich habe keine Zeit für Begrüßungen, höfliche Floskeln oder gar Respekt. Mina ist alles, woran ich denken kann.

Aus der Schnauze des Drachen steigen Rauchschwaden auf und seine schwarzen Augen blicken unglücklich, als er sich neben mir niederlässt. Der Gesichtsausdruck beantwortet meine Frage, ohne dass er etwas sagen muss, weshalb ich zusammensacke. Er weiß nicht, wo sie ist. Noch immer nicht.

»Warum bist du dann hier?«, will ich unfreundlich wissen. Warum wagt der alte Drache es, mich zu besuchen, ohne mir Antworten zu geben?

»Darius.«

Als der Drache sanft meinen Namen sagt, erinnere ich mich an den letzten Rest meiner Manieren. Mina ist schon so lange fort, dass wenige Sätze keinen Unterschied ausmachen dürften.

»Bitte«, überwinde ich mich zu sagen und hoffe, dass er diese Aufforderung, den Grund für sein Auftauchen zu erklären, versteht.

Der Drache seufzt schwer, das raue Ausatmen klingt wie ein Feuerstoß.

»Ich weiß nach wie vor nicht, wo deine Begleiterin ist oder warum sie verschwunden ist«, gesteht der Drache schwermütig. Ich nicke gleichgültig. »Dennoch habe ich Neuigkeiten.«

Ich schwöre, wenn er mich jetzt zur nächsten jährlichen Versammlung einlädt, wird er auch Opfer meines nächsten Wutausbruchs. Zwar kann ihm meine Magie nichts anhaben, dennoch wird es befriedigend sein, ein paar Feuerbälle nach ihm zu werfen. Schlimm genug, dass ich meinen Sternenbrüdern nichts von meinem Verlust erzählen darf. Ich kann verstehen, dass ich unter den Sternen keine Massenpanik auslösen soll, denn bisher schien es unmöglich, seine Begleiterin zu verlieren. Aber Mingyue kann nicht von mir erwarten, dass ich mich unter sie begebe und mit ihnen spreche, als wäre nichts geschehen. Als wäre ich noch vollständig.

Unwillkürlich balle ich die Hände zu Fäusten.

»Mina ist nicht die einzige Begleiterin, die verschwunden ist.«

Mingyues Worte wirken wie ein Schwall eiskaltes Wasser und werfen mich völlig aus der Bahn. Es ist die Ankündigung, die wir bereits seit Jahren befürchtet haben, und doch trifft sie mich unvorbereitet. Ich kann aus Erfahrung bestätigen, dass einen Stern nichts mehr schmerzt, als seine Begleiterin zu verlieren. Ich würde mein Schicksal keinem meiner Brüder wünschen. Allerdings hoffte ich auch insgeheim auf diese Worte. Wenn es auch mit Begleiterinnen von anderen Sternen geschieht, muss es einen rationalen Grund für ihr Verschwinden geben. Vielleicht können wir ihn gemeinsam herausfinden.

Dennoch habe ich Mitgefühl für die anderen, die nun den gleichen Verlust durchleiden mussten.

»Vor wenigen Stunden haben zwei weitere Sterne ihre Begleiterinnen verloren«, fährt der Drache fort, »sie berichten Ähnliches wie du damals.«

Grimmig nicke ich. Die Erinnerungen an die letzten Momente mit Mina brechen mir noch immer das Herz. Ich weiß nur zu gut, wie die anderen Sterne sich jetzt fühlen müssen.

»Wer?«, hake ich nach und der Drache nennt mir die Namen. Zwei Brüder, die mein Schicksal teilen. Ich kenne die beiden nicht gut, aber in den Jahrhunderten unserer Ewigkeit habe ich das ein oder andere Wort mit ihnen gewechselt.

»Ich werde sie aufsuchen und mit ihnen sprechen«, verkünde ich, was der Drache mit einem Nicken zur Kenntnis nimmt. Zwar kann ich meinen Stern nicht für lange Zeit verlassen, aber ein kurzer Moment wird ihm nicht schaden. Und es sollte nicht zu viel Magie benötigen, mich zu den Brüdern zu transportieren ... Dagegen wird es mich viel Energie kosten, mit ihnen zu sprechen.

Fast muss ich lachen, so seltsam ist die Situation. Sterne, die eine Trauergruppe bilden, wie es Menschen tun würden. Doch ich will meinen Schmerz nicht mit ihnen teilen. Ich weiß, dass nichts unser Leid lindern kann. Stattdessen will ich meine Brüder mobilisieren.

Wenn wir gemeinsam nach Antworten suchen, erhöht sich die Wahrscheinlichkeit, dass wir fündig werden.

»Ich habe ihnen deinen Besuch bereits angekündigt«, bemerkt der Drache und ich verdrehe die Augen. Auch wenn es absehbar war, hätte er mich zunächst fragen können, bevor er Versprechungen in meinem Namen macht.

»Sie werden noch ein wenig warten müssen«, entgegne ich unter anderem wegen meines Unmuts darüber, »ich bin hier noch nicht fertig.«

Natürlich könnte ich auch nach meinem Besuch oder morgen damit fortfahren, die Bibliotheken der Erde nach Informationen abzusuchen. Zeit ist etwas, wovon wir Sterne mehr als genug haben. Ich umso mehr, nachdem die Einzige, der ich meine Zeit schenken wollte, verschwunden ist.

Mingyue schnaubt, sodass die Rauchfahnen aus seiner Schnauze dunkler werden.

»Wie du wünschst.«

Bevor er sich dazu anschicken kann, meinen Stern zu verlassen, kehre ich ihm demonstrativ den Rücken zu und richte den Blick zurück zur Erde. Es ist nicht seine Schuld, dass er bisher nicht herausfinden konnte, was mit Mina geschehen ist, und doch … Ich kann nicht anders, als es ihm übel zu nehmen. Er ist derjenige, der Antworten auf meine Fragen haben sollte, der als Sohn zweier Götter viel mehr wissen sollte, obwohl ich weiß, dass auch er nicht allmächtig ist.

Meine Augen gewöhnen sich schnell daran, nicht mehr mein Gegenüber anzublicken, sondern in die Ferne zu blicken. Der Aussichtspunkt ermöglicht es mir auf magische Weise, direkt in die Leben der Menschen zu blicken und die Details der Erde wahrzunehmen, als stände ich selbst darauf. Die Magie der Sterne, die selbst wir nicht völlig verstehen, lässt mich in die kaiserliche Bibliothek Midlands blicken, auf die Schriftrolle eines Gelehrten, der sie konzentriert studiert. Ich kann die Bücher nicht selbst nach Informationen durchsuchen, sie nicht aus den langen Regalreihen ziehen und darin blättern, aber ich kann dem Midländer über die Schulter blicken und mitlesen. Wobei ich enttäuscht feststellen muss, dass die geheimnisvoll aussehende Schriftrolle nur einen Liebesroman enthält.

Ich will bereits nach einem anderen Gelehrten suchen, der sich hoffentlich anspruchsvollerer Lektüre widmet, als wir beide hören, wie die Tür zur Bibliothek aufgestoßen wird. Gemeinsam blicken wir auf und was ich sehe, bringt mein Herz zum Stillstand.

»Mina«, stoße ich hervor, als ein kleines Mädchen in die Bibliothek stürmt. Die grauen Augen, mit denen sie den Gelehrten überrascht anblickt, würde ich überall wiedererkennen. Ihr feuerrotes Haar, das sie sich hinter die Ohren streicht, erinnert mich schmerzlich an meine Begleiterin. Das Mädchen ist vermutlich gerade mal fünf Jahre alt und doch ist sie Mina wie aus dem Gesicht geschnitten. Die hohen Wangenknochen, die vollen Lippen, die dunklen Augenbrauen, die sie erschrocken hebt, als sie den Lesenden anstarrt.

»Was ist los, Darius?«, höre ich Mingyue im Hintergrund fragen, der scheinbar entschieden hat meinen Wunsch, dass er geht, zu ignorieren. Ausnahmsweise bin ich froh, dass der Drache sich so viel herausnimmt, denn ich würde mir selbst nicht glauben, wenn jemandem von diesem Anblick erzählen würde.

»Sieh«, fordere ich ihn schlicht auf und beobachte, wie das Mädchen unsicher vom Gelehrten zur Tür blickt.

»Entschuldigung, ich dachte, Ihr wärt Huoyan«, murmelt es und sogar die Stimme erinnert mich an meine Begleiterin. Das Mädchen tritt langsam aus der Bibliothek und schließt die Tür hinter sich.

Der Gelehrte mit der Schriftrolle blickt ihr ebenso fassungslos nach wie ich und schnalzt missbilligend mit der Zunge.

»Diese Ri glaubt auch, sie könne sich alles erlauben«, meint er zu sich selbst, ehe er weiterliest. Ich halte den Blick auf die Tür gerichtet, entscheide mich jedoch dagegen, dem Mädchen zu folgen und es zu beobachten. Zunächst muss ich mit Mingyue sprechen, der die ganze Zeit über nichts gesagt hat.

Als ich mit dem Bewusstsein auf meinen Stern zurückkehre, sind die Augen des Drachen glasig, bis auch er blinzelt und den Blick nicht mehr in die Ferne richtet.

»Interessant«, stellt er fest und zieht das Wort nachdenklich in die Länge, als wüsste er selbst nicht so ganz, was er davon halten soll.

»Interessant?«, echoe ich fassungslos. »Sie sah aus wie Mina! Was hat das zu bedeuten?«

Der Drache legt nachdenklich den Kopf schief. Ich kenne seine Tendenz, nicht zu spekulieren, keine Annahmen zu machen, wenn ihm noch Details fehlen. Ich habe in meinen Jahrhunderten genügend Gespräche mit ihm geführt, um zu wissen, dass er keine Überlegung in Betracht ziehen wird, bis er sich eingehend mit dem Thema beschäftigt hat. Er wird eine philosophische Aussage treffen, davonfliegen und über dem Thema brüten, bis er nach unendlich langer Zeit zu einer Schlussfolgerung kommt, die er mir offenbart. Eine Zeit, die ich nicht warten möchte.

»War es Mina?«, beginne ich deshalb meine Gedanken auszusprechen. »Sie sah aus wie Mina, sie verhielt sich wie sie, aber sie war viel zu jung …«

Wer auch immer dieses Mädchen ist, ich werde es herausfinden, alles darüber erfahren. Erkennen, wie Minas Verschwinden damit zusammenhängt. Dass es eine Verbindung gibt, ist bei dieser Ähnlichkeit offensichtlich.

»Vielleicht ist das Mädchen mit Mina verwandt«, überlege ich stirnrunzelnd, »vielleicht ihre Tochter.«

Der Gedanke lässt ein bitteres Gefühl in mir aufsteigen. Die Idee, dass Mina ein Kind von einem anderen Mann haben könnte ... gefällt mir gar nicht. Aber welche andere Erklärung könnte es geben?

»Oder Minas Wiedergeburt«, fahre ich fort und denke an die alten Legenden der Menschen, denen wir Sterne durch unsere Unsterblichkeit bisher wenig Bedeutung beigemessen haben, »womöglich wurde sie in dem Mädchen wiedergeboren.«

Die zusammengepressten Lefzen des Drachen zeigen mir, dass er einen ähnlichen Gedanken hatte, obwohl er im Gegensatz zu mir nicht wagt ihn auszusprechen. Das Alter des Mädchens würde passen, Mina wurde mir vor etwas mehr als fünf Jahren entrissen. Um als Mensch wiedergeboren zu werden? Das ergibt überhaupt keinen Sinn.

Dennoch bin ich fasziniert von dem Gedanken. Ich könnte Mina gefunden haben. Ich könnte wissen, wo meine Begleiterin ist.

»Ich muss sie zurückholen!«, verkünde ich aufgeregt und beginne auf und ab zu laufen.

Die wachsenden Rauchschwaden, die Mingyue ausstößt, und seine zitternden Schnurrhaare zeigen mir, dass auch er von der Situation überwältigt ist.

»Sie ist ein kleines Mädchen«, sagt er grollend und doch klingt die Verunsicherung heraus, »du kannst kein kleines Mädchen auf deinen Stern holen und mit ihm die Unendlichkeit verbringen.«

Diese Aussage lässt mich stehen bleiben.

»Aber wenn es Mina ist?«, protestiere ich schwach, doch der Drache schüttelt den Kopf. Er hat recht. Mina wurde wie die anderen Frauen von der Erde als Erwachsene geschaffen und genoss auf meinem Stern die Alterslosigkeit. Das Wunder von Kindern lernten wir erst kennen, nachdem wir unsere Entscheidung getroffen hatten. Ein kleines Mädchen auf meinen Stern zu holen, wäre völlig anders, als die Ewigkeit mit meiner geliebten Begleiterin zu verbringen, selbst wenn es ein und dieselbe Person wäre.

»Ich …«, stottere ich, »ich … wenn … aber … Mina.«

Der Drache legt mir sanft eine Tatze auf die Schulter, die mich schwer zu Boden drückt und doch beruhigt.

»Falls es Mina ist, müssen wir warten, bis sie erwachsen ist, bevor du sie zurückholen kannst«, verkündet er.

»Ich könnte …«, setze ich an, breche aber ab. Was könnte ich? Ich will nicht länger von Mina getrennt sein, aber es wäre auch nicht sinnvoll, sie jetzt zu mir zurückzuholen. Kann ich sie auf der Erde besuchen? Wenn ich dort lebte, könnten wir zusammen sein …

Aber wenn ich meinen Stern für lange Zeit verlasse, wird er verglühen. Selbst kurze Besuche wären risikoreich, denn wenn Mina erwachsen ist und ich sie endlich zu mir holen kann … Mein Stern wird alle Kraft brauchen, die er hat. Auch Mingyue scheint keine andere Möglichkeit zu sehen, als abzuwarten.

»Wir haben Jahre Zeit, um herauszufinden, was geschehen ist«, meint er, »wie es geschehen ist. Und wie du sie zurückbekommen kannst.«

Der Drache blickt mir fest in die Augen und ich bin überrascht, dass ich mir nicht wie sonst Rätsel oder Ausflüchte anhören muss. Stattdessen spricht aus ihm die gleiche Entschlossenheit, die auch ich fühle. Das Wissen, dass er mir helfen wird, diesmal richtig, überzeugt mich zu nicken.

Wir werden Mina zurückholen.

3 三

Ri

Eine Geheimwaffe des Kaiserreichs zu sein, ist keine leichte Aufgabe, aber sie hat auch ihre Vorzüge. Die Sonderbehandlung, die mir seit meiner Geburt zuteilwird, kann wirklich schön sein. Beispielsweise darf ich an Festessen mit der kaiserlichen Familie teilnehmen, bei denen jedes Gericht köstlich schmeckt und es so viel zu essen gibt, dass es selbst für die zahlreichen Gäste unmöglich ist, alles aufzuessen. Es ist eine Verschwendung, während der Rest Midlands Hunger leidet. Aber wenn ich die Dienstboten sehe, die das Essen herein- und hinaustragen und hungrig auf unsere Mahlzeiten starren, befürworte ich diesen Überschwang dennoch. Sie werden die Reste verspeisen dürfen, heute Nacht mit vollem Magen und einem Lächeln im Gesicht zu Bett gehen und das macht mich froh.

Ich unterdrücke einen schwärmerischen Seufzer, als ich mir einen Bissen Ente auf der Zunge zergehen lasse.

»Alles in Ordnung?«, fragt Huoyan neben mir. Sein Grinsen zeigt mir, dass ihm aufgefallen ist, wie sehr ich für das Gericht schwärme.

»Keine Zeit zu reden«, stoße ich zwischen zwei Bissen hervor, was ihn zum Lachen bringt. Keine Ahnung, warum der Kronprinz Zeit mit Sprechen verschwendet, anstatt zu essen.

Aber selbst von dieser Speise, die zu meinen liebsten zählt, kann ich nicht allzu viel essen, denn ich bin bereits von den vorherigen fünf Gängen so voll, dass ich das Gefühl habe zu platzen. Als ich keinen weiteren Bissen essen kann, schiebe ich den Teller von mir und lehne mich zurück. Ich höre das missbilligende Räuspern der Kaiserin wegen meiner fehlenden Tischmanieren, ignoriere sie jedoch und begegne dafür Huoyans amüsiertem Blick.

»Wie soll aus dir nur je eine richtige Dame werden?«, neckt er mich. Ich hebe ergeben die Hände.

»Wenn es um Essen geht, bin ich wohl ein hoffnungsloser Fall.«

Er lacht und isst weiter. Ich hingegen genieße das Gefühl der Sättigung und lasse versonnen meinen Blick durch den Saal schweifen. Obwohl ich die große Auswahl an Speisen befürworte, kann ich über die restlichen Ausschweifungen im Raum nur missbilligend die Lippen schürzen. Der Festsaal ist riesig und eleganter ausgestattet als in diesen Zeiten nötig. Die Wände sind mit dunklem Holz vertäfelt, in das tanzende Kraniche geschnitzt wurden, die mit Jade verziert sind und im Licht der zahlreichen Kerzen grün leuchten. Der Boden besteht aus einem riesigen Mosaik, das die wunderschöne Landschaft Midlands zeigt. In der Mitte windet sich ein goldener Drache, die Schnurrhaare neugierig erhoben. Auch die Deckenmalereien sind zu Ehren des Drachenkaisers von Abbildungen des mythischen Tieres geprägt, dabei ist echtes Gold in die Verzierungen eingebettet.

Ebenso prunkvoll ist der lange Ebenholztisch, an dem ich mit der Kaiserfamilie, meinen Schwestern und zahlreichen Ministern und Würdenträgern sitze. Die Stühle sind mit Gänsefedern gepolstert und mit roter Seide überzogen, die mit filigranen Blumen bestickt ist. Jeder Teller besteht aus feinstem kunstvoll bemalten Porzellan und unsere Stäbchen aus echtem Elfenbein. Der Kaiser hat vor seinem Tod weder Kosten noch Mühen gescheut, den schönsten Bankettsaal der Welt anfertigen zu lassen und die passende Ausstattung zu erwerben. Auch unsere Kleider sind perfekt daran angepasst. Mein dunkles Seidenkleid ist von edelstem Stoff und von der kaiserlichen Schneiderin nur für diesen Anlass persönlich für mich angefertigt worden. Bei den Wundern dieses Banketts wird sich keiner der Gäste damit beschäftigen, dass wir uns seit Jahrzehnten in einem Krieg mit Atlas und unseren anderen Nachbarreichen befinden, den wir dabei sind zu verlieren.

Weil ich Midland bisher nicht zum Sieg geführt habe.

Bevor ich länger über den ständigen Misserfolg in meinem Leben nachdenken kann, reißt mich ein Zupfen am Arm aus meinen Gedanken.

»Isst du das noch?«, will Cai wissen und ich bedenke die jüngere Sternentochter mit einem Lächeln. Als Antwort gebe ich ihr meinen Teller, von dem sie die letzten Reste kratzt, was der Kaiserin erneut ein missbilligendes Räuspern entlockt. Cai ist dabei, einige meiner schlechten Angewohnheiten anzunehmen, denn auch sie ignoriert die Kaiserin und genießt ihr Essen.

»Und womit hast du heute deinen Tag verbracht, werte Hoheit?«, wende ich mich wieder an Huoyan, der bei meiner gespielt unterwürfigen Anrede die Augen verdreht. Unsere Neckereien rufen ein warmes Gefühl in mir hervor, das ich jedoch schnell verdränge. Auch das Grinsen in Huoyans Gesicht weicht schnell und macht einem grimmigen Ausdruck Platz.

»Der Kriegsrat hat sich stundenlang beraten«, antwortet er ernst, »wir verlieren jeden Tag mehr Land. Es wird nicht mehr lange dauern, bis Atlas uns überrennt.«

Bei dieser Aussage meldet sich wieder mein schlechtes Gewissen zu Wort. Es ist meine Schuld, das wissen wir beide, obwohl Huoyan es natürlich abstreiten würde. Wenn ich die legendäre, magiebegabte Sternentochter wäre, die die Drachenwahrer bei meiner Geburt erschaffen wollten, hätte Midland längst seine Überlegenheit bewiesen. Ich wäre an der Front, nicht in diesem Festsaal, und würde Atlas mit einer Machtdemonstration in die Schranken weisen.

Stattdessen bin ich nur ein gewöhnliches Mädchen, das etwas anders aussieht als die anderen.

Huoyan legt sanft seine Hand auf meine, offensichtlich ist ihm aufgefallen, dass er meinen wunden Punkt getroffen hat.

»Außerdem hat meine Mutter mir befohlen einen Liebesbrief an die Tochter unseres Heerführers zu schreiben«, fährt er fort und lockert damit die Stimmung. Ich bin froh, dass er versucht mich auf andere Gedanken zu bringen, und es funktioniert. Wenn ich mir vorstellen, wie mein bester Freund einen Liebesbrief schreibt, heben sich automatisch meine Mundwinkel.

»Hast du dich geweigert oder die Aufgabe an deinen Schreiber weitergegeben?«, will ich neugierig wissen.

Huoyan verzieht das Gesicht.

»Hast du so wenig Vertrauen in mich?«

Ich schnaube belustigt. Wir beide wissen, dass Huoyan in etwa so viel Poesie in sich trägt wie eine Backpflaume.

»Mein Schreiber soll sich etwas ausdenken«, gibt Huoyan schmollend zu und bringt mich damit wieder zum Lachen.

»Du hast offensichtlich das schwerere Los von uns beiden«, scherze ich, »von mir verlangt das Kaiserreich wenigstens nicht zu heiraten.«

»Wohl wahr«, stimmt Huoyan zu, »du weißt gar nicht, wie anstrengend es ist, sich all der Verehrerinnen zu erwehren.«

Darüber verdrehe ich die Augen und meine gute Laune verschwindet augenblicklich.

»Einer würde mir schon reichen«, gebe ich bitter zurück, was Huoyan zusammenzucken lässt.

»Ri, ich meinte nicht …«, setzt er an. »Ich bin mir sicher …«

Statt mir seine Erklärungsversuche weiter anzuhören, schiebe ich meinen Stuhl zurück und erhebe mich. Mit einem Nicken in Richtung Kaiserin, deren Ärger über mein ungewünschtes Aufstehen offensichtlich ist, verabschiede ich mich und verlasse den Raum. Mir ist bewusst, dass ich völlig überreagiere, aber Huoyan kennt mich nun bereits seit siebzehn Jahren. Er weiß genau, wo meine

Schwächen liegen, welche Unsicherheiten ich in mir trage. Dennoch hat er heute zwei davon angesprochen.

Mir ist bewusst, er kann nichts dafür, dass ich so unsicher bin und mir wie eine Versagerin vorkomme. Es ist nicht seine Schuld, dass das andere Geschlecht kein Interesse an mir zeigt. Wobei selbst er mich kaum als Frau wahrzunehmen scheint ... Aber es steht fest, dass ich Midland nicht durch meine Magie retten kann. Würde ich eine politisch vorteilhafte Ehe eingehen, könnte ich zumindest einen kleinen Nutzen für das Kaiserreich darstellen. Nur dass niemand mir auch nur den Hof machen will. Keiner will eine Frau, die wie eine Atlaerin aussieht. Ich fürchte mich bereits jetzt vor dem Moment, wenn ich Cai und Changye erklären muss, warum wir nie einen Liebesbrief bekommen werden, warum kein Mann um unsere Hand anhalten wird. Warum ich eine alte Jungfer sein werde, während Huoyan zahlreiche Enkel umschwirren. Wenn Midland nicht vorher von Atlas eingenommen wird ...

Manchmal wünsche ich mir das sogar. Obwohl ich meinem Reich gegenüber loyal bin, wispert mir eine kleine Stimme zu, dass ich dann frei wäre. Dass ich ohne die Ketten des Kaiserreichs gehen könnte, wohin ich wollte, und nie mehr die Prüfungen der Drachenwahrer ertragen müsste.

Wie von selbst führen mich meine Schritte zum Tempel, der um diese Zeit verlassen daliegt. Ich komme oft hierher, nicht, weil ich besonders gläubig bin, sondern weil der Tempel eine kleine Aussichtsplattform hat. Ich ignoriere die goldenen Statuen darin und marschiere die Treppe nach oben, bis ich auf der Plattform ankomme und in den Himmel blicken kann. Die kalte Nachtluft lindert meine Wut auf den Prinzen, die ohnehin kaum begründet war, während mein Blick über die Sterne schweift. Es gibt nicht viele Orte, an denen ich mich entspannen kann, aber hier oben ist einer davon.

Der Weiße Tiger des Westens leuchtet hell, während meine

Augen zielsicher zu seinem Fuß finden. In dessen Mitte leuchtet ein bläulicher Stern, der auf mich herabzuschauen scheint. Der nur für mich zu blinken scheint, als ich mich setze.

Hier oben kann ich daran glauben, dass ich tatsächlich eine Sterntochter bin. Dass mein andersartiges Aussehen tatsächlich magisch bedingt ist und die roten Haare nicht daher kommen, dass ich der Bastard eines Atlaers bin. Denn ich fühle sie, die Verbindung zu meinem Stern, dieses magische Ziehen, das mein Herz nach ihm ausrichtet. Der unscheinbare Stern am Himmel gehört zu mir, wie ich zu ihm gehöre, und das ist fast Beweis genug für meine Magie.

Aber nur fast. Das Gefühl, mit einem Stern verbunden zu sein, reicht nicht aus, um Midland zu retten. Magie, die laut den Drachenwahrern durch diese Verbindung in mir schlummern sollte, wäre dafür nötig, aber sie ist in all den Jahren nicht erwacht. Das lässt mich zweifeln, ob ich mir dieses Band nur einbilde.

Wut auf diesen Stern überkommt mich, der mir Magie geben sollte und es doch nicht tut.

»Warum hilfst du mir nicht?«, frage ich zornig in die Nacht, eine Verrückte, die mit einem Himmelskörper spricht. Natürlich antwortet der Stern nicht, also stehe ich auf und verlasse den Tempel.

4 四

Ri

Am nächsten Tag gehe ich Huoyan aus dem Weg. Nicht dass ich noch böse auf meinen besten Freund wäre. Im Gegenteil, mein schlechtes Gewissen brennt tief in mir. Aber mein Stolz hält mich davon ab, ihn aufzusuchen, denn dann müsste ich mich entschuldigen und erneut mit den Themen befassen, die ich am liebsten verdrängen würde. Als allererste Sternentochter erwarten alle so viel von mir. Ein Waisenkind, von den Drachenwahrern auf magische Weise mit einem Stern verbunden ... Ich sollte Feuerbälle schleudern, Armeen in Brand setzen, die Welt erleuchten. So viele Dinge, die ich nicht kann. Wir wollten unsere Feinde überraschen, sobald sich meine Magie zeigt. Nur hat sie das nie getan und ich vermute, die Existenz meiner Schwestern und mir bleibt nur noch geheim, weil sich keiner eingestehen möchte versagt zu haben.

Ich selbst kann die Demütigung kaum ertragen und will nicht schon wieder vor dem Prinzen in Tränen ausbrechen. Huoyan hat schon viel zu viel Zeit damit verbracht, mich zu trösten. Er sollte sich besser darauf konzentrieren, ein Land zu regieren, oder mit dem Liebesbrief an die Tochter des Heerführers eine politisch vorteilhafte Ehe einzufädeln.

Ich habe ohnehin keine Gelegenheit, den Prinzen aufzusuchen, denn trotz des prunkvollen Fests ohne jeglichen Anlass gestern Abend wird von mir erwartet meinen Alltag einzuhalten. Einen Alltag, der trotz Huoyans zahlreicher Aufgaben noch strikter ist als seiner, weswegen ich mir einmal mehr wünsche, Midland entfliehen zu können. Nicht ich zu sein.

Dabei beginnt er ganz harmlos. Ich bin die Geheimwaffe des Kaiserreichs, deshalb soll ich wie eine gute Waffe geschliffen und auf meinen Einsatz an der Front vorbereitet werden. Mein Schwertkampftraining mit der kaiserlichen Leibgarde, der tägliche Reitunterricht beim Stallmeister und die Strategielehre bei Meister Shu sind eigentlich ein angenehmer Zeitvertreib. Dennoch wird all das überschattet von dem, was danach folgt und wovor ich mich bereits den ganzen Tag fürchte. Mittags bekomme ich kaum einen Bissen hinunter, meine Konzentration im Strategieunterricht ist unterirdisch, aber ich kann nicht anders. Ich gebe mir Mühe dabeizubleiben, mich wenigstens in den Dingen zu übertreffen, in denen es mir möglich ist, obwohl ich weiß, dass es nichts nützt. Ich könnte die beste Schwertkämpferin des Landes sein, die beste Militärstrategin und wäre doch eine Enttäuschung.

Das ist es auch, was ich in den Gesichtern der Drachenwahrer lese, als ich am Nachmittag die Bibliothek betrete. Sie glauben nicht mehr daran, mir noch irgendwie beibringen zu können meine fehlende Magie zu rufen, und sind frustriert, dass sie es dennoch versuchen müssen.

»Setz dich.«

Ich folge der Aufforderung des Obersten Drachenwahrers und lasse mich auf dem Stuhl nieder, der in der Mitte des Raumes steht. Heute sind es nur drei von ihnen, die meiner Demütigung beiwohnen und ihre neueste Theorie an mir ausprobieren wollen.

Mehr als genug.

Wie immer versuchen sie es zunächst auf die herkömmliche, einfache Art. Ich kenne die Worte auswendig, mit denen mich der Oberste Drachenwahrer anweist meine Hand zu heben und mich darauf zu konzentrieren. Er instruiert mich mir eine Flamme darauf vorzustellen, mit jedem Funken meiner Vorstellungskraft das

Feuer zu sehen und zu fühlen. Dann befiehlt er mir die Flamme allein mit meiner Willenskraft dazu zu bringen zu erscheinen. Es soll ein leichter Zauber sein, der kaum Kraft kostet, mir jedoch noch nie gelungen ist, was auch unsere Anwesenheit in der Bibliothek erklärt.

Als ich jung war, fand der Magieunterricht draußen oder in den Truppenübungsräumen statt, an Orten, an denen ich niemandem Schaden zufügen konnte. Die Drachenwahrer rechneten damit, dass meine Magie eines Tages plötzlich erwachen und stark genug sein würde, um einen ganzen Raum in Flammen zu setzen. In ihren Büchern steht, wie machtvoll und gefährlich meine Magie sein soll. Als ihre Erwartungen zunehmend enttäuscht wurden, zogen wir schließlich in die Bibliothek um, in einen Raum voller leicht brennbarer Bücher. Hier können die Drachenwahrer ihre wertvollen Schriftrollen zumindest sofort zurate ziehen, um mir mitzuteilen, was ich mal wieder falsch gemacht habe. Zwar gab es vor den dunklen Jahren nur sehr wenige Menschen, die Magie wirken konnten, und manche Geschichten in den Büchern der Drachenwahrer wirken wie Fantasien, aber sie sind besser als keine Informationen. Doch selbst diese werden nur noch selten in meinem Unterricht genannt, denn inzwischen weiß jeder, dass kein Buch dieser Welt meine fehlende Magiebegabung erklären kann.

Auch heute findet sich keine Flamme auf meiner Hand, was dem Obersten Drachenwahrer nicht einmal mehr ein Seufzen entlockt. Ohne ein weiteres Wort zu sagen, winkt er einen seiner Begleiter heran, der ein altes Buch in der Hand trägt.

»Den Annalen mystischen Wissens zufolge gibt es unkonventionelle Wege, Magie zu erwecken«, erklärt er und ich mache mich auf den nächsten schmerzhaften Test gefasst. »Einer davon ist, die Magiebegabte mit einer Feder zu kitzeln.«

Die Anspannung, mit der ich mich auf seine Aussage vorbereitet habe, entlädt sich in einem Kichern.

»Mit einer Feder?«, echoe ich erleichtert. Der Drachenwahrer zuckt mit den Schultern, während das Gesicht seines Vorgesetzten ernst bleibt. Er zeigt keinerlei Gefühlsregung und ignoriert auch die meinen, streckt schlicht die Hand aus, in die sein Begleiter eine farbenfrohe Pfauenfeder hineinlegt. Ich wusste gar nicht, dass sich noch Überreste des ausgestorbenen Vogels in Midland befinden. Es ist fast eine Ehre, dass sie ein so wertvolles Objekt gewählt haben, um ihre Theorie zu überprüfen.

Der Oberste Drachenwahrer tritt auf mich zu und bedeutet mir ihm den rechten Fuß hinzustrecken. Fest schließt sich seine Hand um meinen Knöchel und er zieht mir den Schuh weg, bevor er beginnt meine nackte Fußsohle mit der Feder zu streicheln.

Ich war nie besonders kitzlig. Die Situation ist so seltsam, dass ich auch jetzt überhaupt keinen Reiz verspüre, sondern es einfach nur irritierend finde, wie der alte Mann meinen Fuß kitzelt. Zwar habe ich schon Seltsameres erlebt, aber trotzdem.

Für kurze Zeit ist es still im Raum, während wir darauf warten, dass etwas geschieht. Dass der Drachenwahrer im wahrsten Sinne des Wortes meine Magie hervorkitzelt. Dass ich plötzlich in Flammen stehe oder zumindest eine Flamme in meiner Hand erscheint, die ich noch immer ausgestreckt habe. Natürlich passiert nichts davon, aber ich habe auch keinen Augenblick lang daran geglaubt, dass ich nur ordentlich gekitzelt werden müsste, um endlich zaubern zu können.

»Du musst es schon versuchen!«, fährt der Oberste Drachenwahrer mich an, was mich schlucken lässt. Ich weiß aus Erfahrung, dass es nicht weise ist, seinen Zorn zu erwecken. Der wachsende Unmut über den Fehlschlag dieses lächerlichen Versuchs steht ihm ins Gesicht geschrieben.

Ich gebe mir wirklich Mühe. Versuche mich tatsächlich kitzeln zu lassen, mir vorzustellen, dass die Feder mich zum Lachen bringt. Ich schauspielere ein Grinsen, um den Drachenwahrer zufriedenzustellen, und konzentriere mich gleichzeitig auf meine Hand, stelle mir erneut die Flamme darauf vor.

Niemand wünscht sich mehr als ich, dass meine Magie endlich erwacht. Aber jeden Tag verliere ich die Hoffnung ein wenig mehr. Auch dieses verrückte Experiment hilft nicht und nach ein paar Minuten gibt der Oberste Drachenwahrer auf. Er lässt meinen Fuß los und gibt die Feder an seinen Gehilfen zurück, der sehr enttäuscht wirkt. Wahrscheinlich hat er sich bereits ausgemalt, welche Ehre ihm zuteilgeworden wäre, hätte seine Theorie Erfolg gehabt und er der ersten Sternentochter Midlands ihre Magie gebracht.

Der Oberste Drachenwahrer wendet sich nun an seinen anderen Begleiter, den ich erstmals richtig anblicke, und ich zucke unwillkürlich zusammen. Die traditionelle, mit Ornamenten versehene schwarze Kleidung aller Drachenwahrer ist gleich, aber diesen Mann würde ich trotzdem immer wiedererkennen. Er trägt einen spitzen Bart und seine dunklen Augen blicken unfreundlich, als er seinem Vorgesetzten ein anderes Buch sowie ein Messer hinhält.

»Vielleicht sollten wir es noch einmal mit der Feder versuchen?«, frage ich und meine Stimme zittert.

Der Drachenwahrer, den ich in Gedanken *Folterer* getauft habe, schlägt immer dieselben Experimente vor. Er ist der festen Überzeugung, dass ausreichend Schmerz meine Magie hervorlocken wird. Angeblich soll mein Körper unwillkürlich darauf reagieren, in einer bedrohlichen Situation zu stecken, und meine Magie erwecken, um mich zu beschützen. Bis vor einigen Monaten wurden diese Experimente stets abgelehnt. Bis der Oberste Drachenwahrer so verzweifelt war, sie tatsächlich zu versuchen. Inzwischen hat er jegliches Ehrgefühl überwunden und sich damit abgefunden, dass meine Schmerzen das geringere Übel im Vergleich zu einer Niederlage Midlands sind.

Ich weiche auf meinem Stuhl zurück, als die beiden Drachenwahrer auf mich zuschreiten. Bereits jetzt spüre ich, wie meine

Augen feucht werden, als ich gehorsam den Arm hebe. Ich will das nicht. Ich wäre überall lieber als hier. Aber ich bin die erste Sternentochter, die Hoffnung des Kaiserreichs. Die einzige Hoffnung. Die Drachenwahrer haben keine andere Wahl, als alles zu versuchen, und ich habe nicht die Entscheidungsfreiheit, mich zu wehren, denn ich weiß, dass es alles nur schlimmer machen würde.

Der Folterer hält noch immer das Buch, während der Oberste Drachenwahrer das Messer ergreift und zum ersten Schritt ansetzt. Ich ziehe scharf die Luft ein, als die kalte Klinge durch meine Haut schneidet und das Blut beginnt aus meinem Unterarm zu quellen. Einen Moment lang schmerzt es noch nicht, als müsste mein Körper erst begreifen, was geschieht, aber dann beginnt die Wunde zu brennen. Der Drachenwahrer schneidet weiter, blickt konzentriert in das Buch, um das richtige Schnittmuster zu vervollständigen, während ich mich bemühe nicht vor Schmerz aufzuschreien.

Wenn sein Gesicht wenigstens Mitleid zeigen würde, ein schlechtes Gewissen, irgendein Zeichen, dass er menschlich ist. Aber sein Blick ist kalt und teilnahmslos. Ich bin nur sein Versuchsobjekt. Er und der Folterer behandeln mich nicht wie ein lebendes, denkendes Wesen, sondern sehen mich nur als Experiment an. Wenigstens der dritte Drachenwahrer zeigt Menschlichkeit, denn ich höre, wie sich die Tür der Bibliothek öffnet und er flüchtet.

Der Oberste Drachenwahrer setzt weitere Schnitte. Lange Blutspuren ziehen sich über meinen Arm, meine Kraft fließt aus mir heraus und tropft auf das Kleid und den Fußboden. Doch noch immer endet der Drachenwahrer nicht, fügt mir weitere Wunden hinzu, zeichnet ein kompliziertes Muster in meinen Arm. Vielleicht sieht es schön aus, aber mein Blickfeld verschwimmt bereits zu sehr, als dass ich es anerkennen könnte. Das Blut verschmiert das Muster zudem, aber er macht weiter, bis ich innerlich vor Schmerz in Flammen stehe. Ich weiß, dass ich es nicht zeigen darf, als wäre das Zittern meines Arms, den der Drachenwahrer festhält, nicht Anzeichen genug.

Aber irgendwann halte ich es nicht mehr aus. Ich fühle, wie das Leben aus mir herausfließt, wie der Schmerz mir fast den Verstand nimmt. Wie ich die Kontrolle verliere und beim nächsten Schnitt des Drachenwahrers aufstöhne. Wie ich unwillkürlich den anderen Arm senke, auf dessen Handfläche ich doch die Flamme erscheinen lassen sollte.

Der Drachenwahrer lässt von mir ab, als wäre ich ein ekelhaftes Insekt. Sofort presse ich meinen verletzten Arm an mich, drücke ihn gegen den Stoff meines sowieso schon ruinierten Kleides, in dem Versuch, die Blutung zu stoppen. Dennoch spüre ich keine Erleichterung, sondern wappne mich nur für meine Strafe.

»Wie kannst du es wagen aufzugeben?«, ertönt die wütende Stimme des Obersten Drachenwahrers. »Was maßt du dir an? Das Schicksal des Kaiserreichs hängt von dir ab, du nutzloses Gör!«

Ich sinke bei jedem Wort weiter in mich zusammen und spüre, wie die Tränen zu fließen beginnen.

»Auf dir lastet Verantwortung, die du nicht tragen willst«, wirft der Drachenwahrer mir vor. »Wir haben dich erzogen stark zu sein. Dir die Macht gegeben, uns zu retten. Aber du versuchst es nicht einmal!«

»Ich …«, beginne ich leise, doch der Drachenwahrer bedeutet mir mit einer scharfen Handbewegung zu schweigen. Ich würde mich so gern verteidigen, erklären, dass ich sehr wohl alles versuche. Aber was würde es nützen, da es doch sowieso nicht genug ist?

»Wir haben dir alles gegeben, Ri. Du bist im kaiserlichen Palast aufgewachsen, als wärst du die Schwester des Prinzen. Du führst ein Leben in Luxus, genießt die beste Ausbildung, die Midland zu bieten hat. Wir verlangen nur von dir, dass du dich auf deine Magie konzentrierst. Dass du endlich den dir bestimmten Platz einnimmst.«

Wenn es doch nur so einfach wäre. Ich wünschte so sehr, ich könnte es ...

»Du *musst* Midland retten, Ri, du *musst*. Wir geben alles, damit du endlich dazu in der Lage bist. Aber du zeigst Schwäche, erträgst nicht einmal ein wenig Schmerz, um das Leben so vieler zu retten.«

Obwohl ich es völlig ungerecht finde und ihn am liebsten anschreien würde, dass meine Magie schlicht nicht existent ist und ich nichts dafür kann, wecken seine Worte Scham in mir. Ich habe Schwäche gezeigt. Ich habe ihn sein Muster nicht fertig zeichnen lassen. Vielleicht hat er recht, vielleicht hätte der Schmerz meine Magie hervorgelockt, wenn ich nur etwas länger durchgehalten hätte. Ich habe mich von meinem Leiden bezwingen lassen, statt es durchzustehen. Und er hat recht, wir brauchen meine Magie. Jeder Soldat, der an der Front fällt, jedes Leben, das verloren geht, das alles geschieht meinetwegen. Weil ich meine Magie nicht erwecken kann, um sie zu retten.

»Du bist eine Schande«, eifert der Drachenwahrer weiter, »eine wahre Enttäuschung. Eine Verschwendung unserer Ressourcen, unserer Kräfte. Wir hätten eine stärkere Frau wählen müssen, nicht so einen Schwächling wie dich.«

Ich schluchze, während mich seine ganze Frustration trifft. Es gab eine Zeit, in der die Drachenwahrer meine Freunde, meine Familie waren. Sie haben mich großgezogen, der Oberste Drachenwahrer war wie ein Vater für mich. Umso mehr trifft es mich, diesen Hass, diese Wut zu fühlen.

Als er sich abwendet, um den Raum zu verlassen, sind es seine letzten Worte, die mir den Rest geben: »Vielleicht haben wir mit deinen Schwestern mehr Erfolg.«

5 五

Ri

Der Prinz findet mich, als ich schluchzend auf dem Boden der Bibliothek liege.

Es geschieht fast jeden Tag, dass ich nach dem misslungenen Magietraining einen Verzweiflungsausbruch habe. Heute ist es schlimmer als gewöhnlich, da die Drachenwahrer mich geistig wie körperlich an meine Grenzen gebracht haben, aber es ist nie ein angenehmes Erlebnis.

Sie haben recht, ich bin schwach. Ich liege am Boden, den verletzten Arm an mein Kleid gepresst, und schluchze hemmungslos. Ich bin froh, dass die Bibliothek leer ist, aber auch Zuschauer würden mich in diesem Moment nicht davon abhalten, meine Schwäche zu zeigen. Die Tränen sind einfach zu viele, die Verzweiflung zu groß. Ich kann niemanden retten. Nicht Midland, nicht unsere Soldaten, geschweige denn diese Welt. Ich kann nicht einmal meinen Schwestern helfen. Cai und Changye sind gerade mal zwölf Jahre alt und die Drachenwahrer haben mir versprochen noch zu warten, bis sie versuchen ihre Magie auszubilden.

Ich schätze, dieses Versprechen ist hinfällig. Ich wünschte, ich könnte die beiden jüngeren Sternentöchter beschützen, aber ich bin nutzlos. Eine Verschwendung.

Huoyan sagt nichts, als er sich neben mich auf den Boden setzt und meinen Rücken streichelt. Er bemerkt meine Verletzung sofort, trotz meiner Versuche, sie zu verbergen. Der Grund, weshalb ich fast nur schwarze Kleider trage, ist nicht der, den Drachenwahrern zu ähneln, sondern weil Blutflecken darauf unauffälliger sind.

Huoyan nimmt sanft meinen Arm, um ihn zu verbinden. Dass er inzwischen immer Verbandszeug dabeihat, wenn er mich nach meinem Magieunterricht aufsucht, spricht Bände. Er schweigt, ist einfach nur bei mir, während ich weine und meiner Verzweiflung freien Lauf lasse. Bis ich mich langsam beruhige und meine Tränen weniger werden. Wortlos streckt er mir einen Becher mit Tee hin, als ich mich schließlich auch aufsetze und an ihn lehne.

»Danke«, murmle ich. Ich lehne mich an ihn und trinke die beruhigende Flüssigkeit, die mir hilft zu mir zurückzufinden. Obwohl Huoyan genügend andere Sorgen hat, ist er in meinen schlimmsten Momenten immer für mich da, um mich wieder aufzurichten. Ich weiß nicht, was ich ohne meinen besten Freund tun würde.

Wobei, ich weiß es doch, denn ohne ihn und meine Schwestern hätte ich keinen Grund zu bleiben und diesen aussichtslosen Kampf weiterzuführen.

»Sie wollen Cais und Changyes Ausbildung beginnen«, berichte ich und fühle mich elend. Huoyans Hand, mit der er beruhigend über meinen Rücken gestreichelt hat, stockt.

»Das würden sie nicht tun«, erwidert er ungläubig.

Mein Schweigen ist Antwort genug.

»Ich werde es verhindern«, verspricht er mir grimmig und ich seufze erleichtert. Huoyan ist vermutlich der Einzige, der etwas für meine Schwestern tun kann.

»Ich ...«, setzt er an, »es tut mir leid, dass ich dir nicht helfen kann. Dass ich deine Magiestunden nicht verbieten kann.«

Ich schüttele den Kopf.

»Ich bin Midlands einzige Hoffnung«, echoe ich das, was mir seit meiner Geburt eingebläut wird, »selbst wenn du könntest, solltest du die Möglichkeiten, die wir mit meiner Magie hätten, nicht aufgeben.«

»Ich tue es«, schwört er mir, »sobald ich Kaiser bin, werde ich das beenden. Egal was geschieht, wir finden eine andere Lösung, irgendwie. Das, was du durchmachst … ich … es tut mir so leid.«

Seine Worte berühren mich und entlocken mir ein schwaches Lächeln.

»Danke«, sage ich, obwohl ich weiß, dass er seinem Schwur vorerst nicht nachkommen können wird. Huoyan wird erst in knapp einem Jahr volljährig, bis dahin bleibt seine Mutter als Regentin an der Macht. Obwohl er seit dem Tod seines Vaters praktisch alle Regierungsgeschäfte übernommen hat, alle Entscheidungen trifft, kann er sie nicht überstimmen. Und sie würde nicht zulassen, dass ich für das Gewissen ihres Sohnes verschont werde. Sie weiß genau, dass Midland es sich nicht leisten kann, auf meine Magie zu verzichten. Und selbst wenn Huoyan glaubt, dass es einen anderen Weg gäbe, uns zu retten … Wie soll man eine sterbende Sonne retten, wenn nicht durch Magie? Die Drachenwahrer hätten diese Alternative sicher längst gefunden.

»Es tut mir auch leid, was ich gestern gesagt habe«, fährt Huoyan fort. Ich winke ab, denn wie könnte ich ihm böse sein, ihm, der immer für mich da ist? Aber Huoyan spricht weiter.

»Es war taktlos von mir. Du bist wunderschön, Ri, und ich bin mir sicher, lägen die Dinge anders, hättest du mehr Verehrer, als du zählen könntest. Vermutlich würde sogar ich dir den Hof machen.«

Obwohl seine Worte nur eine hypothetische Überlegung sind, fühle ich mich besser. Ich merke sogar, wie sich meine Mundwinkel heben. Ein Teil von mir findet den Gedanken schöner, als gut für mich ist. Um das zu verdrängen, kichere ich ein wenig gezwungen.

»Ein Prinz, der einer mittellosen Sternentochter den Hof macht? Deine Mutter würde einen Anfall kriegen.«

Huoyan zuckt mit den Achseln und grinst verlegen, offensichtlich stolz darauf, meine Laune etwas gehoben zu haben. Ich schlinge die Arme um ihn und ziehe ihn in eine Umarmung, versuche mit einer Berührung all die Dankbarkeit auszudrücken, die ich empfinde. Weil Huoyan mein Freund ist, für mich da ist. Weil er der Einzige ist, der mich versteht.

Huoyan löst sich nach einem kurzen Moment wieder von mir und sein Blick ist ernst, als er mich ansieht.

»Ri, ich muss dir etwas erzählen.«

Ich hebe eine Augenbraue.

»Sag nicht, du hast dich in die Tochter des Heerführers verliebt und willst sie heiraten«, ziehe ich ihn auf. »Oder hast du den Brief für sie noch nicht geschrieben?«

Huoyans Blick bleibt fest, was mir zeigt, dass es wirklich wichtig ist. Kurz habe ich Angst, dass ich mit meiner Vermutung recht habe. Was würde ich tun, wenn Huoyan heiraten würde und plötzlich nicht mehr für mich da wäre? Wenn er einer anderen seine Aufmerksamkeit schenken müsste? Zwar ist zwischen uns nicht mehr als Freundschaft, aber es würde dennoch anders sein. Ein kaltes Gefühl steigt in mir auf, wie immer, wenn ich mir Huoyan mit einer anderen vorstelle, aber ich schiebe es beiseite. Will nicht wissen, was es für mich bedeutet.

»Du weißt genau, dass ich nicht heiraten werde, wenn ich es irgendwie vermeiden kann«, antwortet Huoyan und ich spüre Erleichterung. »Nein, ich habe Gerüchte gehört, von denen ich dir erzählen muss.«

Verwirrt hebe ich die Augenbrauen und bedeute Huoyan fortzufahren.

»Es … Ich will dir keine falschen Hoffnungen machen, aber ich finde, dass du es wissen solltest. Dass du wissen solltest, dass es noch einen anderen Weg gibt.«

Huoyans kryptische Worte wecken in mir das Bedürfnis, aus ihm herauszuschütteln, was genau er mir erzählen möchte. Er kann mir meine Ungeduld offenbar ansehen, aber er sucht noch immer nach Worten.

»Ich … weiß es erst seit einigen Tagen, habe aber gezögert es dir zu berichten. Ich will dich nicht verlieren, Ri.«

»Jetzt erzähl schon«, fordere ich irritiert, obwohl seine Worte mich berühren.

Huoyan seufzt.

»Es gibt Gerüchte über eine Höhle im Westen, die vor einigen Jahren wie aus dem Nichts erschienen sein soll. Vor wenigen Tagen kam ein Bote zu uns, der ihre Existenz bestätigte. Die Höhle ist mystisch, als würde sie aus einer anderen Welt stammen. Eine Warnung prangt an ihrem Eingang.«

»Eine Höhle?«, echoe ich verwirrt. Warum sollte das von Bedeutung sein?

»In der Höhle lebt ein Wesen«, fährt Huoyan fort. »Angeblich gibt es den Würdigen Antworten auf ihre Fragen und hilft ihnen in eine bessere Zukunft zu gelangen.«

Das weckt mein Interesse und ich blicke Huoyan alarmiert an.

»Aber die Gerüchte besagen auch, dass nicht jeder, der hineingeht, zurückkehrt. Nur einer von zehn gelangt wohl zurück in die Welt der Lebenden. Aber auch sie sollen sich verändert haben, als wären sie plötzlich andere Menschen. Ihre Fragen sind beantwortet und sie wählen unwillkürlich den richtigen Weg, haben mehr Glück und Erfolg als gewöhnlich, aber … sie sind nicht mehr sie selbst.«

»Ein mystisches Wesen, das allwissend ist?«, fasse ich das zusammen, was mir von Huoyans Erzählung am bedeutendsten erscheint. Das erinnert mich an die Geschichten und Märchen, die mir als Kind erzählt wurden.

»Wo finde ich die Höhle?«, will ich wissen. Wenn ich wirklich meine Magie erwecken könnte … meine Schwestern wären sicher. Midland wäre sicher. Ich könnte die Welt retten.

Huoyan wirkt weniger zuversichtlich als ich.

»Ich kann eine genaue Wegbeschreibung anfertigen lassen. Aber Ri … es ist gefährlich. Sehr gefährlich. Mir wäre es lieber, du würdest auf meine Krönung warten und in Sicherheit bleiben, bis ich deine Magiestunden verbieten kann.«

Wir beide wissen, dass ich das nicht kann. Ich habe den Glauben daran, dass die Drachenwahrer meine Magie hervorlocken können, verloren, aber Midland braucht mich. Bis zu Huoyans Krönung könnte das Reich bereits von seinen Feinden besiegt worden sein. Die Drachenwahrer könnten mich bei einem ihrer Experimente umgebracht haben.

Aber die Reise zu einem rätselhaften Wesen, die die Drachenwahrern sicher nicht ohne Weiteres bewilligen würden, ist keine leichte Aufgabe. Es ist keine Entscheidung, die ich heute treffen, keine Mission, die ich sofort antreten werde. Also nicke ich und lasse mich von Huoyan in eine weitere Umarmung ziehen, während meine Gedanken nicht aufhören um diese Möglichkeit zu kreisen.

Die Chance, endlich Magie wirken zu können.

6 六

Darius

Heute Nacht beobachte ich das Dach des Tempels erfolglos, denn Mina kommt nicht, um die Sterne zu betrachten und mit mir zu sprechen. Jeden Abend warte ich auf der Aussichtsplattform auf meinem Stern auf sie, fühle mich nur dann wirklich lebendig, wenn ich höre, wie sie ihre Worte an mich richtet. Wenn sie nur wüsste, dass ich sie hören kann ... Wenn sie die Antworten vernehmen könnte, die ich ihr jedes Mal gebe. Wenn ich ihr nur alles erklären könnte ...

Aber es sind unnütze Überlegungen, denn ich bin nur einer von vielen Punkten an ihrem Nachthimmel und sie ist da unten, ein Mensch. Doch obwohl unsere Konversationen einseitig sind, zählen sie zu meinen liebsten Momenten. Nur dann kann ich mich der Illusion hingeben, ihr nah zu sein ... Umso mehr trifft es mich, dass sie in den letzten Monaten immer seltener kommt. Und dann muss ich auch noch täglich mit ansehen, wie ihre Verzweiflung steigt, wie sehr die Drachenwahrer sie quälen ... Ich kann es kaum ertragen.

Als ich mir sicher bin, dass Mina heute Nacht nicht mit mir sprechen wird, verlasse ich den Aussichtspunkt. Verlasse meinen Stern, um den Einzigen aufzusuchen, der mir helfen kann.

»Ich will nicht länger warten«, verkünde ich, als Mingyue verschlafen den Kopf hebt. Während er erwacht, verstärkt sich das schwache Licht der blauen Steinadern in seiner Höhle, in der er um einen Stein gerollt geschlafen hat. Fast fühle ich ein schlechtes Gewissen, weil ich den Drachen geweckt habe, aber die Zeit drängt.

»Ich muss Mina zurückholen, und zwar jetzt«, unterstreiche ich meine Worte noch einmal, als der Drache mich nur verwirrt anstarrt. Es ist eindeutig, dass der Schlaf ihm noch in den Knochen steckt, aber dann blinzelt er angestrengt und seine Schnurrhaare heben sich langsam, neugierig.

»Jetzt?«, hakt er nach.

Ich nicke, während der Drache sich aufrichtet.

»Ich dachte, wir haben uns geeinigt sie zu holen, sobald sie volljährig ist«, merkt er an, »was erst in einigen Monaten der Fall sein dürfte.«

Es stimmt, das haben wir. Nach einer der vielen Diskussionen, die ich in den letzten Jahren mit dem Drachen geführt habe. Eine Diskussion, die ich immer wieder aufgreife, wenn meine Geduld sich dem Ende zuneigt. So wie heute. Doch Mina ist beinahe volljährig, beinahe eine Frau. Was machen da ein paar weitere Monate für sie aus? Ich will sie so schnell wie möglich zurückhaben. Das Warten zermürbt mich und ihr Leid nur noch mehr.

»Sie kann nicht bleiben, wo sie ist«, begründe ich meine Aussage. »Die Menschen behandeln sie mit jedem Tag schlechter. Heute haben sie wieder ihren Arm geritzt.«

Wenn ich daran denke, was diese sogenannten Gelehrten ihr antun, entbrennt Hass in mir. Hass auf die Drachenwahrer, die meine geliebte Begleiterin so zurichten. Die ihr schaden, ihr Wunden und Schmerzen zufügen, und das unverdient. Ich wünschte fast, das Aussterben der Menschheit würde sich beschleunigen, die Sonne schneller erlöschen, damit sie keine Gefahr mehr für Mina darstellen können.

Aber auch Mina ist nun ein Mensch, also muss ich hoffen, dass die Sonne trotz ihrer fehlenden Seele noch ein wenig länger durchhält. Wie durch ein Wunder steht sie auch nach Jahren noch am Himmel. Sie muss überdauern, solange Mina sie braucht.

»Es tut mir leid zu hören, dass es ihr schlecht geht«, sagt der Drache, »aber wir beide wissen, dass du ihr helfen kannst, ohne sie zu dir zu holen.«

Ich will nicht glauben, dass er diese Möglichkeit wieder anspricht. Empört ziehe ich die Luft ein.

»Und den Menschen Zugriff auf meine Magie geben, damit sie meinen Stern und seine Kraft für ihre Zwecke nutzen können? Ich denke nicht.«

Wenn es nur um Mina ginge, würde ich ihr mit Freuden alles geben, was ich habe. Es schmerzt so sehr, jeden Tag dabei zuzusehen, wie sie versucht eine Flamme zu beschwören. Das Ziehen an unserer Verbindung, an meiner Magie zu fühlen und doch widerstehen zu müssen. Aber diese Drachenwahrer ... sie wollen Mina nur benutzen, aus ihr eine Waffe machen. Sie würden mit ihrer Magie so viele Menschenleben fordern, nur um die Macht des Kaiserreiches zu demonstrieren und Midland an die Spitze der Welthierarchie zu setzen. Sie würden sinnlose Kriege ausfechten, wie es bereits ihre Vorfahren taten, die die dunklen Jahre herbeiführten. Was sie mit Minas und meiner Magie machen könnten ... Besser, sie fechten ihre Kämpfe mit herkömmlichen Waffen aus.

»Sie würden die Magie auch nutzen, um ihre Welt zu retten«, erinnert Mingyue mich, »wenn du zur Sonne werden würdest ...«

Ich mache eine eindeutige Handbewegung, um ihn zum Schweigen zu bringen. Diesen Streit werden wir nicht noch einmal führen. Ich werde nicht zur Sonne werden, sondern Mina zurückholen und mit ihr auf unserem Stern die Ewigkeit verbringen. Seit die Menschheit mir meine Begleiterin genommen hat, habe ich noch weniger Mitleid mit ihnen als zuvor. Sie haben ihr Schicksal selbst verschuldet und ich dulde nicht, dass sie Mina oder mich für ihre Zwecke missbrauchen.

»Ich muss Mina zurückholen«, wiederhole ich meine Aussage vom Beginn unseres Gespräch, was den Drachen zum Seufzen bringt.

»Du hast mich versprechen lassen dich aufzuhalten, solltest du vor ihrer Volljährigkeit versuchen sie zu dir zu holen.«

Ich weiß das und ich verfluche mich selbst dafür. Im Glauben, mich und meine Ungeduld zu kennen, bat ich den Drachen mich zum Warten zu zwingen. Ich wollte Mina ihre Kindheit und Jugend lassen, sie aufwachsen sehen, ihr die Möglichkeit geben, wieder zu der Frau zu werden, die ich kannte. Aber wie kann ich länger warten, wenn es ihr so schlecht geht? Ist es nicht meine Aufgabe, sie zu beschützen? Es sollte nicht der pathetische Menschenprinz sein, der ihr hilft und versucht sie bei Verstand zu halten. Ich sollte dort sein und für sie da sein. Kein anderer Mann.

»Deine Eifersucht hat wieder überhandgenommen«, analysiert der Drache meinen Stimmungszustand und hat leider recht damit. Es ist fast unerträglich zu beobachten, wie Mina Leid zugefügt wird. Aber überstehbar, weiß ich doch, dass sie bald zu mir kommen wird und ihr auf meinem Stern nie wieder etwas zustoßen kann. Dass ich all ihre Narben heilen und sie den Schmerz vergessen lassen werde.

Aber sie mit dem Prinzen zu sehen ... Das ist etwas, das ich nicht ertragen kann. Ein Anblick, bei dem ich jedes Mal wegsehen muss, um der Eifersucht in meinem Herzen nicht freien Lauf zu lassen und den Prinzen mit einem Feuerblitz zu töten. Mina gehört mir. Mir allein.

»Sei doch froh, dass sie einen Freund hat und nicht ganz allein ist«, bemerkt der Drache. Auch diese Diskussion haben wir oft und jedes Mal kommen wir überein, dass er recht hat. Ich will nicht, dass Mina einsam ist. Ich bin froh, dass ihr jemand hilft. Mir wäre es nur lieber, wenn es jemand anders wäre.

Wie so oft muss ich mich geschlagen geben und nicke nur, bevor ich mich umdrehe und die Höhle des Drachen verlasse.

Ich will Mina die Chance geben, erwachsen zu werden. Die Welt zu erleben, bevor die Menschheit für immer vergeht. Ich wünschte nur, ich wäre an ihrer Seite.

7 七

Ri

Die Gedanken an das allwissende Wesen und das Potenzial, das ein Besuch bei ihm bieten würde, lassen mich nicht los. Magie wirken zu können, wäre mein größter Traum. Und doch denke ich gleichzeitig daran, was die Drachenwahrer gesagt haben. Ich bin schwach. Ich bin nicht tapfer oder mutig, habe keinerlei außergewöhnliche Talente. Wie könnte ich allein durch Midland reisen, zu einer mystischen Höhle, in deren Innern Gefahren auf mich lauern?

Der Gedanke, zaubern zu können, ist schön und doch zögere ich zu gehen, obwohl ein Teil von mir überzeugt ist, dass ich muss. Ich weiß genau, dass die Drachenwahrer nicht damit einverstanden wären, ihre Geheimwaffe aus den Augen zu lassen. Vielleicht würden sie die Reise unterstützen, aber zu welchem Preis? Allein der Gedanke daran, einen von ihnen in meiner Nähe zu haben, lässt mich erschaudern. Den Folterer zu ertragen … Alles in mir wehrt sich gegen den Gedanken. Womöglich wäre es sinnvoll, unter ihrem Schutz und in ihrer Begleitung zu reisen, aber ich kann es nicht. Jeder Augenblick, den ich in Gegenwart eines Drachenwahrers verbringen muss, ist einer zu viel.

Aber wenn ich allein ginge … Ich müsste aus dem Palast fliehen. Mich von den unsichtbaren Fesseln befreien, die mich festhalten. Ich müsste an den Wachen vorbei, die fast jeden meiner Schritte überwachen, den Palast und die Nordstadt unerkannt verlassen. Ich müsste durch eine Welt reisen, die für unerfahrene Sternentöchter wie mich nicht gemacht ist. Ich müsste den Weg zu einem Ort finden, an dem ich nie war, allein und schutzlos.

Der Gedanke erfüllt mich einerseits mit Schrecken, andererseits ... hat er eine gewisse Schönheit. Ich wäre auf mich selbst gestellt und zum ersten Mal in meinem Leben wirklich frei. Ich würde diesen goldenen Käfig verlassen und ihn gegen unwirtliche Wildnis eintauschen, ja, aber ich könnte gehen, wohin ich will. Ich könnte zu der Höhle reisen, aber auch ... an andere Orte. Wenn das Wesen mir nicht helfen und ich die Begegnung überleben sollte, könnte ich gehen. Nach Atlas reisen, unter Menschen kommen, die aussehen wie ich. Unter denen mein rotes Haar und die grauen Augen mich nicht als anders kennzeichnen würden, sondern unter denen ich eine von ihnen sein, ein normales Leben anfangen könnte. Es ist ein Traum, den ich insgeheim schon länger träume, eine Fantasie, die durchaus ihren Reiz hat.

Allerdings bedeutete das ein Leben ohne Huoyan, ohne Cai, ohne Changye. Ein Leben, in dem niemand mich wirklich kennen würde, da ich keinem die Wahrheit darüber erzählen könnte, wer ich bin.

Den ganzen nächsten Tag über hadere ich mit mir selbst. Ein Teil von mir will bleiben, überdauern, den strikten Regeln des Palasts folgen. Ein anderer will gehen und kosten, was es heißt, frei zu sein.

»Was ist los mit dir?«, will Changye wissen, als ich beim Mittagessen nur in meiner Schüssel Reis herumstochere. Es wundert mich, dass sie etwas bemerkt hat, denn mittags bin ich immer abwesend. Bereite mich innerlich auf den Magieunterricht vor, obwohl er nichts ist, worauf ich mich je einstellen könnte.

Aber scheinbar verhalte ich mich anders als sonst, das zeigt mir der besorgte Ausdruck in den Augen meiner kleinen Schwester. Obwohl wir nicht wirklich verwandt sind, stehen wir uns so nahe wie eine richtige Familie. Meine Sternenschwestern kennen mich fast so gut wie Huoyan und sind vermutlich die Einzigen, die mein Schicksal wirklich verstehen können. Dennoch hoffe ich für sie, dass sie das ganze Ausmaß unseres Seins nie kennenlernen müssen. Dass sie nie das durchmachen, was ich erleben muss.

Wenn ich gehen würde und erfolgreich zurückkäme, wären sie sicher. Wenn ich scheiterte, würde ich sie schutzlos dem Schicksal aussetzen, das ich erleben muss. Wie soll ich nur herausfinden, was die richtige Entscheidung ist?

»Nichts«, antworte ich schnell auf die Frage meiner Schwester, was dazu führt, dass auch Cai den Kopf hebt. Beide blicken mich argwöhnisch an, ein offensichtliches Indiz, dass sie mir nicht glauben. Ich seufze.

»Huoyan und ich hatten eine Meinungsverschiedenheit«, flunkere ich, was den beiden wohl genügt. Es ist keine echte Lüge, schließlich sind der Prinz und ich nicht einer Meinung, was das mystische Wesen betrifft. Aber die Erwähnung meines besten Freundes bringt mich dazu, die Reisschüssel von mir zu schieben und aufzustehen. Es widerstrebt mir, Essen zu verschwenden, aber ich habe keinen Hunger und einer der Dienstboten wird sich sicher über die zusätzliche Mahlzeit freuen.

»Ich werde mich bei ihm entschuldigen«, verkünde ich meinen jüngeren Schwestern, die einen Blick tauschen und dann gleichzeitig nicken. Manchmal ist es geradezu unheimlich, wie gut die beiden sich verstehen, aber ich halte mich nicht damit auf, sondern drehe mich um und verlasse unseren Speisesaal. Dieser befindet sich in unmittelbarer Nähe der Räumlichkeiten der Kaiserfamilie. Ich muss nur wenige Gänge durch den Himmelspalast laufen, um dort hinzugelangen. Ein Weg, den ich in- und auswendig kenne. Ich lächle bei der Erinnerung daran, wie oft Huoyan und ich in diesen Gängen schon Verstecken gespielt haben, wie viel Spaß wir als Kinder hatten. Es hat schon seine Vorteile, im Palast aufzuwachsen.

Die Tür zum Esszimmer steht offen und zwei kaiserliche Wachen stehen daneben, die sich bei meiner Ankunft nicht rühren. Schnellen Schrittes gehe ich darauf zu, doch bevor ich den Raum betreten kann, höre ich ein helles Lachen. Es hört sich zu jung an, um von der Kaiserin zu stammen, und aus unerfindlichen Gründen werde ich bei dem Geräusch langsamer. Statt in den Raum zu stürmen, nähere ich mich nur langsam und bleibe so stehen, dass ich hineinblicken kann, ohne direkt Aufmerksamkeit auf mich zu lenken.

Die Kaiserin sitzt am Kopf des langen Esstischs, an dem die Familie ihre Mahlzeiten zu sich nimmt. Huoyan sitzt neben ihr, ihm gegenüber ein midländisches Mädchen, das ich nicht kenne. Ihre seidigen schwarzen Haare sind zu einer kunstvollen Frisur zusammengesteckt, die einer Prinzessin würdig wäre, und ihr goldenes Seidenkleid zeigt mir, dass sie sich auch für eine hält. Ihre filigranen Gesichtszüge sind so natürlich, so midländisch, dass ich Neid in mir aufsteigen spüre. Neid auf eine Fremde, die mit der kaiserlichen Familie zu Mittag ist, ein Anlass, zu dem sonst niemand eingeladen wird. Selbst ich durfte nie bei den Mahlzeiten von Huoyan und seiner Mutter dabei sein, die ihr angeblich heilig sind.

Offensichtlich nicht zu heilig, um dabei ihren Sohn zu verkuppeln. Und es scheint zu funktionieren. Eine ganz andere Art von Neid durchzuckt mich, als ich beobachte, wie mühelos die drei sich unterhalten. Wie viel die Fremde lacht, wie offen Huoyan erzählt, der ihr Lachen mit einem Grinsen erwidert. Wie sie amüsiert den Kopf schüttelt und ihr eine Haarsträhne ins Gesicht fällt, die Huoyan ihr sanft hinters Ohr streicht.

Plötzlich ist mir übel, als hätte ich etwas Schlechtes gegessen. Dies ist definitiv kein Moment, in den ich hereinplatzen möchte. Langsam ziehe ich mich zurück, ignoriere die fragenden Blicke der Wachen und gehe durch den Gang, aus dem ich gekommen bin. Ich bin froh, dass mich niemand gesehen hat … Jedoch frage ich mich auch, wie Huoyan reagiert hätte. Hätte er mich seiner neuen Freundin vorgestellt oder mich ignoriert? Keines der beiden Szenarien scheint besonders angenehm zu sein.

Das Gespräch mit ihm hat sich dadurch wohl erübrigt. Das Zwielicht, in das die Welt dank der sterbenden Sonne getaucht wird, passt zu meinem Gemütszustand, als ich ohne bestimmtes Ziel durch den Himmelspalast laufe. Ich will raus, einfach nur raus hier. Aus diesem Leben, aus meinem Schicksal. Dennoch finde ich keinen Ausweg, kann nur laufen und meinen Fluchtinstinkt unterdrücken.

8 八

Ri

Als die Drachenwahrer diesmal die Bibliothek betreten, in der ich bereits gehorsam auf meinen Magieunterricht warte, sind es nur zwei. Mein Blut wird kalt, als ich den Folterer erkenne, der dem noch immer enttäuscht dreinblickenden Obersten Drachenwahrer folgt. Scheint, als gäbe es heute keinen entspannten Versuch, mich zu kitzeln oder auf wenig schmerzhafte Weise meine Magie hervorzulocken.

Die beiden begrüßen mich nicht, stattdessen beginnt der Oberste Drachenwahrer sofort mit monotoner Stimme, den Magieunterricht einzuläuten. Wie immer erscheint keine Flamme in meiner Hand, ich zeige nach wie vor keine Anzeichen einer magischen Begabung.

Weiter geht es mit den vom Folterer so geliebten Schnittmustern. Ich bin wie betäubt, als ich dem Obersten Drachenwahrer meinen Arm hinstrecke, kann seltsamerweise nur an Huoyan und das Mädchen denken, mit dem er gesprochen hat. Ich weiß nicht, warum ich so besessen davon bin. Seit unserer Kindheit ist uns bewusst, dass Huoyan zum politischen Vorteil Midlands heiraten wird. Bin ich etwa eifersüchtig? Natürlich nicht. Ich schelte mich einen Dummkopf für diesen Gedanken, denn Huoyan ist mein bester Freund. Ich will es nicht einmal in Erwägung ziehen, denn das würde bedeuten … Ich breche die Überlegung ab, wir sind zusammen aufgewachsen. Ich habe sicher nur Angst, ihn zu verlieren, wenn er einer anderen mehr Aufmerksamkeit schenken muss als mir.

Die Schmerzen sind fast eine Erleichterung, denn sie lenken mich gut von Huoyans Mädchen ab. Meine Wunden von gestern sind bereits völlig geheilt und haben nur blasse Linien auf meinem Arm zurückgelassen, zumindest etwas ist übernatürlich an mir. Dass ich auf magische Weise über Nacht heile, ist bestimmt eine Rechtfertigung dafür, weshalb der Folterer diese Methode favorisiert, meine Magie hervorzulocken. Auf gewisse Weise ist sie da und heilt mich – ich müsste nur noch lernen, sie zu nutzen, um die Schmerzen von vornherein zu vermeiden.

Die Klinge des Messers ist kalt und doch brennt sie in meiner Haut, als der Oberste Drachenwahrer damit über meinen Arm fährt. Jeder Schnitt schmerzt höllisch, obwohl ich doch längst abgestumpft sein sollte. Es hilft nicht, dass ich weiß, dass diese Schmerzen sinnlos sind. Ebenso wenig, dass ich mir zutiefst wünschte, das hier wäre ein Albtraum. Ich fühle, dass es echt ist, kann nur gerade so den Drang unterdrücken, den Drachenwahrer von mir zu stoßen. Eisern zwinge ich mich dazu, die Arme ausgestreckt zu lassen und mir auf einer Handfläche eine Flamme vorzustellen.

Scheinbar haben die Drachenwahrer von gestern gelernt und stellen mein Durchhaltevermögen heute nicht zu sehr auf die Probe. Sie versuchen ein leichteres Muster aus dem Buch, das ihr Leitfaden zu sein scheint. Es sind nur wenige Schnitte heute, die der Oberste Drachenwahrer mir zufügt, während ich mich in der hintersten Ecke meines Verstandes verkrieche. Dann weicht er zurück und blickt mich erwartungsvoll an.

Noch immer habe ich beide Arme erhoben. Noch immer gibt es kein Zeichen von Magie. Wir lauschen für einen Moment dem Geräusch, wie mein Blut zu Boden tropft, bis sich ein enttäuschter Zug um den Mund des Obersten Drachenwahrers bildet. Ich spüre einen inneren Triumph, lange genug durchgehalten zu haben, sodass es diesmal sein Misserfolg ist und nicht meiner, aber es hält nicht lange. Schließlich geht es nur darum, *mir* zu helfen, und jeder seiner Fehlschläge ist auch meiner.

»Wir versuchen es morgen wieder«, verkündet der Oberste Drachenwahrer, wendet sich um und verlässt den Raum. Sofort presse ich meinen Arm wieder an mein Kleid und sinke von meinem Stuhl zu Boden. Ich habe durchgehalten, heute keine Schelte bekommen, und dennoch ist es genau so schlimm wie gestern. Ich fühle mich gedemütigt, verletzt, hoffnungslos. Es gibt noch so viele andere Schnittmuster in diesem Buch, das der Folterer gefunden hat. So viele weitere Möglichkeiten, mir Schmerz zuzufügen, um vielleicht meine Magie zu erwecken. Ich weiß genau, dass das hier nie funktionieren wird, sondern ich nur immer wieder Blut verlieren werde, bis die Drachenwahrer mich eines Tages versehentlich töten. Zukunftsaussichten, gegen die ich mich mit jedem Augenblick mehr sträube.

Es dauert nicht lang, bis Huoyan die Bibliothek betritt und auf mich zueilt. Ich lasse zu, dass er meinen Arm verbindet, und mustere ihn währenddessen, als wäre es das letzte Mal. Seine dunklen Augen sind wie die jedes Midländers und doch für mich völlig einzigartig. Sein schwarzes Haar glänzt im Licht der Kerzen, das die Bibliothek erhellt. Seine Gesichtszüge sind mir so vertraut wie meine eigenen. Huoyan ist für mich der wichtigste Mensch auf der Welt, aber wenn ich an meine Schmerzen denke oder an das Mädchen vom Mittagessen, weiß ich, es ist nicht genug.

»Ich kann nicht bleiben«, höre ich meine eigene Stimme unser Schweigen durchbrechen. Es ist die Wahrheit, die einzige Wahl, die ich habe. Huoyan mustert mich für einen Moment prüfend, dann presst er die Lippen zusammen und nickt. Er zieht ein Blatt Papier aus seinem Gewand, das er mir hinhält.

Ich ergreife es mit meinem unversehrten Arm und entfalte es. Das Blatt ist mit midländischen Schriftzeichen und geraden Linien bedeckt, die mich die Stirn runzeln lassen, als ich sie mustere. Schnell erkenne ich aber, dass es sich um eine Karte handelt.

Die Wegbeschreibung zur Höhle.

Überrascht blicke ich zu Huoyan, der mich ernst ansieht.

»Du hast sie bereits für mich besorgt? Danke!«

Er muss meine Entscheidung bereits geahnt haben und als der gute Freund, der er ist, hat er sich darauf vorbereitet. Ich ziehe ihn in eine Umarmung, bin dankbar dafür, dass er alles für mich tun würde.

»Ich habe deine Wachen bestochen, damit sie dich heute kurz vor Mitternacht für eine halbe Stunde aus den Augen lassen«, erklärt Huoyan. »Meine Leibwache ist heute Ouyuan, er wird es mir nachsehen, wenn ich noch einen Nachtspaziergang allein unternehmen möchte. Wir treffen uns um Punkt Mitternacht bei den Ställen.«

»Wir?«, echoe ich verwirrt und löse mich aus der Umarmung. Will Huoyan etwa mitkommen?

»Du glaubst doch nicht wirklich, dass ich dich allein gehen lasse, oder?«, fragt er grinsend.

»Aber du bist der Kronprinz«, widerspreche ich ungläubig. Er kann nicht einfach gehen. Seit dem Tod des Kaisers regiert Huoyan praktisch schon. Midland braucht ihn. Seine Mutter mag nach außen hin die Regentin sein, aber Huoyan ist der wahre Kaiser. Wie soll sie ohne ihn auskommen? Sie wird mich nur noch mehr hassen.

Gut, dass ich vorhabe nie mehr zurückzukehren, wenn ich keinen Erfolg habe. Irgendwann während meiner täglichen Folterstunde – ich meine natürlich, des Magieunterrichts – habe ich den Entschluss gefasst. Sollte meine Reise scheitern, werde ich nach Atlas gehen.

Huoyan zuckt auf meine Aussage hin mit den Schultern.

»Wir sind nur für ein paar Tage fort«, meint er leichthin. Ich habe nicht den Mut, ihm zu sagen, dass ich vielleicht für immer gehen werde, also nicke ich langsam.

»Aber«, setze ich an und denke wieder an das Mädchen im Esszimmer. Bei den Sternen, wenn Huoyan auch nur halb so häufig an sie denkt wie ich, ist er über beide Ohren verliebt in die Fremde. Keine Ahnung, wie ich das Thema ansprechen soll, ohne dass es unangenehm wird.

Huoyan kommt mir glücklicherweise zuvor.

»Ich entfliehe nur den Verkupplungsversuchen meiner Mutter«, erklärt er, »glaub ja nicht, dass ich deinetwegen mitkomme.«

Er zwinkert mir zu und mein schlechtes Gewissen verschwindet ein wenig. Auch wenn mir durchaus bewusst ist, dass er das nur sagt, damit ich mich besser fühle. Natürlich kommt Huoyan meinetwegen mit, aber dafür mag ich ihn umso mehr.

»Ich habe euch heute Mittag gesehen«, gestehe ich, ohne wirklich darüber nachzudenken. Vor Huoyan konnte ich noch nie etwas geheim halten. Der Prinz zuckt zusammen.

»Sie ist hübsch«, gebe ich zu. »Wer ist sie?«

Huoyan seufzt schwer, als wäre das Mädchen eines seiner größten Probleme.

»Mutter hat die Prinzessin der Eklipseninseln eingeladen«, erzählt er, »sie ist die alleinige Erbin der Inseln und ihr Vater ein potenzieller Verbündeter gegen Atlas. Mutter will, dass wir viel Zeit miteinander verbringen.«

Es ist fast komisch, wie unangenehm berührt Huoyan bei dieser Aussage aussieht.

»Es gibt sicher Schlimmeres, als mit einem hübschen Mädchen seine Zeit zu verbringen«, erwidere ich auf seine Aussage.

»Vielleicht wäre ich lieber bei einem anderen hübschen Mädchen«, entgegnet er zwinkernd und ich verdrehe die Augen, obwohl mir bei seinen Worten angenehm warm wird.

»Sie ist ganz nett«, gibt er zu, »aber es fühlt sich nicht richtig an. Ich will noch nicht heiraten und schon gar nicht eine Fremde, zu der ich keine Verbindung habe. Ich will mein Leben nicht mit einem Menschen verbringen, der genau wie ich nur dazu gezwungen wurde, ein Bündnis einzugehen.«

Mitfühlend streichle ich ihm über den Arm.

»Und doch wirst du es für das Wohl Midlands tun«, stelle ich traurig fest, woraufhin Huoyan nur geschlagen nickt.

»Wer weiß, vielleicht hat das Wesen auch eine Lösung für mich«, meint er leichthin und bringt mich damit zum Lachen.

»Dein Liebesleben hat sicher höchste Priorität«, stimme ich zu. Es gibt keine Worte, um zu beschreiben, wie froh ich darüber bin, dass Huoyan mein Freund ist.

9 九

Darius

Eigentlich habe ich mir vorgenommen Ri nur noch nachts zu beobachten. Ihr Raum zu geben, Privatsphäre, um meine Besessenheit von ihr zumindest ein wenig zu unterdrücken. Doch halte ich mich selten an diesen Vorsatz und heute bin ich erleichtert darüber. Was ich soeben beobachtet habe … Das reine Glücksgefühl verdrängt sogar die Eifersucht, weil sie den Prinzen so zärtlich angesehen hat.

»Sie kommt her!«, rufe ich aufgeregt, als ich in die Höhle des Drachen stürme. Wie immer bremst mich ein seltsames Gefühl, während ich diese Zwischenwelt betrete, die Mingyue aus dem Mond erschaffen hat, um Himmel und Erde zu verbinden und die Menschheit nach dem Verschwinden der Götter besser im Auge zu behalten.

Diesmal schläft Mingyue bei meiner Ankunft nicht, sondern ist gerade selbst dabei, einen Blick in die Welt der Menschen zu werfen. Eine Wand seiner Höhle ist transparent geworden, ein magisches Bild zeichnet sich dahinter ab und wir sehen, wie Mina ihre Sachen zusammenpackt. Ich kann es immer noch kaum glauben. Meine Mina wird herkommen!

»Der Prinz und sie werden sich auf die Reise hierher begeben«, bestätigt der Drache meine Aussage, während wir beobachten, wie Mina ihre Kleider faltet. Kurz bewundere ich ihre Schönheit, ihre vertrauten Gesichtszüge, bevor ich mich wieder dem Drachen zuwende. Es ist seltsam, sie hier gemeinsam mit ihm zu beobachten, deshalb bin ich erleichtert, als er die Wand wieder erscheinen lässt.

»Wenn sie hier ist …«, setze ich an. Das aufgeregte Zucken seines

Schweifes lässt mich verstummen, als Mingyue beginnt in der Höhle auf und ab zu gehen.

»Wir haben ein paar Tage Zeit, um zu überlegen«, meint er, »aber ja, wenn sie hier ist, wenn sie uns aus freien Stücken aufsucht ...«

»Kann ich sie zurück auf unseren Stern holen?«, vervollständige ich den Satz begeistert.

Die Schnurrhaare des Drachen kräuseln sich, er wirkt zweifelnd, aber er nickt.

»Wenn es ihr und dein Wunsch sein sollte, trotz der Risiken für die Menschenwelt, gibt es nichts, was dagegen spricht«, stimmt er zu und ich kann einen erfreuten Jauchzer nicht unterdrücken. Mina kommt her und in wenigen Tagen gehört sie wieder mir. Bald sind wir endlich wieder zusammen. Den Einwand, dass es unser beider Wunsch sein muss, ignoriere ich. Dass ich sie zurückhaben will, ist eindeutig und ich bin sicher, wenn Mina mich sieht ... Aber würde sie das Schicksal der Erde über unseres stellen, wenn sie sie retten könnte? Ich verdränge diese Möglichkeit, es muss einen anderen Weg geben. Mina *muss* zu mir zurückkehren. Unsere Liebe war so stark, daran wird sie sich doch noch erinnern ...

»Kann sie sich an uns erinnern?«, frage ich unvermittelt, als mir dieses Problem klar wird. In all den Jahren, die sie auf der Erde verbracht hat, gab es nie Anzeichen dafür. Nie wirkte sie so, als wüsste sie, dass ihr Stern ich bin und er nicht nur ein Himmelskörper ist. Jahre habe ich darauf gehofft, dass sie meinen Namen wispert, doch es ist nie geschehen. Sie scheint bei ihrer Wiedergeburt ihr Gedächtnis verloren zu haben, aber sicher kehrt es zurück, sobald sie mich sieht. Oder?

Der Drache starrt mich lange an, bevor er zugibt: »Ich weiß es nicht.«

Unglücklich presse ich die Lippen aufeinander. Dies ist tatsächlich etwas, das ich bedenken muss. Wenn Mina sich nicht an mich, an uns erinnert, wird sie womöglich nicht sofort gewillt sein mit mir auf unseren Stern zurückzukehren. Dass sie all die gemeinsame Zeit für immer vergessen haben könnte, bricht mir das Herz und schürt meine Wut auf die Menschen noch weiter.

Aber ein verlorenes Gedächtnis ist ein Hindernis, das ich überwinden kann, sobald sie endlich bei mir ist. Ich habe diese Frau schon einmal erobert. Das werde ich auch ein zweites Mal schaffen. Mina und ich gehören zusammen, wir sind füreinander bestimmt. Es kann nicht anders sein.

»Wir werden es den anderen sagen müssen«, fällt mir ein, was den Drachen seufzen lässt. Eigentlich meine ich nur die beiden Sterne, die ebenfalls ihre Begleiterinnen verloren haben, aber der Drache sieht das offenbar anders.

»Es wird Zeit, allen Sternen davon zu erzählen«, erwidert er, »auch wenn es kein leichtes Gespräch wird. Ich werde eine Versammlung einberufen.«

Für gewöhnlich versammeln sich die Sterne nur einmal im Jahr, da die Himmelskörper, auf denen wir wohnen, nicht lange ohne unsere Kraft überleben können. Wenn ich meinen Stern verlasse, verglüht er nicht sofort, sondern existiert weiter – in einer sehr geschwächten Form, in der sein Licht kaum sichtbar ist. Wenn ich nicht innerhalb weniger Tage zurückkäme, wäre es jedoch um ihn geschehen. Andere Sterne ignorieren diese Schwäche ihres Himmelskörpers ab und an, aber ihre Sterne sind nachhaltig blasser und stets dem Erlöschen nah. Als wir vor Jahrtausenden das erste Mal unsere Sterne verließen, konnten sie nur dank der Kraft des Sonnengottes unsere Abwesenheit überdauern und brauchten Jahrhunderte, um sich danach wieder zu erholen. Nur die Sonne selbst hat bisher allen Widrigkeiten getrotzt und beleuchtet noch immer die Welt der Menschen, obwohl sie ihre Seele verloren hat und mit jedem Tag schwächer wird.

Seit Jahren dränge ich Mingyue dazu, den anderen Sternen von Mina zu erzählen. Nur gemeinsam können wir etwas unternehmen, um den Verlust weiterer Begleiterinnen zu verhindern. Und vielleicht können wir zusammen den Drachen überzeugen, dass er einen anderen Weg finden muss, die Welt zu retten, als auf uns und unsere Begleiterinnen zu hoffen. Wobei dies für mich nicht mehr von Relevanz ist, nun, da Mina zu mir kommt …

»Wie werden wir es ihnen erzählen?«, will ich von dem Drachen wissen. Obwohl ich noch völlig aufgewühlt bin, beschäftigt mich die Frage. Wie werden die anderen Sterne reagieren?

Der Drache seufzt erneut und sieht zurück zu der Höhlenwand, die nur noch eine Wand ist. Die blauen Adern, die seine Höhle erleuchten, heben mit ihrem Licht Schatten und Unebenheiten im Gestein hervor, die sich beinahe zu bewegen scheinen.

»Von Beginn an«, antwortet Mingyue und ich frage mich, was das bedeutet.

10

Ri

Selbst nachts ist der Himmelspalast hell erleuchtet. In unserer Welt gibt es zwischen Tag und Nacht kaum einen Unterschied. Die Drachenwahrer haben mir berichtet, dass die Sonne vor der großen Dunkelheit strahlender als jede Kerze war. Inzwischen glimmt die Sonne auch tagsüber kaum hell genug, um die Schatten der Welt zu verdrängen. Für gewöhnlich ist es ein beruhigender Gedanke, dass zumindest der Palast stets lichterfüllt ist, aber heute fehlen mir die Schatten, in denen ich mich verbergen könnte.

Wie Huoyan versprochen hat, sind meine Wachen nirgends zu sehen, als ich kurz vor Mitternacht die Tür meines Zimmers öffne und in den Gang davor spähe. Kurz überkommt mich das schlechte Gewissen. Ich bin dabei, mein gewohntes Leben zu verlassen und die zu verraten, die auf mich vertrauen. Wenn die Drachenwahrer von meiner Flucht erfahren ... Ich will mir ihre Wut und Enttäuschung gar nicht vorstellen. Außerdem sind da noch Cai und Changye, die ich schutzlos im Palast zurücklasse. Während ich fort bin, könnte ihre Ausbildung beginnen ... Aber ich habe keine andere Wahl. Ich muss meine Magie erwecken, ansonsten ist ihnen das gleiche Schicksal vorherbestimmt wie mir. Das muss ich um jeden Preis verhindern. Und noch immer lockt mich der Gedanke an Freiheit ...

Vorsichtig verlasse ich mein Zimmer, ohne einen Laut zu verursachen, und schleiche über die Flure des Palastes in Richtung der Ställe. In der Helligkeit der Kerzen habe ich das Gefühl, allen Augen ausgeliefert zu sein, als könnte mich jeden Moment jemand entdecken und verraten. Meine Flucht aus diesem goldenen Käfig beenden, bevor sie überhaupt begonnen hat.

Aber obwohl das Licht nicht darauf hindeutet, dass tiefste Nacht herrscht, ist es an den fehlenden Menschen in den Gängen des Himmelspalasts erkennbar. Keine Diener eilen die prunkvollen Flure entlang, keine Minister marschieren plaudernd über die kaiserlichen Teppiche. Selbst Wachen sind kaum zu entdecken.

Es ist ein seltsames Gefühl, nicht als selbstbewusstes Mitglied des inneren Kreises durch den Palast zu schreiten, sondern wie eine Diebin hindurchzuhuschen. Es löst Angst in mir aus, Furcht vor den Folgen, sollte mich jemand bemerken, aber gleichzeitig macht es mich aufgeregt. Ich bin gespannt wie ein Bogen vor dem Schuss, eine ungekannte Vorfreude erfüllt mich. Als ich endlich in die kalte Nachtluft auf den Hof vor den Ställen trete, verspürt ein Teil von mir das Bedürfnis, begeistert aufzuschreien. Es ist die Aussicht auf Freiheit, die mich völlig verändert.

Um noch mehr von diesem Gefühl auszukosten, unterdrücke ich den Drang, irgendwelche Geräusche zu machen, sondern schleiche mich in den Stall. Der bekannte Geruch der Pferde beruhigt meine Aufregung ein wenig, ebenso wie Huoyan, der am Eingang auf mich wartet.

»Hast du alles?«, fragt er mich mit einem Lächeln im Gesicht und in seinen Augen erkenne ich den gleichen Eifer, wie ich ihn fühle. Mir wird klar, dass Huoyan tatsächlich nicht nur meinetwegen mitkommt. Es scheint, als würde er sich ebenso sehr nach der Weite der Welt und der Freiheit, die sie verheißt, sehnen.

Als Antwort auf seine Frage nicke ich und werfe mir meinen Umhang über, um mein rotes Haar zu verbergen. Huoyan führt mich zu zwei Pferden, die bereits gesattelt im Gang stehen. Leise pfeife ich durch die Zähne, als ich die Tiere erkenne. Huoyans schwarzen Hengst kenne ich schon lange, aber für mich hat er den grauen Wallach der Kaiserin bereit gemacht. Wenn sie das wüsste …

Aber ich protestiere nicht, als Huoyan mir beim Aufsteigen hilft, sondern streichle nur staunend über den Hals des Wallachs. Seine Ohren stellen sich neugierig auf, er scheint nichts gegen seine neue Reiterin einwenden zu wollen.

»Wie verlassen wir die Stadt?«, will ich atemlos wissen und höre die Nervosität in meiner Stimme.

»Überlass das nur mir«, entgegnet Huoyan und steigt ebenfalls auf. Gemeinsam reiten wir über den verlassenen Hof durch das Tor, das dank Huoyan gerade ebenfalls nicht bewacht wird, in die Straßen der Nordstadt, die mit jedem Meter düsterer werden. Wir lassen das Licht des Palasts hinter uns zurück und tauchen ein in eine heruntergekommene Stadt, von der ich in all den Jahren, die ich bereits hier lebe, nur sehr wenig gesehen habe.

Meine Freude wird durch den Anblick der Verwahrlosung ein wenig gedämpft. Die Pflastersteine werden mit jedem Meter dreckiger, ein ekelhafter Geruch steigt mir in die Nase, der sich völlig vom Duft der Lilien im Palast unterscheidet. Huoyan und ich sind die einzigen Reiter in der Stadt und bald wird mir klar weshalb: Die Bewohner können sich sicher keine Pferde leisten. Schattenhafte Gestalten sitzen an den Straßenrändern, dürrer, als gesund sein kann. Als wir in die ärmeren Viertel der Stadt kommen, wird es nur noch schlimmer. Die Straßen sind nicht gepflastert, sondern geteert und von Löchern und Rissen durchsetzt. Ganze Häuser sind eingefallen, manche Straßen wirken, als wären sie zu instabil, um sie zu betreten. Im Himmelspalast war das Elend unserer Welt immer weit entfernt, aber hier fällt es leicht, an das drohende Ende der Menschheit zu glauben.

»Ich wusste, dass es schlimm ist, aber es ist etwas völlig anderes, es mit eigenen Augen zu sehen«, murmelt Huoyan, als wir an einer abgemagerten Frau mit leerem Blick vorbeikommen, die bettelnd eine Hand ausstreckt. In der anderen hält sie ein Neugeborenes, doch sie wirkt, als könnte sie kaum sich selbst versorgen.

Und das, obwohl die Nordstadt angeblich einer der florierenden Orte unserer sterbenden Welt ist.

Huoyan wirft der Frau eine Münze zu, aber bevor sie sich bedanken kann, drückt er die Hacken in die Seite seines Hengstes und treibt ihn zu einem schnelleren Tempo an. Mit einem letzten Blick zu ihrem ungläubigen Gesicht, das sich beim Anblick der Münze aufhellt, folge ich ihm.

Ich weiß nicht, welche Pläne Huoyan hatte, damit wir ungesehen durch das Haupttor aus der Nordstadt gelangen. Fakt ist, wir brauchen sie nicht. Als wir am Tor ankommen, erwartetet uns eine riesige Menge – außerhalb der Stadt, nicht innerhalb. Zahlreiche Menschen versuchen sich an den Wachen vorbeizudrängeln. Diese sind damit beschäftigt, jeden abzuwehren, sodass sie uns kaum einen Blick schenken. Immerhin wollen wir aus der Stadt hinaus und nicht hinein wie die vielen abgemagerten Menschen, die sich offensichtlich ein besseres Schicksal innerhalb der Stadtmauern erhoffen.

Als wir durchs Tor reiten, weicht die Menge vor uns zurück. Vermutlich verschafft uns Huoyans Säbel Respekt, an den er bereits eine Hand gelegt hat. Dabei fallen mir die neidischen und verzweifelten Blicke der Hungrigen auf, denen unser Reichtum nicht entgeht und die die Pferde wohl nicht als Begleiter, sondern als nächste Mahlzeit ansehen. Schnell galoppieren wir weiter, während hinter uns Bewegung in die Masse kommt. Statt uns jedoch anzugreifen, werfen sich einige Menschen gegen die Schilde der Wachen, in dem aussichtslosen Versuch, sie zu überwältigen.

Ich wende den Blick ab. Huoyan und ich reiten wortlos weiter. Wie verzweifelt müssen diese Leute sein, dass sie um jeden Preis in die Nordstadt wollen? In die Stadt, in der auch ihre Bewohner an Hunger und Armut leiden?

Huoyans Gesichtszüge im Mondlicht sind ernst. Ich kann ihm ansehen, dass er sich selbst die Schuld für das Leid dieser Menschen zuschreibt. Auch ich fühle mich verantwortlich. Wenn ich meine Magie hätte, könnte ich womöglich dafür sorgen, dass es allen in Midland besser geht. Allerdings sah ich bisher keine Möglichkeit, an diese Magie zu kommen, und kann meines Wissens nichts dafür, sie nicht zu besitzen. Ich drehe mich zu Huoyan um.

»Was denkst du, wie die Wachen reagiert hätten, wenn sie gemerkt hätten, dass gerade der Kronprinz und die Geheimwaffe Midlands an ihnen vorbeireiten?«, versuche ich uns beide aufzuheitern.

Huoyans Lippen umspielt ein leichtes Lächeln, als er mich ansieht.

»Sie wären entweder geblendet von deiner Schönheit oder starr vor Angst gewesen, was sie erwartet, wenn sie dich nicht zurückbringen«, erwidert er. »Ich dagegen hätte ihnen einfach befohlen mich hindurchzulassen. Ich bin ihr Prinz, sie können sich nicht gegen meine Befehle wehren.«

»Das ist komfortabel«, entgegne ich ein wenig schmollend, »da kann man schon neidisch auf dich sein, Prinzling.«

»Prinzling?«, echot Huoyan lachend. »Du übertriffst dich mal wieder selbst mit deinen unpassenden Spitznamen.«

»Ach, ist dir *verwöhnter Bengel* etwa lieber?«, necke ich ihn grinsend. Huoyans Augen werden schmal.

»Na warte.«

Er beschleunigt seinen Hengst, was meinen Wallach verunsichert, sodass er automatisch schneller wird. Ich muss lachen und drücke meinem Pferd die Fersen in die Seiten, um es zu einem Galopp anzutreiben. Huoyan jagt mir hinterher, nachdem ich ihn überholt habe, und verfolgt mich über die leere Straße. Trotz der Zustände, die wir in der Nordstadt gesehen haben, trotz der schwierigen Mission, die noch vor uns liegt, habe ich mich noch nie so unbeschwert gefühlt wie in diesem Moment. Eine Sekunde lang gibt es nur Huoyan, mich und die Pferde, die unter uns über die Straße fliegen. Eine Sekunde lang bin ich völlig frei.

11 十一

Ri

Meine Finger gleiten über die Saiten der Zither, als hätte ich in meinem Leben nie etwas anderes getan. Die Bewegungen sind so natürlich, fließen wie von allein ineinander, dass ich mein Können mit dem Instrument, dass ich doch noch nie zuvor gespielt habe, kaum infrage stelle. Stattdessen lausche ich der langsamen Musik, der eine unendliche Sanftheit innewohnt. Die Töne sprechen von Liebe und Vertrauen und kurz wundere ich mich, für wen ich dieses Stück spiele. Da entdecke ich einen Mann, der mir den Rücken zugewandt hat und aus dem Fenster blickt. Obwohl ich sein Gesicht nicht erkennen kann, sondern nur seine dunklen Haare, weiß ich genau, dass er mir so aufmerksam zuhört, als wäre die Musik das Einzige, was in dieser Welt von Bedeutung ist. Ebenso wie ich weiß, dass ich diese Musik, in der so viel Gefühl liegt, nur für ihn erklingen lasse.

Am nächsten Morgen wird mir klar, dass es nicht die weiseste Entscheidung war, mit dem Prinzen im Galopp über die Straße zu jagen. Obwohl ich durch zahlreiche Reitstunden den Pferderücken gewöhnt bin, merke ich bereits jetzt den Muskelkater, der sich in meinen Beinen und meiner Hüfte ausbreitet. Ich will gar nicht daran denken, dass wir noch drei weitere Tage harten Ritt vor uns haben, wenn man der Wegbeschreibung Glauben schenken darf. Mein Körper protestiert jetzt schon angesichts dieser Perspektive.

Noch weniger will ich an den verwirrenden Traum denken, den ich hatte. Noch nie habe ich Zither gespielt und ich kenne auch den Mann nicht, den ich in meinen Träumen gesehen habe … Oder doch?

Er erinnert mich an irgendetwas, als hätte ich schon häufig von ihm geträumt. Schnell schüttele ich die Gedanken ab und sehe den Traum als das, was er war: nichts weiter als eine Fantasie.

Die Nacht auf dem harten Boden eines Feldes tut ihr Übriges, um meine Morgenlaune zu verschlechtern. Heute Nacht bin ich erschrocken aufgewacht, als eine Spinne über mein Bein gekrabbelt ist, die ich angewidert von mir geschüttelt habe. Ich will gar nicht wissen, wie es gewesen wäre, wenn es auf der Erde noch genauso vor Insekten wimmeln würde wie vor den dunklen Jahren angeblich.

Huoyan dreht sich unwillig weg, als ich ihn anstupse.

»Aufstehen, Eure Hoheit«, säusele ich und entlocke ihm damit ein entnervtes Stöhnen. Als er sich aufsetzt, sieht er so gerädert aus, wie ich mich fühle. Sein sonst so perfekt frisiertes Haar ist verwuschelt und ich kann den Impuls nicht unterdrücken, ihm einmal mit der Hand hindurchzufahren und Neid angesichts der seidigen Glätte zu verspüren. Auch ein seltsames anderes Gefühl steigt in mir auf, das ich nicht genau benennen möchte.

Huoyan blinzelt mich verwirrt und verschlafen an.

»Ist schon Morgen?«, will er wissen und ich deute grinsend zur Sonne, deren schwaches Licht das zugegebenermaßen nicht eindeutig zeigt. Huoyan seufzt bei diesem Anblick schwer und rappelt sich auf.

»Wir hätten unsere Betten mitnehmen sollen«, meint er und bringt mich damit zum Lachen. Wer hätte gedacht, dass der Prinz so ein Morgenmuffel ist? Es ist immer wieder überraschend, wie viel Neues ich auch nach all den Jahren Freundschaft über ihn erfahren kann.

Es ist ziemlich liebenswert, wie der Prinz verschlafen schwankt, während er seine dünne Matte zusammenrollt und in der Satteltasche verstaut. Er braucht drei Anläufe, um den Sattel auf den Rücken seines Hengstes zu verfrachten. Als er es endlich geschafft hat, habe ich Erbarmen mit ihm und gehe zu ihm, um die Schnallen korrekt zu schließen und das Leder richtig zu positionieren.

Huoyan nutzt die Gelegenheit, um sich an mich zu lehnen und

die Augen zu schließen. Die plötzliche Nähe lässt mich kurz stocken, aber dann stoße ich ihn kichernd von mir.

»Haben wir Tee mitgenommen?«, fragt er hoffnungsvoll und stöhnt auf, als ich den Kopf schüttele.

»Ich scheine mit einem Schlafwandler zu reisen«, necke ich ihn, woraufhin er mühsam blinzelt und mich dann angrinst.

»Ich bin wach«, widerspricht er wenig überzeugend. Ich verdrehe die Augen und drücke ihm ein Stück Brot in die Hand.

»Vielleicht ist es nach dem Frühstück besser«, entgegne ich und schwinge mich auf mein Pferd. Huoyan kann ruhig essen, während wir weiterreisen. Ich will keine Zeit mehr verlieren.

»Wollen wir?«, frage ich, als der Prinz noch immer nicht aufsteigt, sondern mich nur anstarrt.

Seufzend schwingt er sich auf seinen Hengst und fragt: »Wie kann es sein, dass du so wach bist? Und du siehst so gut aus, obwohl wir die Nacht auf einem Feld verbracht haben. Da sind nicht einmal Schatten unter deinen Augen!«

Das Kompliment lässt mich erröten, gleichzeitig muss ich kichern.

»Das kann man von dir nicht behaupten«, gebe ich zurück, denn Huoyan sieht aus, als hätte er drei Nächte nicht geschlafen. Nicht dass es seinem guten Aussehen irgendeinen Abbruch tun würde. Statt des sonst so perfekt hergerichteten Prinzen sehe ich in ihm heute einen verwegenen Tunichtgut, was jedoch nicht abschreckend, sondern irgendwie attraktiv ist.

Moment. Habe ich meinen besten Freund gerade als attraktiv bezeichnet? Ich scheine selbst noch nicht ganz wach zu sein.

»Wohin reiten wir heute?«, will ich wissen, um den ungebetenen Gedanken zu vertreiben.

Huoyan zieht das Pergament aus seiner Tasche, auf dem die Wegbeschreibung steht, und liest konzentriert, während wir losreiten. Gleichzeitig isst er sein Brot. Es ist lustig anzusehen.

»Wir verlassen die fruchtbare Zone gegen Mittag«, verkündet er schließlich, »und wenn wir heute Nacht eine kurze Rast einlegen wollen, reiten wir bis morgen Abend durch die Dunkelwüste.«

Trotz des abschreckenden Namens bin ich neugierig auf die Wüste, von der ich schon so viel gehört habe. Erzählungen zufolge breitet sie sich seit Beginn der dunklen Jahre aus und erstreckt sich über die ganze Welt. Es soll nur noch wenige fruchtbare Zonen wie diese um die Nordstadt geben, in denen Überleben möglich ist. In denen noch Bäume stehen und Felder bewirtschaftet werden können, während die Wüste völlig brachliegt.

»Wenigstens gibt es dort keine Tiere, die uns angreifen könnten«, meine ich und Huoyan lacht.

»Du meinst, wie der sagenumwobene Tiger oder der legendäre Leopard?«

Ich zucke mit den Achseln.

»Der Oberste Drachenwahrer schwört, dass es sie früher tatsächlich gegeben hat.«

»So wie er schwört, dass es Drachen gab«, kontert Huoyan.

»Er ist ein Drachenwahrer, natürlich glaubt er daran«, gebe ich zurück, »darauf basiert seine Existenz. Außerdem darfst du darüber nicht urteilen, schließlich wirst du nächstes Jahr zum Drachenkaiser gekrönt.«

Huoyan seufzt.

»Nun, falls es diese Tiere je gegeben hat, sind sie lange ausgestorben«, stellt er fest. »Das Einzige, worüber wir uns Sorgen machen müssen, sind die Menschen.«

Und auch die sind vom Aussterben bedroht, füge ich in Gedanken hinzu. Ich kann Huoyan ansehen, dass er ebenfalls daran denkt, was die ausgelassene Stimmung verschwinden lässt. Wenigstens wirkt er inzwischen wach genug, um nicht vom Pferd zu fallen, und so reiten wir schweigend nach Westen.

12 十二

Darius

Die Aufregung der anderen Sterne ist in der ganzen Höhle spürbar. Alle wollen wissen, warum diese außerplanmäßige Versammlung einberufen wurde. Auch ich kann meine Anspannung kaum verbergen. Endlich habe ich das Gefühl, dass es vorangeht. Dass etwas geschieht und das Weltgefüge darauf zusteuert, dass ich Mina wiedersehe, statt uns noch weiter voneinander zu entfernen.

Jeder meiner Brüder ist dem Ruf des Mondes gefolgt, sich in seiner Höhle zu versammeln. Obwohl Mingyue wie wir alle ein Sohn der Sonne ist, sich nicht über uns stellt und wir nie darüber gesprochen haben, sehen wir Sterne ihn einvernehmlich als unseren Anführer an. Die Macht des Drachen und vor allem seine Weisheit sind so weitreichend, dass er uns seit Jahrhunderten leitet. Nur selten geschieht es, dass auch er einen Fehler macht.

Der Drache steht an einem Ende der Höhle, seine weißen Schuppen glänzen im pulsierenden blauen Licht der Erzadern wie Perlmutt. Der Rauch, der sich aus seiner Schnauze kräuselt, zeugt von seiner Nervosität, während er jeden einzelnen Stern mustert. Aufgeregtes Stimmengewirr erfüllt die Höhle, auch die beiden Sterne neben mir unterhalten sich erhitzt, doch wie der Drache warte ich stumm auf die letzten Nachzügler.

Ich kann nicht anders, als Mitgefühl mit Leander und Vitus zu empfinden. Die beiden hoffen ebenso sehnsüchtig wie ich auf die Rückkehr ihrer Begleiterinnen, obwohl ihre Beziehungen anders waren als meine zu Mina. Sie waren jahrhundertealte Freunde, nicht Geliebte, und doch glaube ich ihnen, dass es ebenso verstörend war, ihre Begleiterinnen zu verlieren und plötzlich wieder der Einsamkeit auf dem eigenen Stern begegnen zu müssen. Aber nur Mina ist momentan auf dem Weg zu mir, während die beiden anderen Sterne sich vermutlich noch etwas gedulden müssen. Das hängt auch davon ab, was bei dieser Versammlung herauskommt.

Als Mingyue sich langsam erhebt, gehe ich davon aus, dass nun alle Sterne anwesend sein müssen. Leander, Vitus und ich befinden uns in der ersten Reihe der Menge, während hinter uns Hunderte weitere Sterne mit ihren Begleiterinnen stehen, sodass ich die Anzahl kaum überblicken kann. Es gibt mehr Sterne am Himmel, als ein Sterblicher zählen kann, und doch passen sie alle in die Höhle des Drachen. Vermutlich ist das nur möglich, da Mingyue ein Geschöpf der Magie ist und die Ausmaße seiner Höhle dem erwarteten Besuch angepasst hat. Auch seine Stimme verstärkt er auf magische Weise, als er das Wort an die Sterne richtet.

»Meine Brüder«, begrüßt er uns wie immer, obwohl man uns die Verwandtschaft kaum ansieht, so sehr, wie wir uns von dem Drachen unterscheiden.

»Ich grüße heute insbesondere eure Begleiterinnen«, fährt er fort, »denn der Grund, weshalb wir euch heute hierher berufen haben, betrifft sie.«

Ich sehe gerunzelte Stirnen in der Höhle, was ich nachvollziehen kann. Wir leben seit Anbeginn der Zeit im Nachthimmel, weit entfernt von jeglichen Gefahren, da ist es schwer zu verstehen, dass irgendein Thema für einen von uns überhaupt relevant sein könnte.

»Vor vielen Jahrtausenden gab es nur die Sonne und die Erde«, erzählt der Drache und verwirrt damit vermutlich alle noch mehr. Ist es das, was er meinte, als er mir erklärte, er wolle am Anfang beginnen?

»Zwei endlose Wesen, die über die Welt und das Licht wachten. Doch bald wurden beide einsam und erschufen Nachkommen nach ihrem Abbild: Die Erde Frauen, die ihren Planeten bevölkerten, und die Sonne euch Sterne. Aber das Leben am Himmel machte auch euch einsam. Deshalb gaben Sonne und Erde euch ein Jahr Zugang zur Erde, wo ihr eine Partnerin wählen und euch entscheiden durftet, ob ihr dort verbleiben oder mit ihr gemeinsam an den Himmel zurückkehren wollt.«

Die Geschichte, die der Drache erzählt, ist unsere älteste. Der Beginn von uns Sternen und unseren Begleiterinnen, der Anfang von allem. Warum er damit anfängt, ist mir nicht ganz klar, schließlich waren wir alle dabei. Jeder von uns war einer der Sterne, die zur Erde gingen und mit einer Begleiterin zurückkehrten. Die Entwicklung der Menschheit nahm mit unseren Brüdern, die auf der Erde zurückblieben und dabei ihre Magie verloren, ihren Lauf. Wir haben in der Zeitlosigkeit des Alls überdauert, während sie Nachkommen hinterließen. Ich frage mich, ob manch einer von uns anders entschieden hätte, wenn er vom Wunder der Kinder gewusst hätte …

Ich selbst erinnere mich noch gut an die Zeit auf dem jungen Planeten, als ich Mina kennenlernte und ihr den Hof machte. Nichts würde ich anders machen, jeder Augenblick hat einen besonderen Platz in meinem Gedächtnis. Mich zu erinnern, wie ich mich in Mina verliebt habe … wie sie meine Zuneigung annahm … Es ist bittersüß, daran zu denken, jetzt, wo ich sie verloren habe.

»Die Töchter und Söhne der beiden Götter konnten ihre Einsamkeit besiegen, doch die beiden göttlichen Wesen selbst hatten nicht damit gerechnet, dass auch sie Gefühle entwickeln würden. Es geschah, was niemals hätte geschehen dürfen: Die beiden verliebten sich ineinander.«

Es ist lange her, doch auch an die Sonne und die Erde erinnere ich mich gut. Der Sonnenmann, unser Vater, war nachdenklich und ernsthaft. Die weise Erde hob sich stets von allem anderen ab, aber von Mina weiß ich, dass ihre Töchter ihr sehr am Herzen lagen.

»Aus ihrer Liebe wurde ich geboren«, führt der Drache seine Erzählung fort, »der Mond, der die Nacht erleuchtet. Doch das Jahr ging vorüber und der Sonnengott kehrte mit den Sternen an den Himmel zurück. Denn wie wir wissen, sind die Himmelskörper dieses Universums nicht dafür geeignet, lange ohne ihre Bewohner zu existieren. Deshalb mussten Sonne und Erde sich trennen, denn jeder gemeinsame Moment kostete ihre Himmelskörper Kraft, die sie nicht geben konnten.«

Es ist eine traurige Geschichte, aber eine wichtige. Ohne die Sonne und die Erde kann das Leben auf der Welt nicht überdauern – eine Lektion, die uns in den letzten Jahren nur zu deutlich vor Augen geführt wird. Jedes Jahr wird die Dunkelheit schlimmer …

»Obwohl das Herz der beiden Götter gebrochen war, ging das Leben Jahrtausende weiter. Aber als die Menschen einen Krieg führten, der die halbe Welt zerstörte und zahlreiche Opfer kostete, begann die Erde zu weinen. Hundert Tage und Nächte lang weinte sie, bis die Sonne es nicht mehr mit ansehen konnte. Sie kam, um die Erde zu trösten, und gemeinsam verließen sie dieses Universum ins Ungewisse.«

Es war herzerweichend, die Göttin weinen und schluchzen zu sehen. Mina war genauso bestürzt wie ihre Mutter und wie die meisten Begleiterinnen trauerte sie mit ihr und auch um sie. In diesem Moment hasste ich die Menschheit inbrünstig, die sich von uns Sternen doch nur durch eine einzige Entscheidung vor Tausenden von Jahren unterscheidet. Wie konnten sie sich selbst und diesem Planeten so etwas antun? Wie konnten sie der Erde so schaden?

Als die Sonne zur Erde kam, hielten alle Sterne kollektiv die Luft an. Wir alle sahen, wie er die Tränen seiner Geliebten trocknete und versprach für immer für sie da zu sein. Wie die beiden plötzlich verschwanden, keiner weiß wohin. Mina meinte stets, sie seien in ein neues Leben aufgebrochen, während andere behaupten, sie seien schlicht gestorben.

Es ist eine dieser unsicheren Thesen, über die Mingyue nie gewagt hat eine Aussage zu treffen. Womöglich weiß der alte Drache aber auch genau, was geschehen ist, hält es jedoch nicht für angemessen, uns einzuweihen.

»Seit die Göttin die Erde verlassen hat, der Planet seine Seele verloren hat, geht die Welt auf ihr Ende zu und es wird nicht mehr lange dauern, bis Leben darauf vollkommen unmöglich wird. Bis nur noch wir, der Mond, die Sterne und ihre Begleiterinnen, in diesem Universum leuchten werden und die Menschen und Tiere erlöschen.«

Wir alle wissen es schon lange und doch kann ich den Schock in den Gesichtern meiner Brüder sehen, als der Drache es laut ausspricht. Vielleicht hatten manche von uns noch Hoffnung, glaubten an eine Möglichkeit, das drohende Schicksal abzuwenden. Aber uns allen ist bewusst, dass der Drache selten Vermutungen macht, sondern meist Wahrheiten teilt.

Dann fährt Mingyue endlich damit fort, weshalb wir hier sind.

»Auch die Menschen erkannten, was ihnen bevorsteht. Manche verzweifelten und nahmen sich das Leben. Andere suchten immer verbissener nach einem Weg, es abzuwenden. Insbesondere die Drachenwahrer Midlands, Gelehrte, die viel über Magie wissen, wollten sich nicht mit ihrem Schicksal abfinden. Schließlich fanden sie einen Zauber, der ihnen Hoffnung gab, und erschufen ein magisches Wesen, das sie Sternentochter nennen.«

Der Drache seufzt und sieht mich direkt an, als er weiterspricht.

»Die Drachenwahrer wussten nicht genau, was sie taten, und begreifen das Ausmaß ihrer Handlungen noch heute nicht. Sie wählten ein Neugeborenes, um ihm die magische Begabung zu verleihen, einen Stern zu kontrollieren. In diesem Neugeborenen wurde die Seele der Begleiterin eines Sterns wiedergeboren. Minas Seele.«

Ich höre, wie einige der Anwesenden nach Luft schnappen.

Mingyue bedeutet mir vorzutreten. Als ich mich neben ihn stelle und mich meinen Brüdern und ihren Begleiterinnen zuwende, sehe ich ungläubige, entsetzte Gesichter. Ein Sternenpaar bleibt für die Ewigkeit zusammen, das war unser ungeschriebenes Gesetz. Eine Konstante, von der wir glaubten uns stets darauf verlassen zu können. Niemand hätte je gedacht, dass sich die fernen Menschen in unsere Angelegenheiten einmischen könnten.

»Vor siebzehn Jahren verschwand Mina aus meinen Armen«, verkünde ich meinen Brüdern schwer. »Ich suchte jahrelang nach ihr, bis ich sie in einer Sternentochter wiederfand und herausfand, was geschah. Sie befindet sich noch immer auf der Erde, womöglich ohne sich an mich oder uns zu erinnern.«

Die Sterne beginnen aufgeregt zu flüstern. Nicht wenige ziehen ihre Begleiterinnen an sich, als wollten sie sie mit physischer Kraft bei sich behalten. In der zweiten Reihe entdecke ich meinen Bekannten Taron, an den sich seine Begleiterin Liraya schmiegt.

»Einige Jahre später verschwanden die Begleiterinnen von Vitus und Leander«, ergreift der Drache wieder das Wort. »Auch sie wurden in Sternentöchtern wiedergeboren. Die Menschen hoffen mit der Magie der Sterne ihre Kriege zu gewinnen und die Sonne zurückzuholen. Aber bis jetzt haben die Sterne ihren wiedergeborenen Begleiterinnen noch keinen Zugriff auf ihre Magie erlaubt, um deren Missbrauch und die Erschaffung weiterer Sternentöchter zu verhindern.«

»Warum erzählt ihr uns erst jetzt davon?«, unterbricht ein Stern plötzlich den Drachen, bevor er weitersprechen kann.

»Ja, weshalb wussten wir nichts davon?«, fragt ein anderer.

»Ihr habt es uns einfach verschwiegen!«, meint der nächste vorwurfsvoll. Hitzige Stimmen erfüllen die Höhle, während die Anwesenden diskutieren, wütend und besorgt das Wort erheben. Mingyue lässt sie für kurze Zeit gewähren, lässt der Sorge, der Angst, dem Zorn Raum. Dann richtet er sich auf und der Anblick des mächtigen Drachen in seiner vollen Größe lässt die Menge verstummen.

»Es hat lange gedauert, bis wir herausfanden, was genau mit Mina und den anderen geschehen ist«, erklärt der Drache, »und noch länger, bis wir eine Lösung dafür fanden. Wir beschlossen mit dem weiteren Vorgehen auf die Volljährigkeit der wiedergeborenen Begleiterinnen zu warten und euch währenddessen nicht unnötig zu ängstigen. Schließlich haben die Drachenwahrer nur die drei Sternentöchter erschaffen und nun, seit über einem Jahrzehnt, keine weitere Begleiterin gestohlen.«

Seine Erklärung ergibt Sinn, obwohl ich vielen ansehe, dass sie noch immer nicht glücklich darüber sind, dass ihnen so wichtige Ereignisse verschwiegen wurden. Dennoch beruhigt sich die Menge spürbar.

»Was hat sich geändert, dass du es uns jetzt erzählst?«, will eine Begleiterin wissen.

»Als Mina verschwand, erschuf ich einen Zugang zu meiner Höhle auf der Erde. Dadurch können mich Menschen besuchen und um mein Wissen bitten. Sie erlaubt mir Nähe zu ihnen, ein wenig Kontrolle über das Geschehen auf der Erde und ich kann die Sternentöchter dadurch besser überwachen. Der Zugang befindet sich nicht weit entfernt von der Hauptstadt Midlands. Mina, Darius' Begleiterin, befindet sich in diesem Moment auf dem Weg hierher.«

Aufgeregtes Stimmengewirr erfüllt wieder den Raum, als die Sterne diese Information verdauen. Vitus und Leander werfen mir neidische Blicke zu, da ich im Gegensatz zu ihnen bald wieder mit meiner Begleiterin vereint sein werde, während andere Sterne noch immer unter Schock zu stehen scheinen.

Trotz der Lautstärke ist Mingyue deutlich zu hören, als er verkündet: »Wir sind nun hier versammelt, um gemeinsam über unser weiteres Handeln zu entscheiden.«

Ich bin sicher, zusammen werden wir eine Lösung finden … Und doch gefällt mir nicht, dass auch meine Brüder mitreden dürfen, denn erstmals kommt mir der Gedanke, dass sie eine andere Meinung haben könnten als ich. Dabei sollte doch nur mein Wille zählen, wo es doch um Mina, meine Mina, geht, die ich um jeden Preis zurückbekommen werde.

13 十三

Ri

Die Grenze zwischen der fruchtbaren Zone und der Dunkelwüste ist leicht zu erkennen. Ich habe es mir immer wie einen langsamen Übergang vorgestellt. Grüne Wiesen, die immer sandiger werden und in einer Wüste enden.

Stattdessen ist es eine harte, unnachgiebige Kante. Die grünen Wiesen gibt es nirgends, im Zwielicht wirken das Gras und die Blätter der Bäume in der fruchtbaren Zone eher gelblich und enden plötzlich, als würden sie an einer unsichtbaren Mauer scheitern. Es ist wie eine Linie, die sich über den Boden zieht und hinter der keinerlei Leben mehr möglich ist.

Die Dunkelwüste ist ein Meer aus schwarzem Sand, der jedes Geräusch zu verschlucken scheint. Während wir zuvor die Vögel in den Bäumen und das Rauschen des Windes gehört haben, ist es nun völlig still, als unsere Pferde widerwillig die ersten Schritte durch die Wüste machen. Schwarzer Sand, so weit das Auge reicht, nur durchbrochen von Überresten der Zerstörung, die damals zu den dunklen Jahren geführt hat.

Seit einer Weile befinden wir uns auf einem der alten Asphaltwege, der durch die Zeit brüchig und rissig geworden ist. Er setzt sich durch die Wüste fort, obwohl die Schicht hier noch häufiger gebrochen ist und ich aufpassen muss meinen Wallach nicht durch die tiefen Schlaglöcher zu führen.

Unser Tempo verlangsamt sich unwillkürlich, während wir durch die Wüste reiten. Huoyans Gesicht verhärtet sich, als er die Umgebung betrachtet. Ich bekomme eine Gänsehaut. Liegt nur das Verschwinden der Sonne daran, dass sich etwas so Lebensfeindliches ausbreiten kann, oder steckt mehr dahinter?

»Die Wüste sieht aus wie der Tod«, murmle ich.

Huoyan nickt ernst.

»Aber sie wird nicht unserer sein«, entgegnet er, »und falls wir in der Höhle Erfolg haben ...«

Werde ich diejenige sein, die diese Zerstörung zurückdrängt. Meine Magie kann diese Welt retten. Dieses Mantra habe ich bereits oft genug gehört, um kaum noch zu zweifeln, dass es wahr ist. Aber wenn ich mir das Ausmaß der Verwüstung ansehe ... Wie stark müsste meine Magie sein, um diese riesige Wüste zurückzudrängen?

Zum ersten Mal frage ich mich, ob Huoyan mich aus diesem Grund begleitet. Um sicherzustellen, dass ich sein Kaiserreich rette. Um mich als die Geheimwaffe zu benutzen, die ich sein soll.

Schnell verwerfe ich den Gedanken wieder. Huoyan ist mein bester Freund. Er würde nie so von mir denken und es ist auch nicht so, als könnte er irgendwelche Geheimnisse vor mir haben. Ich würde es ihm sofort ansehen.

»Was ist hier nur geschehen?«, frage ich. Wir folgen der Straße durch die schwarzen Dünen und durch das schwache Licht ist die fruchtbare Zone hinter uns bald nicht mehr erkennbar. Es dauert nur wenige Minuten, aber dann sieht es so aus, als wäre diese Wüste die ganze Welt. Als wäre der gesamte Planet zerstört und kein Leben mehr möglich.

»Nun, im Geschichtsunterricht ...«, setzt Huoyan an und ich verdrehe die Augen.

»Ja, ich weiß«, falle ich ihm ins Wort, »im Geschichtsunterricht haben wir gelernt, dass die Menschen vor Jahrzehnten einen Krieg führten, der beinahe die ganze Welt zerstörte und die dunklen Jahre einläutete. Aber schau es dir an!«

Mit einer Handbewegung schließe ich die gesamte Wüste im Zwielicht ein.

»Was kann so eine Verwüstung hervorrufen?«, will ich wissen. »Wie konnten die Menschen jemals so zerstörerisch sein? Warum haben sie ihre eigene Welt vernichtet?«

Huoyan verzieht nachdenklich den Mund und zuckt dann mit den Achseln.

»Es war ein Krieg«, antwortet er schwach.

»Aber ein Krieg bedeutet doch nicht, dass man alles um sich herum zerstören muss, oder?«

Huoyan hat keine Antwort für mich. Fakt ist, dass diese Wüste existiert. Dass sie sich wegen der fehlenden Sonne sogar ausbreitet. Dass ich die Einzige bin, die sie aufhalten kann. Ich hasse es, dass immer alles meine Verantwortung sein muss.

»Warum kann ich kein normales Mädchen sein? Eins wie alle anderen?«

Dass ich das Letzte laut ausgesprochen habe, bemerke ich erst, als Huoyan mich irritiert anblickt.

»Du bist nicht wie alle anderen«, bestätigt er und ich seufze innerlich. Muss er auch noch darauf herumreiten?

»Du bist besonders«, fährt er sanft fort, »außergewöhnlich. Ich will nicht, dass du wie die anderen bist, denn du bist mir wichtig, so wie du bist. Du bist meine beste Freundin, verstehst mich. Es würde mir das Herz brechen, wenn sich das ändern und ich dich verlieren würde.«

Seine Worte berühren mich tief. Es ist schön, dass zumindest eine Person auf dieser Welt mich nicht als Enttäuschung betrachtet. Huoyan ist meine Familie und auch ich möchte ihn nicht verlieren, selbst wenn ich das vielleicht muss, um dem Kaiserreich zu entfliehen und glücklich zu werden.

»Danke«, murmle ich verlegen, »du bist mir auch sehr wichtig, Huoyan.«

Aber ich kann ihm nicht versprechen in seinem Leben zu bleiben.

Natürlich merkt mein bester Freund mir das schlechte Gewissen sofort an. Er mustert mich fragend, während wir durch die Wüste reiten und die Geräusche der Hufe vom feinen schwarzen Sand auf der Straße verschluckt werden. Es ist eindeutig, dass wir nicht hierhergehören. Die Seltsamkeit unserer Umgebung sorgt dafür, dass sich meine Nackenhaare aufstellen, und mir gefällt der Gedanke gar nicht, dass wir noch einen ganzen Tag durch diese Wüste reiten müssen, bevor wir zur nächsten fruchtbaren Zone kommen.

Natürlich kann ich Huoyan nicht ablenken, indem ich mich mit anderen Dinge beschäftige.

»Was hast du?«, will er wissen und sein aufmerksamer Blick geht mir direkt ins Herz. Verlegen sehe ich zur Seite. Kurz erwäge ich, es auf die Wüste zu schieben, auf unsere schwierige Reise oder meine Aufgabe. Aber Huoyan kennt mich viel zu gut. Er würde erkennen, dass ich nicht den wahren Grund für mein Unwohlsein nenne. Ich seufze.

»Das mystische Wesen ist meine letzte Hoffnung«, gestehe ich. »Ich habe den Glauben daran verloren, dass die Drachenwahrer meine Magie irgendwie erwecken können. Das Einzige, was sie tun, ist, mich zu foltern. Mein Leben im Palast ist eine Qual und es gibt keine Hoffnung auf Änderung, sollte unsere Reise scheitern. Ich will so nicht weitermachen.«

Und was gäbe es im Palast für mich, selbst wenn die Drachenwahrer mich in Ruhe lassen würden? Ich wäre noch immer das seltsam aussehende Mädchen, das niemand versteht und mit dem sich niemand abgeben will. Das äußerlich einer Atlaerin gleicht, einer Feindin. Huoyan ist mein bester Freund, aber er wird irgendwann heiraten und sich von mir abwenden müssen. Selbst wenn die Drachenwahrer mich nicht jeden Tag quälen würden, wäre es furchtbar, für immer allein zu sein. Mein Leben in Einsamkeit führen zu müssen.

»Aber ich werde immer auf deiner Seite sein«, beteuert Huoyan. »Ich schwöre dir, dass wir alles gemeinsam durchstehen können.«

Ich seufze erneut.

»Trotzdem gibt es im Palast nichts für mich.«

Mein bester Freund zuckt zusammen, als hätte ich ihn geschlagen. Am liebsten würde ich hinzufügen, dass es *außer ihm* nichts für mich gibt. Wegen ihm und meinen Schwestern würde ich fast erwägen zu bleiben. Aber was ändert es, wenn ich es ihm sage? Er muss verstehen, dass es keinen anderen Weg gibt.

»Was hast du vor?«, fragt er schließlich leise, ohne mich anzusehen. Ich reite etwas näher zu ihm und greife nach seiner Hand, um sie zu drücken. Um den traurigen Ausdruck in seinen Augen zu vertreiben, was mir nicht ganz gelingt.

»Falls das Wesen mir nicht helfen kann, werde ich gehen«, erkläre ich langsam und hoffe, dass die Worte zu ihm durchdringen. »Ich werde Midland verlassen und versuchen nach Atlas zu kommen. Schließlich sehe ich aus wie eine von ihnen, das wurde mir oft genug bestätigt.«

Ich wurde oft genug damit beleidigt, korrigiere ich mich in Gedanken.

»In Atlas kann ich ein neues Leben anfangen. Niemand kann mir dort meine fehlende Magie oder mein Aussehen vorwerfen. Ich könnte eine von ihnen sein. Ich könnte frei sein.«

Huoyan lässt meine Hand los und ich sehe ihm an, wie sehr ihn meine Worte verletzen.

»Wir würden uns nie wiedersehen«, stellt er vorwurfsvoll fest. Ich erwidere seinen Blick nur starr, um zu zeigen, dass ich das bereits weiß. Der Prinz schüttelt traurig den Kopf und drückt seinem Hengst die Hacken in die Seiten, um zu beschleunigen.

»Wir müssen uns beeilen, wenn wir es in drei Tagen schaffen wollen«, verkündet er und reitet voraus, ohne zurückzublicken. Seufzend folge ich ihm und frage mich, wie lange es dauern wird, bis er mir vergibt. Bis er mir verzeihen kann, dass ich meine Freiheit über unsere Freundschaft stelle.

Bis er versteht, dass unsere Freundschaft mir dennoch das Wertvollste ist, das ich habe.

14 十四

Ri

Der schwach glühende Ball aus Licht, den wir als unsere Sonne bezeichnen, sinkt bereits am Horizont, als Huoyan schließlich langsamer wird. Ich habe unser Gespräch irgendwann verdrängt und staunend die Wunder der Wüste entdeckt. Wenn man sie denn als Wunder bezeichnen kann, denn sie sind so erschreckend, so lebensfeindlich, dass sie mir eine Gänsehaut verursachen. Und doch erstaunen mich die riesigen, völlig zerstörten Gebäude in der Landschaft, die farbigen Maschinen, die wirken, als solle man sich hineinsetzen, und die sich an manchen Stellen stapeln, als wären es Friedhöfe. Ich weiß, dass ein Sonnensturm direkt vor den dunklen Jahren die angeblich überlegene Technik unserer Vorfahren zerstört hat, aber das ist das erste Mal, dass ich Überreste davon sehe. Wir reiten durch eine zerstörte Stadt und allein die Anzahl der Häuser verblüfft mich. Ich hätte nicht gedacht, dass es jemals so viele Menschen gab. Und das in nur einer Stadt – wie viele muss es dann auf der ganzen Welt gegeben haben? Und wie haben die Menschen es geschafft, eine so riesige Stadt dermaßen zu zerstören?

Die Straßen sind kaputt und leer, die Häuser, von denen manche hoch in den Himmel reichen, sind dunkel und die Schatten hinter den Fenstern tief, als wären die Räume schon lange nicht mehr mit Licht gefüllt worden. Der schwarze Sand, der an allem hängt, wirkt wie Asche. Kein Lebenszeichen ist zu sehen. Es ist unwirklich, dass eine Stadt, die einmal so voller Leben gewesen sein muss, nun tot ist.

Als Huoyan seinen Hengst bremst, befinden wir uns auf einem Platz inmitten einer kleinen Stadt. Im Vergleich zu der, durch die wir zuvor geritten sind, ist es mehr ein Dorf und doch vermute ich, dass die halbe Bevölkerung der Nordstadt hineinpassen würde. Die Ruinen der Häuser reichen nicht weit in den Himmel, aber sind noch immer um ein Vielfaches höher als ich auf meinem Pferd. Die Gerippe der Gebäude sind wie Mahnmäler für folgende Generationen und ich unterdrücke ein Schaudern, als ich die Umgebung überblicke.

»Hier willst du rasten?«, frage ich Huoyan zweifelnd. Der Boden wirkt, als wäre er einst gepflastert gewesen, doch von den Steinen sind nicht mehr viele zu sehen. Schwarzer Sand bedeckt sie oder sie sind mit der Zeit davongetragen worden. In der Mitte des Platzes steht etwas, das dem Springbrunnen gleicht, den es im Himmelspalast gibt, nur ist dieser hier alt und die Farbe bröckelt ab. Daneben stehen Skelette von Bäumen, die schon lange tot sind.

»Wir können in einem der Häuser Schutz suchen«, antwortet Huoyan und ich erzittere bei dem Gedanken. Die Häuser wirken auf mich wie Leichen und ich fürchte mich ein wenig, dass die Seelen ihrer verstorbenen Bewohner noch in ihnen verweilen.

»Es ist noch nicht Neumond, wir haben genug Licht, um weiterzureiten«, merke ich an, obwohl sein Vorschlag objektiv betrachtet vermutlich Sinn ergibt. Keine Ahnung, was in dieser Wüste lauert und wie kalt es hier nachts wird. Dennoch gefällt mir der Gedanke nicht hierzubleiben.

Auch Huoyan kann ich das Unbehagen über unsere Umgebung ansehen. Er nickt und wir reiten weiter, bis wir das Dorf verlassen haben und es nicht mehr aus der Ferne sehen können. Dann zügelt Huoyan seinen Hengst. Die Sonne ist inzwischen untergegangen und der von mir angekündigte schmale Mond erhellt die Nacht. Auch ich bremse meinen Wallach und steige ab. Es stimmt, wir müssen irgendwo in dieser schrecklichen Wüste rasten, wenn wir bei Kräften bleiben wollen. Hier, zwischen den Dünen im schwarzen Sand, ist es nicht schlechter als sonst wo in der Dunkelwüste. Doch es ist definitiv weniger unheimlich als in der Geisterstadt.

Schweigend kümmern wir uns um unsere Pferde und als mein Wallach den Kopf an meiner Schulter reibt, kann ich die Gänsehaut, die die Umgebung noch immer bei mir auslöst, fast vergessen.

»Ri, ich …«, setzt Huoyan an und ich sehe überrascht zu ihm, denn seit unserer Ankunft in der leeren Dorfmitte haben wir nicht miteinander geredet. Er hat seine Bambusmatte auf dem schwarzen Boden ausgebreitet und sich darauf gesetzt. Sein Blick zeigt, er ist zwiegespalten.

»Ach, vergiss es«, murmelt er und wendet sich seinen Satteltaschen zu, die er neben sich auf den Boden gelegt hat, um darin herumzukramen. Ich seufze. Offenbar hat er mir noch nicht verziehen, dass ich ihn für immer verlassen will. Sieht er nicht, dass ich es muss? Kann er mir nicht wünschen glücklich zu werden, selbst ohne ihn?

Ich strafe ihn mit Schweigen, während ich meine eigene Matte auf dem Sand ablege, mich darauf niederlasse und ein wenig an meinem kargen Proviant knabbere. Mein Apfel schmeckt nach nichts und ich weiß nicht, ob es an ihm liegt oder dem mulmigen Gefühl in meiner Magengegend, das ich immer bekomme, wenn Huoyan und ich uns uneinig sind. Momentan schiebe ich es aber lieber auf das Obst als zuzugeben, wie wichtig mir Huoyans Meinung ist.

Immer wieder spüre ich, wie er mich anblickt, aber ich gebe vor es nicht zu bemerken. Bald kann ich sein schlechtes Gewissen spüren, aber noch bin ich nicht bereit nachzugeben. Das Problem ist, dass ich selbst ein schlechtes Gewissen habe. Dass ich selbst nicht zufrieden mit meiner Entscheidung bin. Das macht es nur noch schwerer, sein fehlendes Verständnis zu ertragen.

In der Nähe unseres Lagers steht eine Ruine und ich nutze sie, um einigen urzeitlichen Bedürfnissen nachzugehen. Je dunkler es wird, desto unheimlicher wird die Wüste. Und unangenehmer. Inzwischen ist ein schwacher Wind aufgekommen, der den Sand mit sich trägt und überall verteilt. Auch meine Bambusmatte wird vermutlich nicht davon verschont werden, zumal sie für den feinen Staub viel zu durchlässig ist, sodass ich wohl geradezu auf Sand schlafen werde. Aber als ich zu unserem Lager zurückkehre, hat Huoyan seinen Umhang darauf ausgebreitet. Auf meiner Matte, nicht auf seiner, um mich vor dem Sand zu schützen. Ich verdrehe die Augen über mich selbst, weil ich berührt von der Geste bin, obwohl ich ihm eigentlich noch nicht verzeihen möchte. Es stört mich, dass er sich so sehr um mich sorgt, während wir uns gerade anschweigen.

Trotzig werfe ich meinen eigenen Umhang nach ihm. Huoyan ist zu überrascht, um ihn aufzufangen, sodass er im Sand landet. Seine dunklen Augen sind groß, als er von mir zum Kleidungsstück blickt und es dann aufhebt, um es abzuklopfen.

»Es tut mir leid«, entschuldigt er sich schließlich und beißt sich verlegen auf die Unterlippe. Die Geste fesselt auf verwirrende Art meine Aufmerksamkeit.

»Die Vorstellung, dich für immer zu verlieren ... ist nicht schön«, erklärt er sich. »Wie würdest du reagieren, wenn ich dir erzählen würde, dass ich gehen müsse?«

Ich denke an meine seltsame Überreaktion gestern, als ich ihn mit der Prinzessin der Eklipseninseln beim Essen gesehen habe. Zugegebenermaßen ist an seiner Argumentation etwas dran.

»Ich möchte mich nicht mit dem Gedanken abfinden, dich nie wiederzusehen«, fährt er fort, »und gleichzeitig fühle ich mich schuldig. Wenn ich dir ein besseres Leben in Midland bieten könnte ... wenn ich die Drachenwahrer stoppen und dich so aufnehmen könnte, dass du in jeder Hinsicht eine von uns wärst ...«

Ich seufze. Wie könnte ich ihm lange böse sein? Kurzerhand setze ich mich neben ihn auf seine Matte und meinen Umhang, den er darauf gelegt hat. Ich greife nach seiner Hand.

»Dafür müsste ich wohl Kaiserin werden«, scherze ich. »Bitte mach dir keine Vorwürfe. Das macht es mir nur noch schwerer, Huoyan.«

Dennoch ist es schön zu hören, wie wichtig ich ihm bin. Huoyan ist die wichtigste Person in meinem Leben und ich bin froh, dass meine Gefühle erwidert werden.

»Du bist der Grund, warum ich so lange gezögert habe«, gestehe ich ihm. »Wenn es dich nicht gäbe, hätte ich schon viel früher versucht zu fliehen.«

Huoyans Mundwinkel heben sich leicht.

»Ich weiß jetzt nicht, ob ich froh sein soll dich bei mir gehalten zu haben oder mich schuldig fühlen soll, weil ich dich von deiner Freiheit abgehalten habe.«

Er sieht mir in die Augen und unsere Gesichter sind sich ungewohnt nah. Irgendetwas Seltsames flattert in meinem Bauch, als er mich so zärtlich ansieht und mir eine Haarsträhne hinters Ohr streicht.

»Ich bin selbstsüchtig, denn ich wünsche mir trotzdem, dass du bleibst.«

Sein Blick nimmt meinen gefangen und obwohl wir uns schon so oft angesehen haben, obwohl wir uns schon so oft nah waren, ist dieser Moment anders. Ich fühle, wie sich etwas zwischen uns verändert, als würde sich ein Gewicht verlagern. Huoyans Augen, die ich besser kenne als meine eigenen, schimmern im Mondlicht und es ist, als würde ich plötzlich unerwartete Tiefen darin erkennen. Eine Facette an meinem besten Freund entdecken, die ich bisher noch nicht kannte.

»Vielleicht kann das Wesen ja helfen«, meine ich etwas atemlos. Was ist nur los mit mir? Noch nie habe ich so auf Huoyan reagiert. Zwar hatte ich schon öfter … gewisse Anwandlungen, aber ich konnte sie stets verdrängen. Jetzt ist dieses Gefühl, das ich noch immer nicht benennen will, so stark, dass ich es nicht loslassen kann. Liegt es daran, dass wir uns außerhalb der Palastmauern befinden? Dass es scheint, als könnte hier alles geschehen? Dass mein Inneres einen Vorgeschmack auf die Freiheit bekommen hat, die mich erwartet?

»Ich hoffe es so sehr«, stimmt Huoyan mir zu und zieht mich in eine Umarmung. Ich bette den Kopf auf seine Schulter und spüre seine Wärme, die die Dunkelheit und Kälte der Wüste verdrängt. Fühle seine Nähe, die so gewohnt und doch anders ist.

»Aber wenn nicht, werde ich dich bei jeder Entscheidung unterstützen«, flüstert er an meinem Ohr. Der Luftzug seines Atems verursacht bei mir eine Gänsehaut und ich kann nur still dasitzen und das verwirrende Feuer genießen, das in meinem Inneren brennt.

»Wenn du gehen willst, werde ich es akzeptieren und dir helfen, so gut ich kann«, verspricht er. »Nur eines darfst du von mir nicht verlangen: Dass ich aufhöre zu hoffen, dass du bei mir bleibst.«

15 十五

Darius

Die Sternenversammlung ist das reinste Chaos. Nachdem der Drache jedem Stern die Erlaubnis gegeben hat, die Stimme zu erheben und seine Meinung kundzutun, ist bei der Lautstärke der vielen Sprechenden kaum etwas zu verstehen. Die Sterne diskutieren heftig, manche brüllen einander an, andere dagegen führen leise Gespräche. Die meisten erholen sich schnell vom Schock der Nachrichten und reden sich in Rage. Lassen sich darüber aus, dass Mingyue dieses Geheimnis so lange für sich behalten hat, oder überlegen eine Strategie, wie wir nun fortfahren sollten. In einem sind sich alle einig: Der Diebstahl unserer Begleiterinnen ist inakzeptabel. Er berührt uns Sterne wie schon seit Langem nichts mehr. Die Situation zeigt uns, dass wir den Menschen mit ihren tiefen Gefühlen trotz allem recht ähnlich sind. Macht deutlich, wie sehr wir für ein Thema brennen können.

Auch meine Stimme verliert sich im Gewirr, denn seit einigen Minuten versuche ich auf Mingyue einzureden. Ihn dazu anzuhalten, Ordnung in die Versammlung zu bringen.

Aber der Drache ignoriert meine Versuche, ihn anzusprechen, sondern betrachtet nur die Menge. Seine Ohren sind aufgestellt und machen seinem hohen Geweih Konkurrenz. Es scheint, als würde er alle Gesprächsfetzen im Raum gleichzeitig wahrnehmen und einen Sinn darin suchen.

Ich wusste schon immer, dass der Mond verrückt ist. Nicht umsonst werden Wahnsinnige oft mit ihm verglichen.

Zugegebenermaßen ist es spannend, was die anderen Sterne zu sagen haben. Und solange ich nicht sicher bin, ob ihre Meinungen für mich und Mina irrelevant sind, umso mehr.

»Wir müssen die Menschen für diesen Frevel bezahlen lassen«, höre ich einen aufgebrachten Stern fordern.

»Ich habe Angst, dass es mir auch passieren könnte«, schluchzt eine Begleiterin in den Armen des ihren.

»Unter allen Umständen müssen wir weitere Diebstähle verhindern«, verkündet der nächste.

Es ist schön, dass alle sich auch darin einig sind. Zwar ist Mina bereits auf dem Weg hierher und dann werde ich sie niemals wieder gehen lassen. Dennoch müssen wir uns einen konkreten Plan überlegen, wie wir verhindern, dass es noch einmal geschieht.

Allerdings wird die Menschheit in absehbarer Zeit aussterben. Womöglich erledigt sich das Problem von alleine.

Vitus und Leander, die sich die ganze Zeit über nachdenklich und besorgt miteinander unterhalten haben, kommen zu mir und dem Drachen. Mingyue wendet ihnen seine Aufmerksamkeit zu, obwohl seine Ohren zucken, ein deutliches Anzeichen dafür, dass er auch weiterhin den anderen Sternen lauscht. Ich bin etwas gekränkt, dass er sie anhört und mich außen vor lässt, höre jedoch dennoch aufmerksam zu.

»Wenn das so weitergeht, wird die Menschheit vergehen«, äußert Vitus den Gedanken, den auch ich bereits hatte. Mingyue presst sichtlich die Lefzen aufeinander. Es ist ungewohnt, den Drachen mit diesem verhärmten Zug um die Schnauze zu sehen. Offenbar ist das nichts, was er akzeptieren möchte.

»Das Einzige, was sie retten könnte, wäre eine neue Sonne«, fährt Leander fort. Die Aussage lässt mich die Stirn runzeln. Das scheint nicht auf den Vorschlag hinauszulaufen, auf das Ende der Menschheit zu warten und danach zufrieden mit unseren Begleiterinnen zu sein.

»Wenn eine der Sternentöchter einen von uns zur Sonne machen würde, könnten wir sie retten«, schlussfolgert Vitus und mir stockt der Atem. Er hat recht, das wäre eine Möglichkeit ... Doch zu welchem Preis? Mir gefällt gar nicht, in welche Richtung diese Konversation geht.

»Aber wir können von keinem Stern verlangen seine Begleiterin aufzugeben«, gibt der Drache zu meiner Erleichterung zu bedenken. »Oder würdet ihr eure freiwillig auf der Erde zurücklassen?«

Vitus und Leander tauschen einen Blick.

»Die Ewigkeit allein zu verbringen, ist eine schreckliche Aussicht«, werfe ich ein und hoffe, dass sich das Thema damit erledigt hat.

»Das stimmt, aber wir haben unsere Begleiterinnen beobachtet. Sie sind glücklich. Sie erinnern sich scheinbar nicht an uns und können ein neues menschliches Leben führen. Vielleicht ist dieses Leben sogar besser für sie.«

Ich will widersprechen, doch Leander kommt mir zuvor.

»Dieses Glück will ich meiner Begleiterin nicht wegnehmen. Natürlich würde ich mich freuen, wenn sie zu mir zurückkäme, aber wir haben bereits Jahrhunderte miteinander verbracht. Vielleicht ist es für uns beide Zeit, nach vorn zu blicken und neue Abenteuer zu erleben.«

Fassungslos sehe ich den Stern an, der seine Worte nicht zu bereuen scheint. Seine Begleiterin einfach so aufzugeben ... Ich kann nicht begreifen, was er da gerade vorschlägt.

»Wir können die Ewigkeit nicht allein verbringen«, bestätigt Vitus und ich will fast schon erleichtert aufatmen, bis seine nächsten Worte meine Hoffnung vernichten, »aber wir könnten Ersatz finden.«

»Ersatz?«, echoe ich völlig aufgelöst und mit einem Hauch Panik in der Stimme. »Das kann nicht euer Ernst sein!«

Bei der Vorstellung, Mina durch eine andere zu ersetzen, wird mir übel. Es geht hier um Mina, die Frau, die ich liebe. Es wird immer nur sie für mich geben. Kein anderes Wesen könnte jemals ihren Platz einnehmen.

»Beruhige dich, Darius«, weist der Drache mich an.

Bestürzt sehe ich zu seinen nachdenklich gekräuselten Schnurrhaaren.

»Du ziehst das tatsächlich in Erwägung?«, frage ich vorwurfsvoll. »Das ist Wahnsinn! Unsere Begleiterinnen gehören zu uns. Sie sind nichts, das einfach so ersetzt werden könnte.«

»Ich sage ja nicht, dass sie austauschbar sind«, versucht Vitus zu schlichten, »nur, dass wir unsere Ewigkeit auch mit einer anderen verbringen könnten.«

»Das bedeutet Ersatz!«, brülle ich. Die plötzliche Wut in meinem Herzen bringt mich aus dem Gleichgewicht. Ich fühle, wie meine Sternenmagie sich aktiviert und meine Körpertemperatur steigt, als ich Vitus fixiere.

Nur am Rande merke ich, dass die anderen Anwesenden inzwischen schweigen und uns beobachten.

»Wenn für Vitus diese Möglichkeit besteht, ist es sein gutes Recht, das vorzuschlagen«, meint der Drache und ich muss mich zusammenreißen keinen Feuerball nach ihm zu werfen. Ein tiefes Gefühl des Verrats dominiert meinen Verstand. Mingyue wollte mir helfen, aber jetzt scheint er plötzlich interessiert an der Idee, unsere Begleiterinnen auf der Erde zu lassen und sie durch andere zu ersetzen. Ich kann es nicht fassen. Ich dachte, er wäre mein Freund, mein Verbündeter, doch fällt er mir eiskalt in den Rücken.

»Macht doch, was ihr wollt. Ich werde Mina holen.«

Mit diesen Worten drehe ich mich um, bevor ich mich selbst vergessen kann, und marschiere zum Ausgang. Nicht zum Ausgang, der zurück zu meinem Stern in den Himmel führt. Ich mache mich auf den Weg zum Menschenreich. Zur Erde, wo Mina auf mich wartet.

16 十六

Ri

Die Umgebung um mich herum ist kahler als die Dunkelwüste und doch weiß ich, dass es ihr an nichts fehlt. Um mich herum leuchtet es heller, als ich es je auf der Erde erlebt habe. Dennoch habe ich keinen Blick für das Licht, sondern nur für das innere Strahlen des Mannes vor mir. Ich kann sein Gesicht kaum erkennen und doch weiß ich, dass es mir das Liebste auf der Welt ist.

Als ich am nächsten Morgen im Zwielicht der aufgehenden Sonne erwache und den seltsamen Traum abschüttle, protestiert mein Körper wieder wegen der weiteren Nacht auf dem Boden. Ich stöhne auf, als ich meine verspannten Muskeln bemerke. Scheint so, als wäre ich vorher zu sehr verwöhnt worden.

Auch heute schläft Huoyan noch, als ich mich aufsetze und ihn betrachte. Das gibt mir die Möglichkeit, über den gestrigen Abend nachzudenken. Ich kann mir fast einreden, dass alles wie sonst ist. Aber irgendetwas sagt mir gleichzeitig, dass sich alles verändert hat.

Selbst in diesem Augenblick fühle ich mich seltsam. Emotionen, die schon länger da sind und die ich vorher ignoriert habe, bahnen sich einen Weg an die Oberfläche. Ich verspüre eine seltsame Zärtlichkeit, wenn ich den friedlich schlafenden Prinzen beobachte. Ein Teil von mir redet sich ein, dass es daran liegt, dass wir uns schon lange kennen und er mir wichtig ist. Dennoch ist es ganz und gar nichts Geschwisterliches, nichts Freundschaftliches, was ich empfinde.

Irgendwie habe ich das Bedürfnis, ihm über die Wange zu streicheln, auf der inzwischen ein leichter Bartschatten zu erkennen ist. Ich schüttele über mich selbst den Kopf und boxe Huoyan stattdessen mit der Faust in die Seite, um ihn aufzuwecken.

»Was?«, murmelt er und ich muss lachen, da er sich orientierungslos umblickt. Als er mich entdeckt, verengen sich seine Augen missmutig. »Du hättest mich auch netter wecken können«, beschwert er sich und boxt zurück.

»War so aber lustiger«, erwidere ich und beginne meine Sachen einzusammeln. Der schwarze Sand klebt überall wie feiner Staub und ich freue mich jetzt schon auf unsere Rückkehr in den Palast, wenn ich endlich wieder ein heißes Bad nehmen kann.

Falls ich jemals in den Palast zurückkehre. Der Gedanke mindert meine Fröhlichkeit ein wenig.

Auch Huoyan steht widerwillig auf und wir machen uns bald auf den Weg. Wie schon am gestrigen Tag ist die Dunkelwüste durchsetzt mit Ruinen. Überresten einer längst vergessenen Welt.

»Was meinst du, wie es damals war?«, frage ich Huoyan, der schweigend neben mir reitet und zu brüten scheint. »Vor den dunklen Jahren.«

Der Prinz sieht sich überrascht um, als würde er die Umgebung zum ersten Mal erblicken. Ich denke an die ganzen Menschen, die in den beschädigten Häusern gelebt haben müssen ... Ob es noch immer so viele auf der Welt gibt? Die Bewohner der Nordstadt würden bei Weitem nicht genügen, um die Städte mit Leben zu füllen. Aber die Erde ist groß und meine Lehrer haben mir gezeigt, dass die Nordstadt nur ein kleiner Fleck auf der Weltkarte ist. Sicher gibt es noch andere fruchtbare Zonen, in denen Menschen leben. Atlas ist eine davon, denn ansonsten hätte das Reich nicht die Ressourcen, um uns zu bekämpfen.

Huoyan zuckt mit den Achseln.

»Anders«, antwortet er auf meine Frage und wirkt abwesend.

Gerade reiten wir an einem zerstörten Tempel vorbei, der früher denen in der Hauptstadt geglichen haben muss. Goldene Farbe blättert von den Säulen und im Inneren entdecke ich die Überreste einer Jadestatue. Wie kann Huoyan sich nicht in diese Zeit zurückträumen? Sich vorstellen, wie es war? Sicher sind jeden Tag Menschen aufgewacht und zu diesem Tempel gegangen, um zu beten. In den riesigen Türmen, die wir gesehen haben, haben bestimmt Hunderte von Menschen gelebt und gearbeitet. Auf dem Marktplatz, durch dessen Überreste wir nun reiten, wurde vermutlich jeden Tag gefeilscht und gehandelt. Allein mir die Masse an Leuten vorzustellen, ist schwierig. Aber mich erfüllt Faszination für diese Welt, die so unendlich weit entfernt scheint, obwohl uns nur wenige Jahrzehnte trennen.

Im Gegensatz zu Huoyan. Ich mustere ihn genauer und merke, dass er gar kein Auge für die Attraktionen um uns herum hat. Stattdessen wirkt er noch immer in sich gekehrt und nachdenklich.

»Alles in Ordnung?«, will ich besorgt wissen. Meine Frage lässt ihn zusammenzucken. Als er aufsieht und mich anlächelt, erreicht das Lächeln seine Augen nicht.

»Alles ist gut«, versichert er mir, aber ich glaube ihm nicht. Irgendetwas bedrückt meinen besten Freund. Glaubt er tatsächlich, dass er nach all den Jahren noch Geheimnisse vor mir haben kann?

Ich lenke mein Pferd näher an seines und mustere ihn prüfend.

»Was ist los?«

Huoyan seufzt.

»Ich denke noch immer darüber nach, was du gestern gesagt hast«, gesteht er. »Es lässt mich nicht los.«

Das schlechte Gewissen macht sich wieder in mir bemerkbar. Huoyan und ich haben uns zwar versöhnt, aber auch mir fällt es noch immer schwer zu akzeptieren, dass ich ihn womöglich nie wiedersehen werde. Dabei bin ich diejenige, die diese Entscheidung getroffen hat.

»Tut mir leid«, murmle ich.

»Schon in Ordnung«, versichert Huoyan mir. »Der Vorschlag war nur … verwirrend.«

Welcher Vorschlag?, will ich fragen, beiße mir aber vorher auf die Zunge. Um ehrlich zu sein, möchte ich nicht länger bei diesem traurigen Thema verweilen. Lieber will ich die drohende Trennung verdrängen und mich auf unsere Reise konzentrieren. Auf die Wunder, die ich dabei entdecke. Wie den gelbgrünen Streifen, der hinter der nächsten Düne sichtbar wird.

»Die fruchtbare Zone!«, weise ich Huoyan begeistert darauf hin. Man kann meiner Stimme anhören, wie froh ich darüber bin, die Dunkelwüste zu verlassen. Obwohl sie mich fasziniert, ist sie doch unheimlich, und ich hatte die ganze Zeit Angst, von den Geistern der Vergangenheit angegriffen zu werden.

Huoyan zieht die Karte aus seinem Gewand hervor und blickt stirnrunzelnd darauf, dann sieht er sich um.

»Wir müssten schon seit einer halben Stunde in der fruchtbaren Zone sein und durch ein Dorf reiten«, bemerkt er kritisch. Als ich meine Umgebung genauer betrachte, fällt mir auf, wie frisch dieser Teil der Dunkelwüste wirkt. Um uns herum stehen Skelette von Bäumen, an denen noch Blätter hängen. Manche Stellen am Boden sind mit verdorrtem, vom Sand schwarz gefärbtem Gras bedeckt. Einige der Ruinen um uns herum wirken fast intakt, als könnte hier noch jemand wohnen.

»Die Dunkelwüste breitet sich aus«, sage ich langsam das, was ich von meinen Lehrern gelernt habe. Dennoch ist es beängstigend, es in der Realität zu sehen. Zu erkennen, wie die Zerstörung unserer Welt mit jedem Tag fortschreitet.

17 十七

Ri

Zu sehen, wie die fruchtbare Zone schwindet, dämpft meine Freude, die Dunkelwüste zu verlassen und wieder die Welt der Lebenden zu entdecken, ein wenig.

Aber das hält nicht lange an, weshalb ich schon bald gebannt die Umgebung mustere. Huoyan ist noch immer in Gedanken versunken, während wir weiterreiten. In all den Jahren in der Nordstadt habe ich noch nie so viel Grün gesehen, obwohl das Gras und die Blätter der Bäume um uns herum wie überall eher einen Gelbton angenommen haben. Zwar sind wir bei der Nordstadt schon durch einen Wald geritten, dennoch ist es hier anders. Ich wusste gar nicht, dass es so viele verschiedene Baumarten gibt.

Zwischen den Bäumen des Waldes entdecke ich plötzlich einige Gebäude. Gerade noch schnell genug ziehe ich mir die Kapuze meines Umhangs über den Kopf, als auch schon die ersten Menschen in Sicht kommen. Huoyan erwacht endlich aus seinen Grübeleien und wir sehen uns aufmerksam um.

Das Erste, was wir entdecken, sind zwei Kinder, die auf der bröckeligen Straße spielen, während sie ein midländisches Lied trällern. Beim Anblick der zwei hüpfenden Mädchen muss ich unwillkürlich lächeln, bis ich sie mir genauer ansehe. Auf den zweiten Blick wird deutlich, wie sehr die Wangenknochen der beiden hervorstehen und wie dünn ihre nackten Knöchel sind. Wie schmal ihre Körper sich gegen die Straße abheben.

Dennoch wirken sie fröhlich, bis sie uns bemerken, mit ihrem Spiel aufhören und uns mit großen Augen anstarren.

»Pferde!«, ruft eine der beiden überrascht, dann bekommen sie es wohl mit der Angst zu tun. Sie wenden sich um und rennen davon.

Die ersten Gebäude um uns wirken verlassen, was mich verwundert. Es scheint für mich so, als wäre dieses Dorf identisch mit dem in der Dunkelwüste. Womöglich war dies hier der Ort, an den die Bewohner nach dessen Verwüstung umgezogen sind. Die Holzhäuser um mich herum wirken geradezu neu, dennoch ist offensichtlich, dass sie verlassen sind. Als wäre die Anzahl der Dorfbewohner in kurzer Zeit bereits geschrumpft.

Wenn ich an die knochige Statur der beiden Mädchen denke, muss ich schlucken, denn ich kann mir vorstellen, warum sie so dünn sind.

Nach den ersten Häusern reiten wir in ein richtiges Dorf, durch das einige Midländer laufen, die uns überrascht anblicken. Ich erkenne die zwei kleinen Mädchen wieder, die halb hinter einer Frau verborgen in einem Hauseingang stehen. In der Mitte des Dorfes befindet sich ein Platz mit einem Brunnen, auf dem gerade ein kleiner Markt stattfindet. An einigen Ständen verkaufen Bauern mager aussehendes Obst und Gemüse und Jäger ihr Fleisch. Bei dem Anblick der Äpfel und Birnen läuft mir das Wasser im Mund zusammen, obwohl ich im Palast schon viel besseres Obst gegessen habe. Aber das Brot, das ich als Proviant aus der Nordstadt mitgenommen habe, ist inzwischen steinhart und könnte eine Beilage vertragen. Huoyan scheint diese Ansicht zu teilen, denn er zügelt seinen Hengst und steigt ab.

Ich zögere, ob ich es ihm gleichtun soll. Einerseits würde ich mich gerne mit ihm an den Händlertisch begeben und mir Proviant aussuchen, andererseits quält mich die Sorge, dass die Menschen mich entdecken könnten. In der Nordstadt gab es einige Vorfälle, bei denen Passanten mein rotes Haar oder meine milchige Haut berühren wollten. Andere sahen wie der Adel nur die Atlaerin in mir und begegneten mir mit Ablehnung. Wenn ich absteige und jemandem zu nahe komme, würde er meine Andersartigkeit womöglich trotz meines Umhangs bemerken.

Huoyan dagegen sieht mit seinen schwarzen Haaren wie die anderen Midländer aus, wenn auch etwas wohlhabender. Obwohl er einfache Straßenkleidung trägt, wirkt sie edler als die abgenutzten Gewänder der Dorfbewohner. Außerdem sieht man ihm an, dass er in seinem Leben noch nie Hunger gelitten hat, ganz anders als die anderen. Aber statt eines Prinzen könnte er auch ein reisender Händler sein, während ich bereits, wohl dank meines Umhangs, einige misstrauische Blicke abbekomme.

Aber was kann schon passieren? Die Leute in diesem Ort wissen sicher nicht, dass Sternentöchter existieren, schließlich hält Midland unsere Existenz geheim. Ich habe mich in der Nordstadt genügend versteckt. Auf dieser Reise will und kann ich frei sein. Ich werde meine eigenen Regeln aufstellen.

Mit diesem Entschluss steige ich ab und tätschle meinem Wallach den Hals, bevor ich zu Huoyan gehe, der mit einem Händler um Äpfel feilscht. Wobei man es kaum feilschen nennen kann, denn statt den Preis zu senken, lobt Huoyan die vorzügliche Qualität des Obsts und bietet seinem Gegenüber immer mehr Münzen an. Der arme Mann weiß gar nicht, wie ihm geschieht, als Huoyan ihn großzügig bezahlt. Ich will fast den Kopf über Huoyan schütteln, obwohl sein Bedürfnis, gute Taten zu vollbringen, durchaus eine gute Eigenschaft ist. Dann jedoch sehe ich die zwei schmalen Gestalten, die neugierig hinter dem Händler hervorlugen. Obwohl er selbst Essen anbaut, könnten seine Kinder großzügigere Mahlzeiten vertragen. Ein warmes Gefühl durchströmt mich und ich erkenne, dass ich stolz auf Huoyan bin.

Als ich mich neben meinen besten Freund stelle, blickt der Bauer mich etwas irritiert an und ich hoffe, dass mein Gesicht und meine Haare durch die Kapuze genügend im Schatten liegen, um unerkannt zu bleiben.

Der Mann räuspert sich und lächelt wieder freundlich, als er sich Huoyan zuwendet.

»Verehrter Herr, wenn ich fragen darf: Wohin reist Ihr?«

Huoyan, der sich gerade mit seinen Äpfeln abwenden wollte, zögert sichtlich. Er scheint zwiegespalten, ob er dem Mann die Wahrheit sagen oder ihn mit einer Lüge abspeisen soll. Aber was soll schon geschehen? Der Mann könnte es der kaiserlichen Garde erzählen, die sicher bereits nach uns sucht, doch wir sollten bereits so viel Vorsprung haben, dass es keine Rolle spielen würde. Bis jemand diesen Händler befragt, sind wir längst bei unserem Ziel angelangt. Dann kann uns niemand mehr aufhalten.

»Wir haben von einer mystischen Höhle gehört«, antworte ich an Huoyans Stelle, »in deren Innern ein Wesen hausen soll, das alle Rätsel lösen kann. Wir möchten unser Glück versuchen.«

Der Mann wird blass und blickt von mir zu Huoyan.

»Ihr wollt das Orakel aufsuchen?«, hakt er mit zittriger Stimme nach.

Huoyan runzelt verwirrt die Stirn und auch ich frage mich, was mit dem Mann los ist.

»Ja, warum?«, erwidert Huoyan. Der Händler schluckt sichtlich.

»Der Himmel sei mit euch«, murmelt er, »aber wisst ihr nicht von den Gefahren, die darin lauern?«

Huoyan zieht die Augenbrauen zusammen.

»Ich habe gehört, dass nicht alle zurückkehren«, räumt er ein.

»Nicht alle?«, echot der Händler. »Das ist eine Untertreibung! Unser halbes Dorf ist dort hingereist, in der Hoffnung, das Wesen würde uns helfen. Es könne uns retten. Niemand ist zurückgekehrt.«

Huoyan und ich tauschen einen besorgten Blick und ich denke an die vielen verlassenen Häuser am Rand des Dorfes. Scheinbar sind die Menschen darin nicht verhungert, sondern ins Ungewisse aufgebrochen und nie zurückgekommen. Wurden von einem mystischen Wesen ihrer Zukunft beraubt.

»Nur wenige Auserwählte sind je erfolgreich gewesen«, fährt der Mann fort, »aber sie haben sich verändert. Die Menschen, die das Wesen an die Welt freigibt, sind nicht dieselben, die in die Höhle hineingegangen sind. Selbst ihre besten Freunde erkennen sie kaum wieder.«

Der Mann schüttelt sich furchtsam, dann sieht er von mir zu Huoyan.

»Was auch immer euer Grund sein mag, das Wesen aufzusuchen, ihr solltet euch gut überlegen, ob er euer Leben wert ist.«

Mit diesen Worten wendet er sich um und scheucht seine Kinder von uns weg, die Münzen, die Huoyan ihm bezahlt hat, noch immer in der Hand. Der Prinz und ich kommunizieren stumm über Blicke, doch obwohl wir uns auch wortlos verstehen, kommen wir zu keinem Ergebnis, außer dem, dass es Zeit ist, das Dorf zu verlassen. Huoyan nickt zu den Pferden und ich will auf sie zugehen, doch zwischen uns und den Pferden befinden sich plötzlich zwei bewaffnete Männer.

»Wer seid ihr?«, will ein dritter daneben wissen, der in diesem Dorf das Sagen zu haben scheint. Seine Kleidung sieht besser aus als die der meisten Bewohner und er hält sich sehr aufrecht, als wollte er seine Herrschaftsgewalt demonstrieren.

»Wir sind nur auf der Durchreise«, entgegnet Huoyan mit schmalen Augen. Die zwei Männer vor uns haben die Säbel erhoben, bereit, uns auf den Befehl ihres Anführers hin anzugreifen. Huoyans Waffe dagegen hängt noch an seinem Sattel, denn wie ich hat er nicht mit einem Angriff gerechnet. Auch ich trage gerade nur einen Dolch bei mir.

»Und warum hält Eure Begleiterin es dann für nötig, ihr Gesicht zu verbergen?«, fragt der Anführer und mustert mich kritisch.

Gute Frage. Lichtempfindlichkeit kann ich schlecht vortäuschen, denn es ist bereits später Nachmittag und die ohnehin schwache Sonne hängt zu tief am Himmel, um irgendwen zu blenden.

»Meine Frau ist nicht mit Schönheit gesegnet«, antwortet Huoyan schnell. »Sie zeigt ihr Gesicht nicht gern.«

Ich weiß nicht, was mich mehr irritiert: dass er mich gerade als hässlich bezeichnet oder dass er mich seine Frau genannt hat. Allerdings ist es vermutlich die einfachere Erklärung als die, dass ich eine Sternentochter bin, die auf dem Weg ist, Midland zu retten.

»Reist ihr deshalb zum Orakel?«, verlangt der Mann zu wissen. Scheint, als würden Informationen sich hier schnell verbreiten.

»Um meiner Frau Schönheit zu verleihen?«, hakt Huoyan etwas verwirrt nach. Offensichtlich kann er sich kaum vorstellen, dass jemand so oberflächlich sein könnte, dafür ein mystisches Wesen aufzusuchen.

»Nein, wir möchten einen Weg finden, unserem Dorf zu helfen.«

Innerlich gratuliere ich Huoyan zu dieser Ausrede, schließlich scheint dieses Dorf bestens darüber Bescheid zu wissen, dass aus diesen Gründen einige zu einer Reise aufbrechen. Der Anführer bricht dagegen in Gelächter aus.

»Eurem Dorf helfen?«, wiederholt er ungläubig. »Speist mich nicht mit Lügen ab, Fremder. Euer Körper hat noch nie Hunger gelitten und Ihr habt Yong ein Vermögen für seine Äpfel bezahlt. Ihr seid zu wohlhabend, um Hilfe zu benötigen.«

In seinen Augen glitzert Gier und nun verstehe ich, warum er uns aufhält. Er hofft, dass Huoyan ihm noch mehr zu bieten hat. Er wird uns nicht gehen lassen, bis er bekommen hat, was er will. Es erschreckt mich, darüber nachzudenken, zu welchen Mitteln dieser Mann greifen könnte, nur um an Wohlstand zu kommen.

Auch Huoyan scheint die Situation begriffen zu haben.

»Vielleicht benötigt Ihr einen kleinen Anreiz, um uns ohne weitere Fragen passieren zu lassen.«

Er zieht ein Säckchen aus der Tasche, in dem die Münzen klirren, als er es einmal hochwirft und wieder auffängt. Ein Raunen geht durch die Menge an Schaulustigen, die sich inzwischen um uns gebildet hat. Auch die Augen des Dorfvorstehers werden groß.

Dann jedoch wandert sein Blick wieder zu mir und er grinst breit, was mich schlucken lässt. Der Ausdruck in seinem Gesicht ist ekelerregend, als er das Angebot ablehnt.

»Erst will ich das Gesicht Eurer Begleiterin sehen«, verlangt er.

Gerissen. In Midland steht es unter Strafe, Ordnungshüter anzulügen. Der Dorfvorsteher betrachtet sich offenbar als solcher und hofft uns aufgrund von Huoyans Lüge gefangen nehmen zu können.

»Sofort«, blafft er, als ich mich nicht rühre. Die Männer vor uns stehen stramm und holen aus, als wollten sie ihre Säbel auf uns niedersausen lassen, wenn ich dem Befehl nicht Folge leiste. Ich schlucke und hebe die Hand an meine Kapuze. Der Dorfvorsteher nickt noch einmal auffordernd und widerwillig ziehe ich sie herunter, sodass mein rotes Haar und die helle Haut sichtbar werden.

Die Menge hält kollektiv den Atem an, als sie mein andersartiges Aussehen erkennen, das deutlich kennzeichnet, dass ich keine Midländerin bin. Der Dorfvorsteher taumelt, als er mich aus großen Augen angafft, und auch die Kämpfer vor uns wirken verunsichert.

Huoyan ist der Einzige, der nicht überrascht ist. Stattdessen packt er meine Hand und reißt mich mit sich nach vorn. Mit einem Hieb seines Ellenbogens schubst er einen Kämpfer beiseite und zieht mich durch die entstandene Lücke zu den Pferden.

»Eine Atlaerin!«, brüllt der Dorfvorsteher schließlich erschrocken, als er sich erholt hat. »Fasst sie!«

Inzwischen kommen wir jedoch bei den Pferden an und Huoyan bedeutet mir aufzusteigen, während er seinen Säbel zieht. Die beiden Kämpfer stürmen auf uns zu, zögern angesichts seiner erhobenen Waffe jedoch anzugreifen. Ich ziehe meinen Bogen, sobald ich auf meinem Wallach sitze, und lege einen Pfeil an.

»Lasst uns ziehen und niemand wird verletzt«, zische ich, was die Menschen ein wenig zurückweichen lässt.

»Nehmt sie fest!«, ruft der Dorfvorsteher.

Der erste Kämpfer geht mit dem Säbel auf Huoyan los und ich reagiere nicht schnell genug, um zu schießen. Statt den Mann zu treffen, landet mein Pfeil auf dem Boden. Schnell lege ich nach, aber er und Huoyan sind bereits zu sehr in einen Kampf verwickelt, als dass ich ihn treffen könnte, ohne zu riskieren Huoyan zu verletzen.

Schnell wird allerdings klar, dass der Kämpfer dem Prinzen nicht gewachsen ist. Der Mann kommt aus diesem Dorf, ist vermutlich Bauer oder Händler, wenn er nicht für seinen Meister den Säbel tragen muss. Huoyan dagegen genießt seit seiner Kindheit den besten Fechtunterricht, den Midland zu bieten hat. Er wird auf einen Krieg vorbereitet, während die Aufgaben seines Angreifers vermutlich mehr daraus bestehen, wilde Tiere zu verscheuchen. Es dauert nur wenige Sekunden, bis Huoyan ihn entwaffnet hat. Bevor er seinen Erfolg jedoch nutzen kann, geht der zweite Mann auf ihn los, sodass der erste Gelegenheit hat, seine Waffe wieder aufzuheben.

Huoyan ist ein ausgezeichneter Kämpfer, aber ob er gegen zwei Gegner gleichzeitig auch so leichtes Spiel hat? Ich will es nicht riskieren, das herauszufinden. Statt jedoch auf die Kämpfenden zu schießen, jage ich meinen Pfeil in Richtung des Dorfvorstehers. Die Spitze zischt nahe am Kopf des Mannes vorbei.

Genau das war mein Ziel. Ich will keinen dieser Menschen töten, kein Blut an meinen Händen haben. Ich will nur Huoyan schützen.

»Lasst uns ziehen oder der nächste Pfeil trifft!«, rufe ich dem erschrockenen Dorfvorsteher zu, der die Hand an die Schläfe gehoben hat, wo ihn der Pfeil beinahe getroffen hätte. Ich lege den nächsten an, aber der Mann hebt bereits ergeben die Hände.

»Aufhören!«, befiehlt er seinen Kämpfern, die erleichtert vor Huoyan zurückweichen. Einer von ihnen hat einen Schnitt an der Wange und der andere wirkt völlig außer Atem.

»Ich hatte die Situation unter Kontrolle«, grummelt Huoyan ein wenig beleidigt. Er steigt auf, während ich weiterhin den Dorfvorsteher im Auge behalte.

»Natürlich«, erwidere ich und kann ein Grinsen nicht unterdrücken, »aber lass mich doch auch mal die Heldin spielen.«

Darüber muss Huoyan tatsächlich lachen. Er galoppiert los, durch die Menge, die seinem Hengst erschrocken Platz macht. Ich lasse meinen Pfeil fliegen, der sauber über den Kopf des Dorfvorstehers gleitet und ihm ein paar Haare durchtrennt, bevor ich ihm folge.

»Der Kaiser wird davon erfahren!«, droht der Mann, während wir davonreiten. »Midland wird euch dafür bezahlen lassen!«

Seine Worte, die sich in der Ferne verlieren, bringen auch mich dazu, in Huoyans ausgelassenes Gelächter einzufallen. Schließlich ist er derjenige, der bald Midlands Kaiser sein wird.

»Wie, denkst du, soll ich dich für diese Tat bezahlen lassen?«, will Huoyan wissen, als wir das Dorf hinter uns gelassen haben und er nach Atem japst. Mein Lachen wird nur noch lauter und ich bekomme selbst kaum Luft.

»Vielleicht mit etwas Obst, das ich essen muss?«, schlage ich kichernd vor und Huoyan wirft einen seiner gekauften Äpfel nach mir, den ich reflexartig auffange. Genüsslich beiße ich hinein und das süße Aroma breitet sich auf meiner Zunge aus.

Huoyan hört auf zu lachen und starrt mich seltsam an. Ich hebe verwirrt eine Augenbraue.

»Essen kannst du auch nicht«, meint er dann grinsend und zeigt an seinen Mundwinkel. Ich hebe eine Hand an meinen eigenen und merke, dass mir Fruchtsaft aus dem Mund läuft und ich sabbere. Schnell wische ich ihn ab und frage mich, ob ich mit jemand anderem jemals so frei lachen könnte wie mit meinem besten Freund.

18 十八

Ri

Die ausgelassene Stimmung hält nicht lange an, denn es gibt so vieles, über das Huoyan und ich reden müssen. Wir verringern das Tempo unserer Pferde und reiten im Schritt weiter durch den Wald, der mit jedem Augenblick dunkler wird, während die Sonne irgendwo hinter den Bäumen am Horizont versinkt.

»Als sie dich für eine Atlaerin gehalten haben …«, setzt Huoyan an und bricht ab. Das schlechte Gewissen steht ihm ins Gesicht geschrieben.

»War das in der Nordstadt auch so schlimm?«, will er besorgt wissen.

Ich seufze. Mir ist bewusst, welche Antwort er hören möchte, aber auch, dass es eine Lüge wäre, die er sofort durchschauen würde. Er hat die starken Reaktionen der Midländer auf mich nie persönlich erlebt, in den wenigen Fällen, in denen mein Aussehen in seiner Anwesenheit zur Sprache kam, haben sich die Menschen stets zurückgehalten. Aber wenn ich allein war, nicht unter dem Schutz des zukünftigen Kaisers … Es ist nicht so, dass ich den Menschen ihren Irrglauben vorwerfen würde, denn mein rotes Haar und die grauen Augen grenzen mich zweifellos von allen anderen Midländern ab. Dennoch ist es furchtbar, als Feind wahrgenommen zu werden. Den Hass der Menschen zu spüren, die durch diesen Krieg bereits so viel verloren haben und durch die sterbende Sonne kaum noch etwas zu geben haben. Es hatte seinen Grund, warum ich in der Nordstadt nie ohne Leibgarde unterwegs war.

»Es tut mir leid«, murmelt Huoyan, dem mein Seufzen als Antwort wohl ausgereicht hat. Manchmal glaube ich, das ist sein Mantra.

»Es ist nicht deine Schuld«, erwidere ich müde.

»Aber …«, will Huoyan mir widersprechen, doch ich unterbreche ihn.

»Hör auf, dir ständig an allem die Schuld zu geben!«, fahre ich ihn an. »Du bist nicht verantwortlich für die ganze Welt. Du bist zwar der Kronprinz, aber du kannst nicht alles zwischen Himmel und Erde kontrollieren.«

Huoyan beißt sich auf die Unterlippe.

»Ich kann nicht anders«, gibt er zu, »vor allem bei dir. Ich habe das Gefühl, dass ich hauptverantwortlich für alles bin, was dir geschieht. Du bist mir so wichtig, dass ich am liebsten verhindern würde, dass dir jemals ein Leid geschieht. Es schmerzt mich umso mehr, dass das nicht möglich ist.«

Ich schenke ihm ein schwaches Lächeln. Obwohl sein Beschützerdrang anstrengend sein kann, berührt er mich.

»Gerade eben habe ich doch gezeigt, dass ich mich auch ganz gut selbst verteidigen kann«, meine ich und spiele auf meine Bogenschießkünste im Dorf an.

»Ich wünschte nur, du müsstest es nie.«

Darüber muss ich lachen.

»So funktionieren diese Welt und mein Leben nicht. Ich bin zur Kämpferin ausgebildet worden, vergiss das nicht.«

Huoyan seufzt nur, was mich lauter lachen lässt. Manchmal verhält sich der Prinz etwas lächerlich. Schnell jedoch werde ich wieder ernst, als ich an die Gerüchte im Dorf denke.

»Wenn wir mit unserer Reise Erfolg haben, werde ich in den Krieg ziehen, Huoyan«, verkünde ich das, was wir beide längst wissen sollten. »Niemand kann mich dann noch beschützen. Ich kann nur hoffen, dass meine Magie stark genug sein wird, um zu gewinnen.«

»Ich mache mir Sorgen«, gesteht Huoyan. »Über das, was sie im Dorf gesagt haben.«

»Dass ich eine Atlaerin bin?«, versuche ich schnell, den Ernst aus der Situation zu nehmen, aber Huoyan springt nicht darauf an.

»Wenn das Wesen uns nicht zurückkehren lässt …«

»Uns?«, unterbreche ich ihn erschrocken. »Huoyan, du willst doch nicht etwa mit hineingehen?«

Das kommt nicht infrage. Auch ich mache mir Sorgen wegen der Erzählungen des Händlers. Das halbe Dorf ging in die Höhle und wurde nie wieder gesehen. Die Wahrscheinlichkeit, dass ich zurückkehre, ist dementsprechend niedrig. Fast bin ich mir unsicher, ob ich das Risiko eingehen will, aber ich weiß, dass ich es muss. Ich bin die Einzige, die Midland und diese Welt retten kann. Wenn ich es nicht wage, wer dann? Es ist mein letzter Versuch, meine Bestimmung zu erfüllen.

Aber ich denke gar nicht daran, auch das Leben des Kronprinzen von Midland aufs Spiel zu setzen.

»Ich werde dich nicht allein lassen«, verkündet Huoyan inbrünstig. Ich schüttele den Kopf.

»Auf keinen Fall«, widerspreche ich. »Ich verbiete es dir. Midland braucht dich.«

»Dich auch«, entgegnet er. »*Ich* brauche dich.«

Seine ernsten Worte lösen ein warmes Gefühl in mir aus, aber das ist keine Entscheidung, bei der ich klein beigeben werde.

»Du wirst vor der Höhle auf mich warten. Ich lasse nicht zu, dass du mich begleitest.«

»Ri …«, setzt Huoyan an, aber ich falle ihm ins Wort.

»Nein, Huoyan. Du wirst nicht hineingehen. Ich treffe das Wesen allein oder gar nicht.«

»Dann lieber gar nicht«, höre ich ihn murmeln und stoße einen Laut der Frustration aus.

»Sei nicht so ein Sturkopf!«, rufe ich aus. »Das ist unsere Chance,

Midland zu retten. Aber wir dürfen nicht alles auf eine Karte setzen. Das Risiko ist zu hoch. Ich bin austauschbar, denn falls ich verschwinde, gibt es immer noch die Möglichkeit, dass Cai oder Changye magiebegabt sind. Doch du bist der einzige Anwärter auf den Thron. Der zukünftige Kaiser Midlands!«

Bei dieser Überlegung steigt bereits ein schlechtes Gewissen in mir auf, weil ich Huoyan für diese Reise entführt habe. Zwar war es seine Entscheidung, aber ich habe selbstsüchtig zugelassen, dass er mich begleitet und dadurch seine Pflichten vernachlässigt. Die Kaiserin ist sicher völlig in Panik und ich weiß, wie wenig geeignet sie dafür ist, die Regierungsgeschäfte zu übernehmen, sei es auch nur für ein paar Tage.

Ist es auch eine Art Selbstsucht, dass ich verhindern will, dass er mit mir das Wesen aufsucht? Ich könnte es nicht ertragen, wenn Huoyan etwas zustoßen würde. Daher kann ich nur mit meinem eigenen Leben spielen. Seines würde ich für nichts auf der Welt riskieren, selbst wenn er nicht der Kronprinz Midlands wäre.

Huoyan klappt sprachlos den Mund auf und zu. Nach meiner wütenden Rede fehlen ihm offensichtlich die Worte.

»Ich will nicht mit dir darüber streiten, Huoyan«, meine ich etwas sanfter. »Bitte versprich mir einfach, dass du draußen wartest.«

Der Blick, mit dem er mich ansieht, ist voller Schmerz und Sehnsucht. Sehnsucht? Was hat das zu bedeuten?

»Vorerst«, erwidert er auf meine Worte. Ich hebe verwirrt eine Augenbraue.

»Ich werde vorerst draußen auf dich warten. Falls du nicht zurückkehrst, kann ich dir nichts versprechen.«

Ich schätze, ich habe etwas weniger als einen Tag Zeit, um ihn auch diesbezüglich umzustimmen.

19 十九

Darius

Obwohl ich die Höhlenwand vor mir bereits seit zahlreichen Stunden wütend anstarre, rührt sie sich keinen Millimeter. All meine Feuerbälle, all meine Sternenmagie konnten dem harten Stein nichts anhaben. Ich habe sie vollständig abgetastet, fand jedoch keinen versteckten Mechanismus, keine Schwäche, die ich hätte ausnutzen können.

Der Weg in die Welt der Menschen ist versperrt. Wie konnte ich auch glauben, dass ich in Mingyues Höhle, in seinem Königreich, irgendetwas gegen seinen Willen tun könnte?

Frustriert gehe ich vor der Wand auf und ab, die er sicher nur errichtet hat, um mich aufzuhalten. Ich muss Mina zurückholen, bevor der alte Drache Vitus' Vorschlag tatsächlich zustimmt und beschließt, dass unsere Begleiterinnen ersetzbar sind. Dass das Wohl der Erde über unserem eigenen steht.

Objektiv betrachtet verstehe ich den Vorschlag und seine Vorteile. Würden wir unsere Begleiterinnen auf der Erde verweilen lassen, könnten sie ein glückliches menschliches Leben führen und mit ihrer Magie die Welt retten. Sie könnten Sterne zur Sonne machen, sodass es wieder genügend Licht gäbe. Vielleicht könnten sie sogar die Seele der Erde ersetzen und den Planeten wieder fruchtbar machen.

Aber sie wären fort. Mina wäre fort. Meine Begleiterin würde auf der Erde leben und sterben. Ich könnte sie niemals wiedersehen. Allein der Gedanke erfüllt mich mit Verzweiflung.

Ich kann und will nicht ohne Mina leben. Sie ist die Einzige, die mein ewiges Leben reizvoll macht.

Hinter mir höre ich das kratzende Geräusch von Krallen auf Stein und das grollende Atmen des Drachen. Mingyue scheint sich von der Versammlung entfernt zu haben, um mich zurückzuholen. Ich sehe ihn nicht an, als er näher kommt, sondern starre nur auf die Wand. Bald spüre ich seinen feurigen Drachenatem unangenehm im Rücken.

»Darius, sei vernünftig«, bittet der Drache ruhig und ich spüre die Wut bereits wieder in mir aufsteigen.

»Vernünftig?«, echoe ich höhnisch. »Nichts daran, Mina zu verlieren, könnte jemals vernünftig sein.«

Der Drache seufzt schwer.

»Niemand will dir Mina wegnehmen«, entgegnet er beschwichtigend. Erleichtert wende ich mich zu ihm um, aber der frustrierte Ausdruck in Mingyues Augen zeigt mir, dass er noch mehr sagen will.

»Wenn Mina zu dir zurückkommen will, steht es euch frei, sofort gemeinsam an den Himmel zurückzukehren. Allerdings bitte ich dich zu bedenken, was es für die Erde bedeutet. Ihr könntet sie retten. Selbst wenige Jahre könnten einen großen Unterschied machen.«

»Sollen Vitus und Leander sie doch retten, wenn ihnen ihre Begleiterinnen so wenig bedeuten«, gebe ich verärgert zurück. Wie kann er nur vorschlagen, dass Mina und ich uns auch nur einen Augenblick länger trennen?

»Ihre Begleiterinnen sind noch jung«, entgegnet der Drache, »ich weiß nicht, ob sie bereits die Kraft haben, der Erde eine Sonne zu geben. Die jetzige wird nicht mehr lange leuchten. Sie ist bereits jetzt zu schwach, um den Menschen eine ausreichende Ernte zu ermöglichen. Es könnte sein, dass die Menschheit verhungert, bis Cai und Changye alt und stark genug sind, um das zu verhindern.«

»Cai und Changye?«, wiederhole ich Namen verächtlich. »Das sind nicht ihre wahren Namen. Was würden Nerya und Leslie dazu sagen, wenn sie wüssten, dass du sie so bezeichnest?«

»Es sind ihre derzeitigen Namen, genauso wie Mina in diesem Leben Ri heißt. Ich weiß nicht, wie sie zu ihrem ursprünglichen Namen stehen. Du solltest dich darauf vorbereiten, dass Mina womöglich nicht dieselbe ist.«

»Es ist *Mina*«, widerspreche ich und betone ihren Namen, als würde das bereits alles erklären. In meinen Augen tut es das auch. Natürlich ist sie anders aufgewachsen, hat in diesem Leben andere Erfahrungen gemacht, erinnert sich wahrscheinlich nicht an uns und unsere Vergangenheit. Dennoch bin ich zuversichtlich, dass die Erinnerungen mit der Zeit zurückkehren werden. Sie wird sicher bald zu ihrem alten Ich finden. Ich habe Jahrtausende mit ihr verbracht. Der Gedanke, sie könnte sich nun verändert haben, ist schlicht lächerlich.

Der Drache schüttelt nur den Kopf.

»Wenn ihr nicht länger warten wollt, muss ich das akzeptieren«, gibt er sich geschlagen. »Ich kann dich nur bitten gründlich darüber nachzudenken, ob ein paar Jahre mehr mit deiner Liebsten es wert sind, einen ganzen Planeten zum Tod zu verurteilen.«

Ich schnaube entnervt. Der Drache übertreibt maßlos. Die sterbende Sonne hat die Welt schon so lange am Leben erhalten, sie wird sicher auch noch die paar Jahre durchhalten, bis Vitus' und Leanders Begleiterinnen alt genug sind. Was sind ein paar Menschenleben gegen die Unsterblichkeit eines Sterns und seiner Begleiterin? Natürlich habe ich Mitleid mit ihnen, aber deshalb länger von Mina getrennt zu sein …

Außerdem habe ich Angst davor, was geschähe, wenn ich dem zustimmte. Nicht nur, dass Mina sich immer weiter verändern könnte, je länger wir voneinander getrennt wären. Auch befürchte ich, dass der Drache in ein paar Jahren seine Meinung ändern könnte. Was, wenn ich der Welt zwei Jahre Trennung zugestehe, Mingyue mir aber dann sagt, dass noch ein paar weitere nötig wären? Wenn er unsere Wiedervereinigung immer weiter aufschiebt? Wenn er mir irgendwann sagt, dass Mina für immer auf der Erde bleiben müsste?

Mir ist bewusst, wie wichtig ihm der sterbende Planet seiner Mutter ist, und dass er ihn um jeden Preis retten will. Ich kann ihm nicht genügend vertrauen, um mich in dieser Hinsicht auf ihn zu verlassen. Doch wie ich an der Wand hinter mir erkannt habe, bin ich auf sein Wohlwollen angewiesen, um Mina zurückzubekommen. Falls er wollte, könnte er sie mir für immer verwehren.

Der Blick des Drachen wirkt enttäuscht, als er schließlich seufzt.

»Komm zurück, wenn du bereit bist mit über das Schicksal der Welt zu diskutieren«, meint er und wendet sich dann um. Ich blicke ihm nach, als er zurück zur Versammlung geht. Zögernd sehe ich von ihm zurück zu der Wand hinter mir, die in diesem Augenblick plötzlich verschwindet. Wo eben noch eine stabile Höhlenwand war, befindet sich nun ein Gang. In seiner Dunkelheit erkenne ich nur wenig, aber ich weiß, wenn ich ihm folgen würde, würde er mich zu Mina führen.

Es ist ein Vertrauensbeweis des Drachen, der mir ein schlechtes Gewissen verursacht. Bin ich nur zu selbstsüchtig, um diese Welt zu retten? Zumindest liegt es als Mitglied der Sternengemeinschaft in meiner Verantwortung, mich an der Versammlung zu beteiligen. Mir die Meinungen der anderen Sterne und Begleiterinnen anzuhören und gemeinsam eine Entscheidung zu treffen, wie wir weiter vorgehen. Selbst wenn es nur Leander und Vitus beträfe … ich bin noch immer ein Stern.

Mina ist auf dem Weg hierher und ich werde sie wiedersehen. Nur vielleicht noch nicht heute. Seufzend drehe ich mich um, weg von dem Weg zu ihr, und folge dem Drachen zurück zur Versammlung.

20 二十

Ri

»Aber ich will dich nicht allein hineingehen lassen«, beteuert Huoyan zum gefühlt hundertsten Mal. »Was, wenn dir etwas geschieht?«

Ebenfalls zum gefühlt hundertsten Mal verdrehe ich die Augen. »Dann wirst du mir vermutlich nicht helfen können«, versuche ich an seinen Verstand zu appellieren. »Du wirst höchstens ebenfalls von einem mystischen Wesen gefressen.«

Der Prinz wirkt erschrocken und zügelt seinen Hengst, weshalb ich mein Pferd ebenfalls bremse, während hinter ihm im Westen die Sonne untergeht. Das rote Licht des schwach glimmenden Feuerballs erhellt die Bäume und Blätter um uns herum, sodass sie zu leuchten scheinen, während ihre Schatten unendlich wirken. Der Prinz ist eine dunkle Silhouette vor dem Licht. Ich muss die Augen zusammenkneifen, um seine feinen Gesichtszüge zu mustern. Sein schwarzes Haar wirkt zerzaust, aber auf eine gute Weise. Die schmalen Lippen sind aufeinandergepresst, die dunklen Augen aufgerissen. Trotz des erschrockenen Gesichtsausdrucks wirkt er im Licht der untergehenden Sonne wie der heldenhafte Ritter, der mich vor dem Monster in der Höhle beschützen will. Irgendwie gefällt mir der Gedanke. Dass Huoyan sich in dieser Vorstellung gut macht, steht außer Frage.

Ich stelle wieder einmal fest, wie gut mein bester Freund aussieht. Mit seinen hohen Wangenknochen und den braunen Augen, in deren Tiefen sich meine Zuneigung zu ihm spiegelt, könnte er ein

Prinz aus einem der Märchen sein, die ich Cai und Changye immer vor dem Schlafengehen erzähle.

Huoyan bemerkt meine zärtlichen Gedanken offenbar nicht, sondern starrt mich weiterhin entsetzt an, denn es ist das erste Mal, dass ich diese Vermutung geäußert habe.

»Du glaubst, was auch immer es ist, wird dich fressen?«, hakt er ungläubig nach.

Ich zucke mit den Achseln.

»Es ist ein mystisches Wesen in einer dunklen Höhle, in die viele hineingehen und aus der kaum welche zurückkehren«, antworte ich. »Was glaubst du, was mit denen geschieht, die keinen Erfolg haben? Von irgendetwas müssen sich auch Sagengestalten ernähren.«

Der Schock steht Huoyan ins Gesicht geschrieben, aber ich ignoriere es und steige ab. Zugegebenermaßen habe ich keinerlei Beweise für diesen Verdacht, obwohl meine Argumentation in meinen Ohren logisch klingt. Womöglich male ich mir nur das Schlimmste aus, damit die tatsächliche Konfrontation mit dem Wesen im Vergleich weniger angsteinflößend und im Falle meines Scheiterns weniger schmerzvoll sein wird.

Es sei denn, was auch immer es ist, frisst mich tatsächlich. Beim Gedanken daran, als Mahlzeit für irgendein Monster zu enden, verziehe ich unglücklich das Gesicht. Dennoch weiß ich, dass ich keine Wahl habe.

Ich habe gar nicht bemerkt, dass Huoyan ebenfalls vom Pferd gestiegen ist, aber plötzlich steht er neben mir und ergreift meine Hand. Die unerwartete Berührung bringt mich aus dem Konzept, auch weil ich Huoyans Wärme zuvor nie so direkt wahrgenommen habe. Der Prinz zieht mich zu sich heran, schnell genug, dass ich mich nicht wehren kann, und blickt mir prüfend in die Augen. Unser Atem vermischt sich und in meinem Bauch flattert es. Bin ich die Einzige, die bemerkt, dass sich in den letzten Tagen etwas verändert hat?

Schnell verwerfe ich den Gedanken. Huoyan ist mein bester Freund und bisher war unsere Beziehung rein platonisch.

Und doch macht mich seine Nähe seit Kurzem atemlos und aufgeregt.

»Ich muss mitkommen«, wiederholt Huoyan, ohne den Blick abzuwenden. »Ich muss dich beschützen.«

Das bricht den Bann, den er mit seinem Blick auf mich gelegt hat. Frustriert stoße ich den Atem aus.

»Ich kann gut auf mich selbst aufpassen«, halte ich wieder dagegen, »und wenn nicht, gibt es nichts, was du tun könntest.«

Huoyan verzieht den Mund und lenkt meinen Blick damit auf seine Lippen, die ich für einen Moment wie hypnotisiert anstarre. Mit jedem Tag fällt es mir schwerer, meine Gefühle zu unterdrücken. Etwas fester als nötig schubse ich den Prinzen von mir und gehe zu meiner Satteltasche, um meine Bambusmatte auszupacken. Die Sonne ist inzwischen vollständig untergegangen. Es wird Zeit, unser Nachtlager aufzuschlagen.

Wieso werde ich plötzlich rot bei dem Gedanken, in Huoyans Nähe zu schlafen? Ich ärgere mich über mich selbst. Ich mache mir mein Leben nur noch komplizierter ...

»Ri«, sagt Huoyan meinen Namen und ich verstecke mich hinter meinem Pferd, damit er das Erschauern meines Körpers nicht mitbekommt. »Ich will und kann dich nicht verlieren.«

Er macht es mir aber auch leicht, mehr in unsere Freundschaft hineinzuinterpretieren. Diese ganze Situation frustriert mich.

Mit großen Schritten trete ich um mein Pferd herum und stehe wieder vor dem Prinzen.

»Huoyan, es reicht«, verkünde ich mit fester Stimme. Für einen Augenblick weiß ich selbst nicht genau, was ich meine. Ob ich mich auf sein Anliegen, mich zu begleiten, beziehe oder darauf, dass ich denke, er würde mit mir flirten.

Bilde ich es mir nur ein, in Huoyans Augen eine ähnliche Zuneigung zu erkennen, wie ich sie fühle?

»Du bist der Kronprinz. Midland braucht dich. Wir können dein Leben nicht riskieren.«

Ich wiederhole mich. Diese Worte habe ich heute schon oft genug heruntergerattert. Wütend drücke ich ihm meine Bambusmatte in die Hand und gehe dann zu seinem Pferd, um seine zu holen. Kronprinz hin oder her, er soll sich nützlich machen, statt zu diskutieren, und unser Lager aufschlagen.

Huoyan seufzt und geht zum Gras neben der Straße, um meine Matte auszubreiten.

»Siehst du nicht, dass ich recht habe?«, will ich wissen. »Dies ist allein meine Aufgabe. Du bist viel zu wichtig.«

»Und du bist viel zu wichtig für mich«, murmelt er und nimmt mir die zweite Bambusmatte ab. Wir machen uns daran, uns um unsere Pferde zu kümmern, und schweigen für einen Moment.

»Du darfst nicht mit«, wiederhole ich entschlossen.

»Wenn es dein Wunsch ist«, gibt sich Huoyan leise geschlagen. Erneut breitet sich Stille zwischen uns aus. Wortlos teilen wir unser Essen, die Äpfel, die Huoyan im Dorf erstanden hat, und unser Brot. Legen uns auf unsere Bambusmatten und obwohl Huoyan nur eine Armlänge von mir entfernt ist, wirkt es, als trennten uns plötzlich Welten.

»Deine Worte von gestern lassen mich nicht los«, bricht Huoyan plötzlich das Schweigen.

Ich erinnere mich daran, dass er den halben Tag gebrütet hat, und seufze.

»Du hast die Menschen im Dorf gesehen«, erinnere ich ihn, »wenn ich in der Höhle keinen Erfolg habe und überlebe, muss ich gehen, das weißt du.«

»Es sei denn, du wirst Kaiserin«, widerspricht er. Stirnrunzelnd setze ich mich auf.

»Das war ein Scherz«, stelle ich klar, denn dieser Vorschlag ergibt überhaupt keinen Sinn. Er setzt sich ebenfalls hin und im Licht des Mondes wirkt er gleichzeitig nah und doch unendlich fern. Die Idee, ich könnte Kaiserin werden, ist schlicht und ergreifend lächerlich.

Selbst wenn ich diesen Gefühlen, die ich in seiner Nähe spüre, nachgäbe und er sie erwiderte ... es gäbe keine Zukunft für uns.

»Ri, ich ...«, setzt Huoyan an und verstummt. Stattdessen greift er nach meiner Hand und hält sie fest.

»Du wirst eine politisch sinnvolle Ehe eingehen und wohl kaum deine beste Freundin heiraten«, meine ich und die Worte klingen bitter. Warum stört mich dieses Wissen auf einmal so sehr? Es ist nicht so, als wäre es etwas Neues. Außerdem habe ich auch nie danach gestrebt, Huoyan zu heiraten.

Ich bin bereit, es als einen Anfall nächtlicher Verwirrung zu betrachten, als Huoyan leise sagt: »Aber was, wenn ich das möchte?«

Ruckartig ziehe ich meine Hand weg und lege mich wieder auf meine Bambusmatte.

»Es spielt keine Rolle, was wir möchten, Huoyan«, entgegne ich. Meine Stimme ist ein Windhauch in der Nacht, aber meine Worte sind doch so klar wie der Schlag des Morgen-Gongs. Was auch immer da zwischen uns ist, es muss aufhören. Wir müssen es vergessen, bevor wir noch auf die Idee kommen, danach zu handeln.

Ich drehe mich zur Seite und doch kann ich noch lange Huoyans Blick auf mir spüren. Wach liege ich da und starre in die Dunkelheit. Hadere plötzlich mit einem Schicksal, das mich auf diese Weise noch nie gestört hat. Denn langsam wird mir klar, dass ich das Ganze nicht mehr verdrängen kann. Dass diese Gefühle echt, wirklich da sind und nicht einfach vergehen werden.

Dass ich mich in meinen besten Freund verliebt habe, und das nicht erst gestern.

Bei den Sternen, ich habe mich in den Kronprinzen Midlands verliebt. Und was mein Leben nur noch komplizierter macht: Es wirkt, als würde er diese Gefühle erwidern.

21 二十一

Ri

Feuer in meiner Hand.

Begeisterung wallt in mir auf, als ich die Flamme über meine Haut züngeln sehe, ohne mich zu verbrennen. An diesem Zauber habe ich mich so lange versucht … Dabei ist er so einfach wie Atmen. Es kostet mich nicht die geringste Anstrengung, das Feuer aufrechtzuerhalten, und meine Lippen verziehen sich zu einem breiten Lächeln.

»Gut gemacht«, lobt eine männliche Stimme, die mir nur allzu bekannt vorkommt und die ich doch nicht einordnen kann.

Als ich blinzelnd die Augen öffne und den Traum wie in den letzten Tagen in mein Unterbewusstsein verdränge, entdecke ich Huoyan dabei, wie er gerade die Bambusmatte in seiner Satteltasche verstaut. Es ist das erste Mal, dass er vor mir wach ist. Überraschenderweise wirkt er nicht wie ein Morgenmuffel, sondern völlig wach. Als er mich bemerkt, wirft er mir einen Apfel zu, den ich nur dank meiner schnellen Reflexe fange. Ich verziehe das Gesicht wegen der verspannten Muskeln, die ich dabei bewegen musste.

»Sei froh, dass ich dich nicht geboxt habe«, witzelt er und für einen Augenblick ist alles wie immer. Wir sind beste Freunde, die miteinander herumalbern. Und doch sind wir noch so viel mehr.

Kurz denke ich wieder an meinen Traum, der den letzten beiden so ähnelte. Dass mir mein Zauber im Traum geglückt ist, könnte ein gutes Omen sein. Fast bin ich versucht ihn hier und jetzt zu testen, so leicht erschien er mir im Traum. Aber ich fühle mich ganz und gar nicht magisch und bin mir sicher, dass es nicht funktionieren würde. Außerdem frage ich mich, wer der Mann in meinen Träumen ist … Doch das führt zu nichts, also ignoriere ich meine Verwirrung und konzentriere mich lieber auf mein Ziel.

Gemeinsam räumen Huoyan und ich die restlichen Sachen zusammen und steigen auf unsere Pferde. Heute werden wir endlich die Höhle erreichen. Keiner von uns spricht es aus, dennoch steht es wie eine unsichtbare Wand zwischen uns. Heute wird sich nicht nur unser Schicksal, sondern auch das Midlands, die Zukunft der ganzen Welt entscheiden. Das Zwielicht der mit jedem Tag schwächer werdenden Sonne scheint mich zu verhöhnen. Glaube ich wirklich, dass ich der Welt ihr Licht zurückgeben kann?

Als hätten wir eine stille Übereinkunft getroffen, reiten wir trotz des nahen Ziels langsamer. Wahrscheinlich sogar wegen der Nähe, denn innerlich zweifle ich noch immer. Wenn ich keinen Erfolg habe … Eine düstere Vorahnung lässt mich wünschen die Begegnung mit dem mystischen Wesen noch länger hinauszögern zu können.

»Was wirst du tun, wenn du nach Atlas gehst?«, fragt Huoyan mich beiläufig, aber ich kann den Schmerz in seiner Stimme hören, was mich vollständig aus meinen Gedanken reißt.

»Mir ein Leben aufbauen«, erwidere ich schlicht.

»Wie?«, fragt er nach. Ich bin geneigt mich über die Frage zu ärgern. Will er darauf hinaus, dass ich noch keinen Plan für meine Zukunft habe? Keine Ideen für mein Leben, keine Ahnung von der Welt? Will er mir zeigen, wie ungeeignet ich dafür bin, mich auf eigene Faust in Atlas durchzuschlagen?

Stattdessen fährt er fort: »Du wärst sicher gut in der Küche. Ich weiß noch, wie die Oberste Köchin damals gezetert hat, als du von ihr verlangt hast, dass sie dir zeigt, wie man Baozi macht.«

Bei der Erinnerung heben sich meine Mundwinkel unwillkürlich.

»Deine Mutter hat uns aber beim zweiten Versuch erwischt«, erinnere ich ihn, »und mir das Kochen verboten. Ich glaube ja noch immer, dass sie heimlich probiert hat und Sorge hatte, ich könnte der Obersten Köchin Konkurrenz machen wollen.«

Huoyan lacht, aber sein Blick wird ernst.

»Du hattest nicht viel im Himmelspalast«, stellt er betrübt fest. »Dein ganzes Leben war auf deine Bestimmung als Sternentochter ausgerichtet. Alles andere wurde dir verboten.«

»Ich hatte dich«, erwidere ich sanft und er seufzt.

»Wirst du mir Briefe schreiben?«, bittet er. »Ich kann den Gedanken nicht ertragen, nie wieder von dir zu hören. Mein Leben in Ungewissheit darüber zu verbringen, ob es dir gut geht, wo du bist, ob du noch lebst.«

Ich kann das Gefühl nachvollziehen. Mir vorzustellen, mich vollständig aus Huoyans zu entfernen, ist auch nicht einfach. Aber ich werde immer wissen, ob der Kaiser von Midland lebt und wie es ihm geht. Ich bin mir sicher, alle relevanten Neuigkeiten werden auch in Atlas bekannt sein.

Ich fürchte mich bereits jetzt vor dem Tag, an dem seine Hochzeit verkündet wird, obwohl ich mir diese dämliche Eifersucht sparen sollte.

»Ich überlege es mir«, antworte ich ausweichend, denn wir wissen beide, dass es zu riskant wäre. Selbst in Atlas werden mich midländische Geheimagenten mein Leben lang suchen. Midland wird seine einzige Hoffnung nicht einfach aufgeben, auch wenn Huoyan dies befiehlt. Ein Brief an den Kaiser ist kein guter Weg, um möglichst wenig aufzufallen. Außerdem weiß ich nicht, ob es mir zu sehr das Herz brechen würde, weiter mit ihm in Kontakt zu bleiben und immer wieder damit konfrontiert zu werden, was ich nie haben kann. Ich weiß nicht, was ich schlimmer fände – zu lesen, wie sehr er mich vermisst und welch schwierige Zeiten Midland durchmacht. Oder zu erfahren, wie gut es Huoyan ohne mich geht, dass er heiratet und ein glückliches Leben führt. Besser, wir bringen die scharfe Trennung hinter uns. Dann ist es wenigstens vorbei.

Vielleicht haben wir dieses Problem auch gar nicht. Womöglich werde ich von dem mystischen Wesen gefressen.

Oder ich werde endlich die Waffe sein, die ich immer sein sollte. Die schwache Hoffnung, die ich mir kaum erlauben will, aus Angst, enttäuscht zu werden, flammt wieder auf. Ich könnte heute Zugriff auf meine Magie erhalten. Der Gedanke ist seltsam und aufregend. Wenn wir Erfolg haben, könnte ich Midland und mit einer neuen Sonne sogar die gesamte Erde retten.

Aber was würde das für mich bedeuten? Erstmals stelle ich mir diese Frage. Der Traum von Freiheit, einem normalen Leben in Atlas, das fast in Reichweite scheint, würde zerschellen. Ich wäre Midlands Waffe – die beste Waffe, die das Reich hätte, aber noch immer ein Gegenstand, der benutzt würde. Ich müsste in den Krieg ziehen, Gewalt und Tod begegnen. Meine Magie wirken, um anderen Schaden zuzufügen und fremde Armeen zu vernichten. Der Gedanke an die hungernden Menschen in der Nordstadt und im Dorf lassen es mir dennoch erstrebenswert erscheinen. Aber was hätte ich davon?

Mit einem Blick zu Huoyan seufze ich. Wir könnten unsere Freundschaft erhalten, zumindest in gewisser Weise, und vielleicht würde der midländische Hof mich wärmer aufnehmen, wenn ich etwas beizutragen hätte, aber ich weiß nicht, ob ich die Anerkennung der Adligen und Minister noch möchte. Na ja, immerhin hätte ich einen Platz in der ersten Reihe bei Huoyans Hochzeit.

Die Gedanken sind bitter und ich versuche die Zweifel abzuschütteln. Ich weiß, was ich tun muss. Was ich will, spielt keine Rolle. Und doch ertappe ich mich den ganzen Tag über beim Grübeln und nicht einmal Huoyans gelegentliche Bemerkungen können mich aufheitern. Ausnahmsweise gönne ich den Wundern unseres Rittes kaum einen Blick. Wir kommen an einem heiligen Brunnen vorbei und einem riesigen Baum, laut Huoyan die letzten Wegmarkierungen vor der Höhle, aber ich sehe nur desinteressiert an ihnen vorbei und versuche das aufsteigende Unbehagen zu verdrängen. Die letzten Wegmarkierungen ... Und dann muss ich tun, was getan werden muss.

22 二十二

Ri

Die schwach glimmende Sonne ist bereits hinter den Baumwipfeln verschwunden, als die Höhle im schwarzen Hügel in Sicht kommt. Die Schatten sind zu dunkel, um noch viel zu erkennen, aber selbst in der düsteren Umgebung sticht der Höhleneingang heraus. Er wirkt wie ein tiefes Loch ohne Boden, wie gähnende Leere und ich kann ein Schaudern nicht unterdrücken. Sie wirkt alles andere als einladend. Am liebsten möchte ich umdrehen und so weit davonreiten wie möglich.

Über der Höhle schimmert ein goldener Schriftzug, der zu leuchten scheint und daher trotz der Schatten lesbar ist.

预言者帮助只庄严的

Ich zucke zusammen, als ich die Bedeutung der Worte begreife. *Das Orakel hilft nur den Würdigen.* Die ganze Situation verursacht mir eine Gänsehaut und trotz meiner Entschlossenheit, alles zu versuchen, wird mein Fluchtinstinkt immer stärker. Bin ich würdig? Die Drachenwahrer würden sagen, ich bin schwach.

Heute ist der Tag, ihnen das Gegenteil zu beweisen.

Auch meinem Pferd scheint die Höhle nicht geheuer zu sein, denn es scheut am Rand der Lichtung, auf der sie sich befindet. Huoyan presst die Lippen aufeinander, als wir einen Blick tauschen. Beinahe kann ich seine Gedanken lesen, mit denen er mich bittet ihn mitkommen zu lassen. Zugegeben, die Vorstellung, diese düstere Höhle allein zu betreten, ist wenig verlockend. Aber Huoyans Leben zu riskieren … auf keinen Fall. Dies ist eine Prüfung, die ich allein bestehen muss.

Wortlos steige ich ab und klopfe meinem Wallach den Hals. Er hat mir gute Dienste geleistet. Das Pferd, das mich klaglos durch die Dunkelwüste getragen hat, schnaubt und schnuppert dann an meiner Hand. Es bringt mich zum Lächeln. Einem plötzlichen Impuls folgend schlinge ich die Arme um das Pferd und wispere: »Danke.«

Wer weiß, ob ich es jemals wiedersehe.

Als ich mich umdrehe, steht Huoyan abwartend vor mir.

»Du solltest …«, setze ich an, aber er unterbricht mich.

»Ich werde dich bis zum Höhleneingang begleiten. Versuch nicht, mich aufzuhalten.«

Ich mustere die Umgebung vor der Höhle, die seltsam kahl ist und mich damit an die Dunkelwüste erinnert. Obwohl alles nicht sehr einladend wirkt, kann ich keine Gefahr erkennen, also nicke ich widerwillig. Huoyan sollte kein Schaden zustoßen, wenn er mich noch diese wenigen Schritte begleitet.

Ich sehe ihn nicht an, während wir auf den Eingang zugehen, sondern blicke starr geradeaus. Meine Schritte sind langsam und es fällt mir schwer, einen Fuß vor den anderen zu setzen, um dem Ungewissen näher zu kommen. Huoyan passt sich meinem Tempo an oder er ist ebenso besorgt wie ich. Kein Laut durchbricht die Stille. Es ist eine düstere und unheimliche Atmosphäre, die mit jedem Meter schlimmer wird.

Direkt vor der Höhle halten wir an. Schluckend blicke ich in die Schwärze vor mir, versuche irgendwelche Konturen auszumachen. Sicherzustellen, dass an der Stelle, wo die Höhle das Licht verschluckt, kein tiefer Abgrund auf mich lauert. Ein Schlund, der mich fressen wird, ohne dass es jemals jemand erfährt.

Aber es sind bereits Menschen zurückgekehrt, versuche ich mir

Mut zu machen. Es ist nicht vollkommen unmöglich. Die undurchdringliche Dunkelheit vor mir hilft meinem Optimismus nur nicht gerade.

Erschrocken zucke ich zusammen, als Huoyan meine Hand nimmt und mich näher zu sich zieht. Beim Anblick seiner dunklen Augen vergesse ich für einen Moment die Höhle und das, was kommen könnte. Ich verliere mich in unserer Nähe, unserer Vertrautheit, schlinge die Arme um meinen besten Freund und lege den Kopf an seine Brust.

Huoyan zögert, erwidert die Umarmung dann und legt seinen Kopf auf meinen. Seine Wärme lässt mich die Angst vor dem Ungewissen verdrängen und ich fühle mich endlich wieder sicher. Obwohl ich weiß, dass die Zuflucht seiner Arme nur von kurzer Dauer ist …

»Du musst nicht hineingehen«, sagt Huoyan leise. Sein Atem streicht über mein Haar. Es ist wie eine sanfte Berührung.

»Wir könnten umkehren«, schlägt er vor. »Niemand muss je erfahren, dass wir hier waren.«

Ich erwidere nichts und der Tonfall seiner Stimme wird verzweifelter.

»Bleib bei mir«, bittet er. »Ich werde dich beschützen.«

Langsam löse ich mich von ihm, um ihn anzusehen. Der Ausdruck in seinen Augen ist besorgt, fast panisch. Er hat Angst, mich zu verlieren, und das lässt ein warmes, zärtliches Gefühl in mir aufwallen.

»Ich muss gehen«, erinnere ich ihn sanft. »Ich muss mich selbst beschützen.«

»Aber …«, will er mir widersprechen, doch ich lege einen Finger an seine Lippen und bringe ihn damit zum Schweigen.

»Ich muss«, wiederhole ich. Ich bin Midlands einzige Hoffnung und trotz all meiner Furcht weiß ich, was meine Pflicht ist. Ich will nicht die ängstliche Sternentochter sein, die sich hinter dem Prinzen versteckt, so sehr ich Huoyans Versuche, mich zu schützen, auch schätze. Ich will stark sein und es den Drachenwahrern beweisen. Ich bin kein Feigling, sondern eine Kämpferin, und so werde ich meinem Schicksal entgegentreten.

Huoyan scheint mir die Entschlossenheit anzusehen und versucht nicht weiter, mich umzustimmen. Stattdessen presst er die Lippen aufeinander und nickt.

»Pass auf dich auf«, bittet er, als ich ihm mit einem leichten Lächeln gestatte zu sprechen. Die zärtlichen Worte, in denen so viel Gefühl liegt, lassen etwas in meinem Bauch flattern.

»Ich werde es versuchen«, verspreche ich. Er mustert mich prüfend und seufzt dann.

»Schwöre, dass du zu mir zurückkommst«, fordert er und wirkt dabei fast verzweifelt. Wir beide wissen, dass ich das nicht kann. Das Wesen wird über mein Schicksal entscheiden, kein Versprechen an ihn. Dennoch nicke ich, um uns beide zu beschwichtigen. Die Angst greift wieder mit kalten Klauen nach meinem Herzen. Dies könnte mein letzter Augenblick in dieser Welt sein. Dies könnte das letzte Mal sein, dass ich Huoyan sehe.

Den Mann, den ich liebe. Angesichts des drohenden Endes fällt es mir plötzlich leicht, es zuzugeben. Das, was ich für den Prinzen empfinde, ist weit mehr als Freundschaft. Es ist gewachsen wie eine Blume und hat sich in etwas Starkes und Schönes verwandelt. Etwas, das unter keinen Umständen eine Zukunft haben wird, aber daran will ich nicht denken. Ich könnte heute sterben, wen schert es da, was die Zukunft bringen könnte?

Huoyan starrt mich noch immer besorgt an, aber bevor er etwas sagen und einen weiteren Einwand vorbringen kann, ziehe ich ihn an mich und drücke meine Lippen auf seine. Ich weiß, dass ich eine Grenze überschreite. Mich auf verbotenes Terrain begebe und doch kann ich nicht anders. Falls dies meine letzten Sekunden in dieser Welt sind, möchte ich nicht bereuen es nicht getan zu haben.

Ich spüre Huoyans Überraschung, seinen Schock, aber dann wird sein Mund weich. Er schlingt die Arme um mich und zieht mich eng an sich, während er den Kuss erwidert. Unsere Zungen spielen miteinander, ich seufze leise, als er an meiner Unterlippe zupft. Das Gefühl ist unbeschreiblich. Es ist, als würde ich innerlich verbrennen, und doch ist das Feuer nicht schmerzhaft, sondern so schön, dass es süchtig macht.

Der Kuss verändert alles und fast bereue ich ihn, denn es scheint mir beinahe unmöglich, mich von Huoyan zu lösen.

»Bleib«, wispert er, ohne die Nähe zu unterbrechen, und das gibt den Ausschlag. Einen letzten Augenblick lang erlaube ich mir das Gefühl seiner Lippen auf meinen zu genießen, ihn mit all meinem Sein zu spüren, bevor ich meine Willenskraft sammle und ihn ruckartig von mir stoße. Huoyan taumelt, aber ich wende den Blick ab. Wenn ich ihn länger ansehe, werde ich zu ihm zurückgehen und da weitermachen, wo wir aufgehört haben, das weiß ich. Ich unterdrücke meine Sehnsucht nach ihm mit aller Kraft und zwinge mich dazu, das Richtige zu tun.

»Ri«, ruft der Prinz meinen Namen, aber ich drehe mich wortlos um und betrete die Höhle.

23 二十三

Darius

Wenn es um Entscheidungen geht, sind Sterne und ihre Begleiterinnen schwer zufriedenzustellen. Wir überlegen jede Möglichkeit und jeden Ausgang ausführlich und wiederholt. Schließlich sind wir unsterblich und haben alle Zeit der Welt, unsere Entschlüsse begleiten uns bis in alle Ewigkeit.

Aber die Diskussionen der Sterne anzuhören, die auf der Stelle zu treten scheinen, macht mich ungeduldig. Auch ich führe ein unsterbliches Leben, aber Zeit ohne Mina bedeutet mir nichts. Ohne sie kann ich mich nicht in Geduld üben. Obwohl der Drache mir versichert hat, dass wir wieder vereint sein werden, sofern wir beide das wünschen, habe ich Angst, dass sich daran irgendetwas ändern könnte. Dass ich sie erneut verlieren könnte, dabei sind wir nicht einmal wieder zusammen.

Auch die anderen Sterne sind nicht ganz so geduldig wie sonst, das muss ich zugeben. Sie führen fast schon Streitgespräche, so hitzig bringen sie Argumente und Widerworte vor. Die Offenbarung über unsere Begleiterinnen hat die Menge in Aufruhr versetzt und die Wut und Sorge der anderen kommt in vielen Worten zum Ausdruck. Ich weiß nicht, worauf diese Versammlung hinausläuft. Momentan wirkt es so, als würde sie die Sterne für Jahrhunderte in zwei Lager spalten, statt irgendwelche Lösungen hervorzurufen.

Ein Teil der Sterne ist überzeugt, dass wir den Menschen helfen und sie retten sollten. Dass der Verlust unserer Begleiterinnen ein kleiner Preis ist im Vergleich dazu, den Planeten und seine Bevölkerung dem Untergang auszusetzen. Vor allem wenn die Sterne Ersatz bekämen. Einige Begleiterinnen nehmen das säuerlich auf, andere wiederum wollen alles geben und sind zu dieser Wahl bereit, um die Erde zu schützen.

Dem gegenüber stehen diejenigen, die wie ich ihre Begleiterin um keinen Preis aufgeben möchten. Sie halten es für unverantwortlich, die Frauen allein und schutzlos auf die Erde zu schicken, um dort zu leben und zu sterben. Der Gedanke, dass Mina etwas zustoßen könnte ... Auch ich finde ihn unerträglich.

Zwischen alldem steht Mingyue, der sich bisher noch nicht geäußert hat. Er lauscht aufmerksam den Argumenten beider Seiten und wird die finale Entscheidung letztendlich selbst fällen – obwohl normalerweise die Mehrheit siegt, hat sein Wort die Macht, viele zu überzeugen. Es geschieht nur selten, dass wir uns gegen die Meinung des Drachen wenden.

Ohne ihn kommen wir jedoch zu keinem Ergebnis und so diskutieren wir hin und her. Aber meine Meinung steht fest: Mina gehört mir. Nichts darf sie mir wegnehmen.

Sterne brauchen keinen Schlaf, weshalb die Versammlung gefühlt tagelang andauert, bis sich plötzlich etwas verändert. Es ist, als würde sich ein unsichtbarer Schatten über die Höhle legen. Eine sanfte, kaum spürbare Vibration hallt durch den Raum. Mingyue erhebt sich abrupt zu voller Größe, Rauchschwaden steigen von seiner Schnauze auf, die von seiner Aufregung zeugen.

Sein Blick sucht mich in der Menge und Nervosität steigt in mir auf.

»Sie ist hier«, stelle ich fest und muss einen Aufschrei der Begeisterung unterdrücken, als der Drache nickt.

Mina ist hier.

24 二十四

Ri

Der Druck von Huoyans Lippen auf meinen bleibt noch lange an mir haften, während ich durch die Dunkelheit der Höhle stolpere. Obwohl ich nur wenige Schritte von ihm entfernt bin, lässt die undurchdringliche Schwärze mich glauben uns trennten Welten. Und ich entferne mich mit jedem Schritt weiter von ihm, während ich mich zwinge die Gedanken an ihn zu verdrängen und mich auf die vor mir liegende Aufgabe zu konzentrieren. Ich muss das Wesen überzeugen mir zu helfen. Ich muss.

Jetzt, wo ich allein bin, steigt Angst in mir auf. Obwohl ich heftig blinzle, erkenne ich nichts, nicht einmal den Schatten meiner eigenen Hände, wenn ich sie mir vor die Augen halte. Blind taste ich um mich, aber da ist nichts, woran ich mich orientieren könnte. Ob das eine Prüfung ist? Durch diese Höhle zu finden, ohne in ein tiefes Loch zu fallen und dabei zu sterben?

Nun, ich habe keine Ahnung, wie ich das bewerkstelligen soll. Ich schnalze leise, aber das Geräusch verliert sich im Nichts, ohne an Wänden widerzuhallen. Es ist, als liefe ich durch eine große, dunkle Leere.

Ob es sich so anfühlt zu sterben? Panik erfasst mich bei dem Gedanken, aber ich ermahne mich ruhig zu bleiben. Noch fühle ich mich nicht tot, also muss ich es weiter versuchen. Zaghaft setze ich einen Fuß vor den anderen, gehe starr geradeaus, in der Hoffnung, irgendwann irgendwo anzukommen.

Gefühlt marschiere ich eine Ewigkeit durch die Dunkelheit, lange genug, um innerlich beinahe zu verzweifeln. Um fast zu der Überzeugung zu gelangen, dass dies meine neue Wirklichkeit ist, dieses Nichts. Vielleicht war da schon immer nur diese Leere, denn die Gedanken an Huoyan, meine Erinnerungen an das Leben im Himmelspalast rücken immer weiter in die Ferne. Vielleicht war das alles nur ein Traum und das Nichts ist die Realität?

Aber Huoyan und ich haben uns geküsst. Der Druck seiner Lippen hallt noch immer in mir nach und zeigt mir, dass es echt war. Ich habe ihm versprochen auf mich aufzupassen. Ich werde zurückkommen und ihn wiedersehen.

Der Gedanke gibt mir Kraft und lässt mich durchhalten, immer weiterzulaufen, bis die Dunkelheit sich irgendwann verändert. Es geschieht so graduell, dass ich es zunächst gar nicht bemerke, aber dann weiche ich plötzlich vor einer Höhlenwand zurück, in die ich beinahe gelaufen wäre. Ich kann sie sehen. Endlich kann ich etwas erkennen und erleichtert drehe ich mich um mich selbst. Statt undurchdringlicher Schwärze erkenne ich Schatten einer Höhle, hinter mir herrscht noch immer Leere, aber vor mir glimmt ein bläuliches Licht, auf das ich zugehe. Ein Licht, das mich mit neuer Hoffnung erfüllt.

Als ich an der Lichtquelle ankomme, bleibe ich überrascht stehen und mustere die Höhlenwand. Das Licht kommt von blau leuchtenden Erzadern, die sich durch das Gestein ziehen und wie ein Herzschlag sanft pulsieren. Auf den zweiten Blick erkenne ich, dass sie sich zu kunstvollen Bildern verbinden. Ich strecke die Hand aus, um eines zu berühren, lasse sie dann aber wieder sinken. Kein Wesen kann Erzadern lenken, um Bilder zu formen. Wer weiß, woraus sie bestehen? Zudem habe ich noch nie von leuchtenden Steinen gehört. Es ist anders, unnatürlich. Magisch.

Interessiert mustere ich die Linien, die kunstvoll Szenen darstellen, die ich kaum zuordnen kann. Da ist eine gemusterte Kugel, die ich dank meines Geografieunterrichts als unsere Welt erkenne.

Darauf befindet sich eine Frau, die ihre Hände ausstreckt. Die nächste Abbildung zeigt wieder sie, aber sie ist plötzlich umringt von anderen Frauen, die alle nach oben in den Himmel blicken. Dort entdecke ich die Sonne und Sterne, aber statt bloße Himmelskörper zu sein, befinden sich in ihnen Männer, die wiederum nach unten schauen.

Seltsam. Welches Märchen diese Höhle wohl erzählen will?

Obwohl die Erzadern mich faszinieren, reiße ich meinen Blick von ihnen los und wende mich um. Ich bin nicht gekommen, um mich von solchen Wundern ablenken zu lassen, so fantastisch sie auch sein mögen. Ich muss weiter.

Energischer folge ich dem Gang, der schnurgerade in eine Richtung führt und von dem keine weiteren abzweigen. Immer wieder blicke ich an die Wände zu den leuchtenden Adern, zwinge mich jedoch weiterzugehen. Ich habe ein Ziel.

Schließlich wird der Weg breiter und statt Bilder zu formen, spalten die Erzadern sich auf und scheinen als schlichte Lichtquellen zu dienen. Ich komme in eine Art Raum, das Innere der Höhle, wie ich vermute. In der Mitte steht ein Stalagmit, der den Stalaktit über sich beinahe berührt, aber ansonsten ist sie leer. In dem blauen Licht kann ich kein mystisches Wesen erkennen. Verwirrt laufe ich einmal um den Stalagmit herum und suche nach Antworten, finde jedoch nichts. Soll ich meine Fragen etwa einem Stein stellen? Oder hätte ich meine Antworten in den Bildern an den Höhlenwänden finden sollen?

Bevor ich mir weiter Gedanken machen kann, erfüllt eine Art Grollen den Raum. Plötzlich riecht es nach Feuer. Erschrocken sehe ich mich um und entdecke einen weiteren Gang, in dem es rötlich schimmert.

Ich bin mir sicher, dass dieser eben noch nicht da war. Eben war hier nur diese Höhle und der Gang, aus dem ich gekommen bin – wobei ich geschockt feststelle, dass der blau beleuchtete Weg verschwunden ist. Ich fühle mich wie eine Maus in der Falle, während ich Bewegung im roten Gang ausmache und darauf warte, was kommen mag.

Nach einem Augenblick erkenne ich eine Gestalt und ziehe scharf die Luft ein. Weiße Schuppen schimmern im roten Licht, als würde Blut darüber fließen. Scharfe Klauen klackern auf dem Stein und die Rückenstacheln des Wesens sind so lang, dass sie an der Höhlendecke entlangschaben. Der Kopf des Wesens ist jedoch noch viel erstaunlicher. Er erinnert mich an die Löwenköpfe, die die Künstler an Midländisch Neujahr tragen, und doch sieht er völlig anders aus. Es ist der Kopf eines Raubtiers mit langen Schnurrhaaren, die von einem Windhauch bewegt zu werden scheinen. Über einem großen Maul mit unzähligen scharfen Zähnen steigt Rauch aus seinen Nüstern. Schwarze Augen blicken mich aufmerksam an und ein Geweih verleiht dem Wesen etwas Majestätisches.

Ich brauche nicht die Bestätigung durch die Flügel, die das Wesen schüttelt, als es aus dem kleinen Gang kommt. Das, was hier vor mir steht, ist ein echter Drache. Ein Wesen, das die meisten für einen Mythos halten oder für etwas längst Ausgestorbenes. Und doch steht es nun vor mir, richtet sich im großen Höhlenraum auf, sodass es weise auf mich herabblicken kann.

Ich weiß nicht, ob ich Angst haben sollte, aber ich bin viel zu beeindruckt dafür. Ein lebendiger, realer Drache. Wenn Huoyan ihn sehen würde ... Der Gedanke an meinen besten Freund bringt mich wieder auf den Boden der Tatsachen zurück. Es ist dieser Drache, an dem wohl viele Hilfesuchenden in dieser Höhle scheitern. Ob er seine Opfer tatsächlich verschlingt? Dieser Drache ist mein Gegner, denn er steht zwischen mir und der Erfüllung meiner Bestimmung.

Ich erinnere mich an die Legenden, die mir in meiner Kindheit erzählt wurden. Die Bezeichnung *Drachenwahrer* basiert nicht umsonst auf dem mythischen Wesen, denn angeblich waren es Drachen, die uns Menschen vor Jahrtausenden die Schrift lehrten.

Die Drachen waren es, die einst unsere Kaiser auserwählten, sodass Huoyan im nächsten Jahr zum *Drachenkaiser* gekrönt wird. Laut unseren Märchen sind es gütige Wesen, die Menschen in Not helfen, Regen in der Dürre bringen können oder Reisende auf den richtigen Weg führen.

Auch in den Augen des Drachen vor mir erkenne ich nur Weisheit und Güte. Dennoch verunsichert mich sein intensiver Blick. Es wirkt, als würde er mich prüfen, doch ich weiß nicht worauf. Eine Prüfung, die mein Schicksal entscheiden könnte, ohne dass mein Gegenüber auch nur ein Wort spricht. Nachdem wir eine lange Weile geschwiegen haben, beschließe ich zu sprechen. Ich muss versuchen den Drachen zu überzeugen, auch wenn ich keine Ahnung habe, was ich dafür tun muss.

»Verehrter Drache«, breche ich die Stille und nach kurzem Zögern verbeuge ich mich leicht. Der Drache entgegnet nichts, mustert mich nur weiterhin genau.

Schnell räuspere ich mich und fahre fort: »Ich danke Euch für Eure Zeit und die Gnade, mich zu empfangen. Der Grund meines Besuchs ist weitreichend und ich bitte Euch mich zu erhören.«

Noch immer schweigt der Drache, aber seine Ohren, die in seiner dichten Mähne kaum auffallen, zucken. Ein Zeichen, dass er meiner Bitte stattgibt und mir zuhört? Die anhaltende Stille verunsichert mich. Bisher habe ich gar nicht darüber nachgedacht, wie ich dem Wesen mein Dilemma erkläre. Sollte es nicht allwissend sein? Sind ihm meine Probleme bereits bekannt? Aber da es schweigt, bleibt mir wohl nichts anderes übrig, als meine Geschichte zu erzählen.

»Vor siebzehn Jahren erschufen die Drachenwahrer mich mit Magie und machten mich zu einer Sternentochter. Sie verbanden meine Seele mit einem Stern, was mir Zugriff auf gewisse Kräfte ermöglichen sollte, um Midland zu schützen und außerdem meinen Stern zur Erde zu lenken, der als Sonne unsere sterbende Welt retten könnte.«

Die Worte klingen so groß, so bedeutend. Wenn ich tatsächlich Zugriff auf meine Magie hätte ... es gäbe so viele Möglichkeiten, was ich damit für diese Welt bewirken könnte. Erstmals wird mir bewusst, wie mächtig ich wäre, falls ich sie erlangen sollte. Ich könnte über Leben und Sterben dieses Planeten entscheiden. Aber ist das gut? So viel Macht in die Hände einer Einzelnen zu legen? Der Gedanke bereitet mir Sorgen, denn womöglich wird der Drache mich allein aus diesem Grund abweisen.

Ich schlucke und fahre fort: »Jedoch kann ich diese Magie nicht anwenden und die Sonne verglüht mit jedem Tag mehr, sodass das Leben auf der Erde immer schwieriger wird. Ich bin heute hier, da ich um Hilfe bitten möchte. Damit ich meine Magie verwenden und diese Welt retten kann.«

Es klingt vermessen, wird mir bewusst. Ein einzelnes Mädchen soll die Erde schützen? Die große Dunkelheit dauert nun schon so viele Jahre an, dass die meisten Menschen nur noch auf ein Wunder hoffen. Kann ich dieses Wunder wirklich sein? Die Zurechtweisungen der Drachenwahrer kommen mir wieder in den Sinn. Sie glauben nicht mehr daran, tue ich es?

Aber wenn ich diese Welt nicht retten kann, wer dann? Das ist unsere einzige Chance.

Noch immer schweigt der Drache und ich mache mir bereits Sorgen, dass er stumm ist. Drachen sind Wesen der Mythologie. Woher soll ich wissen, ob er sprechen kann? Den Legenden nach sollte er zumindest schreiben können und ich erhasche einen Blick auf seine Klauen. Nein, er ritzt auch keine Zeichen in den Höhlenboden, denen ich irgendwelche Informationen entnehmen könnte. Bin ich womöglich völlig umsonst hier?

Meine Knie werden vor Erleichterung weich, als der Drache das Maul öffnet und keine Flammen, sondern Worte herauskommen: »Ri, wir haben lange auf dich gewartet.«

Seine Stimme ist ein tiefes Grollen, das durch die Höhle hallt. Die

Worte lassen mich die Stirn runzeln. Wer ist *wir* und wieso haben sie auf mich gewartet?

Der Drache knurrt und erst nach einem Augenblick der Furcht wird mir klar, dass es ein Lachen ist.

»Du hast einiges an Chaos angerichtet«, verkündet er. »Du bist bedeutender, als du weißt.«

Meine Stirn legt sich noch mehr in Falten. Der Drache spricht in Rätseln. Wenn ich darüber nachdenke, erwarte ich von einem mystischen Wesen auch nichts anderes, aber wie sollen mir seine Worte helfen? Ich bin bedeutender, als ich weiß. Schmeichelhaft, aber keine Anweisung, wie ich Zugriff auf meine Magie erhalte.

Bevor ich ungeduldig nachfragen kann, spricht der Drache weiter: »Deine Fragen werden eine Antwort finden.«

Erleichtert atme ich auf, denn ich werte es als ein gutes Zeichen. Es ist die Zusage, dass der Drache mir helfen wird. Dass er mich nicht frisst oder tut, was auch immer mit den armen Seelen geschieht, die diese Höhle betreten und nie zurückkehren. Ich werde Huoyan wiedersehen.

Ich werde diese Welt retten. Der Gedanke lässt mich tief einatmen und mein Herz scheint vor Aufregung doppelt so schnell zu schlagen. Die Tragweite dieser Begegnung …

»Aber zunächst möchte ich dir jemanden vorstellen«, fährt der Drache fort. Sein bohrender Blick, der die gesamte Zeit über auf mich gerichtet war, löst sich endlich von mir und er sieht hinter sich. Mit den Augen folge ich seiner Bewegung zu dem roten Gang, aus dem er gekommen ist. Was ich entdecke, lässt mein Herz stehen bleiben.

25 二十五

Ri

Meine Knie geben unter mir nach, ich falle nur nicht, weil der Drache zu mir gekommen ist und seine Klauen ausgestreckt hat, um mich zu stützen.

Ich verstehe nicht ... Was ... Warum ... Meine Gedanken sind ein einziges Chaos.

Aus dem roten Gang tritt ein Mann. Äußerlich wirkt er wie ein gewöhnlicher Atlaer, mit heller Haut und dunkelbraunen Haaren. Aber irgendetwas an ihm führt dazu, dass mein Herz schneller schlägt als je zuvor. Ein seltsames Gefühl befällt mich, ich kann es kaum zuordnen. Eine Gewissheit, die mein ganzes Inneres durchdringt. Ich kenne diesen Mann und sein intensiver Blick zeigt mir, dass auch er mich kennt.

Mit langsamen Schritten kommt er auf mich und den Drachen zu. Sein hochgewachsener Körper, die schlanke Statur, selbst die Art, wie er sich bewegt ... Jedes einzelne Detail an ihm festigt in mir das Wissen, dass ich ihn bereits getroffen habe. Als seine Mundwinkel sich zu einem Lächeln verziehen, schnappe ich erschrocken nach Luft. Es durchfährt mich wie ein Déjà-vu, dieses Wiedererkennen. Es klingt in jeder Faser meines Körpers wider, hallt durch mich hindurch, scheint in meinem Blut zu fließen.

Und doch weiß ich nicht, *woher* ich diesen Mann kenne. Zwar erinnere ich mich an die Träume der letzten Nächte, in denen ich ihm bereits begegnet bin, dennoch habe ich nicht die geringste Ahnung, wer er ist.

Endlich ist der Mann bei mir angelangt. Obwohl ich neben einem mythischen Drachen stehe, hat er nur Augen für mich. Er starrt mich an, als würde er sich jeden Zentimeter meines Körpers einprägen, als wollte er mein Gesicht für immer bewahren. Dann spricht er und ich bin froh über die Klauen des Drachen, mit denen er mich noch immer stützt.

»Hallo, Mina.«

Es sind nur zwei Worte und doch gehen sie mir durch und durch. Seine Stimme ist wie ein Nachhall aus einem anderen Leben, so bekannt und doch so fremd. Und der Name …

Mina. Ich weiß genau, dass er mich meint, mich und keine andere. Der Name scheint in mir weiterzuklingen und doch bin ich verwirrter, als ich es je in meinem Leben war. Was geschieht hier? Warum kommt er mir so bekannt vor?

»Ich …«, murmle ich, »mein Name ist Ri.«

Seine Augenbrauen ziehen sich finster zusammen und mir wird bewusst, dass ich nichts weniger möchte, als diesen Mann grimmig blicken zu sehen. Doch schnell glättet sich sein Gesichtsausdruck wieder und wird sanft, während er mich ansieht.

»Entschuldige, ich vergaß«, meint er leise. »Geduld ist nicht meine Stärke.«

Noch mehr als sein Aussehen, der Klang seiner Stimme, verwirren mich seine Worte. Ich habe das Gefühl, dass er mein Innerstes in ein so tiefes Chaos gestürzt hat, dass ich mich kaum an meinen eigenen Namen erinnere. Ri … Mina … Plötzlich kann ich kaum den Unterschied erkennen. Beide klingen richtig.

»Wer bist du?«, stelle ich die Frage, die momentan mein Sein zu beherrschen scheint. Dieser Mann … sein Erscheinen lässt mich alles infrage stellen, was ich zu wissen glaube. Er ist … Er ist … Das Ende dieses Satzes scheint mir auf der Zungenspitze zu liegen, ich weiß genau, dass ich ihn vollenden könnte … Und doch finde ich das Wissen nicht wieder.

Kurz verzieht sich das Gesicht des Fremden enttäuscht, aber dann lächelt er. Er hat ein schönes Lächeln, breit und aufrichtig, und ich möchte am liebsten die Hand ausstrecken, um seine Lippen zu berühren. Es ist ein Lächeln, das ich nicht nur sehen, sondern fühlen möchte. Bei dem Gedanken runzle ich die Stirn. Was zur Hölle ist los mit mir? Ist dieser Mann ein Magier, der mich mit einem Liebeszauber belegt hat? Bei den Sternen, vor nicht einmal einer Stunde habe ich Huoyan geküsst ...

Der Gedanke an meinen besten Freund wirkt wie ein Eimer kaltes Wasser auf mich. Himmel, was tue ich hier? Starre einen Fremden an, als wäre er die Antwort auf all meine Fragen. Gleichzeitig fühle ich noch immer diese Sehnsucht nach Huoyan, dem Prinzen, den ich nie haben kann ... Ich verstehe die Welt nicht mehr.

»Ich bin Darius, Mina. Er...erinnerst du dich gar nicht an mich?«

Die Stimme des Fremden zittert ein wenig und als ich in seine Augen blicke, entdecke ich eine seltsame Verletzlichkeit in ihnen. Er kommt mir so unheimlich bekannt vor ...

»Aber woher?«

Dass ich die letzte Frage laut ausgesprochen habe, wird mir erst bewusst, als Darius zusammenzuckt, als hätte ich ihn geschlagen. Da-ri-us ... Ich weiß genau, dass ich niemanden mit diesem Namen kenne. Ich habe in meinem gesamten Leben noch keinen Atlaer getroffen, was er dem Aussehen nach zu sein scheint. Und doch ...

»Gib ihr Zeit. Es könnte dauern, bis sie sich erinnert«, grollt der Drache neben mir und erinnert mich daran, dass er auch noch da ist. Erinnern? Woran? Vorsichtig richte ich mich auf und der Druck seiner Klauen an meinem Rücken lässt nach.

Darius seufzt schwer und sein prüfender Blick erinnert mich an den des Drachen. Als würde er etwas, oder jemanden, in meinem Inneren suchen.

»Ich bin dein Stern, Mina«, verkündet er dann. Schon wieder werden meine Knie weich, aber ich trete einen Schritt nach vorn, um den Klauen des Drachen auszuweichen, mit denen er mich erneut stützen will. Ich bin stark.

»Mein Stern?«, echoe ich verwirrt und diesmal bin ich es, die Darius prüfend mustert. Wie soll dieser Mann ein Stern sein? Er ist ein Mensch aus Fleisch und Blut, wie ich es bin. Kein leuchtender Himmelskörper am Nachthimmel.

»Ich ...«

Darius sucht offensichtlich nach Worten. Er presst die Lippen aufeinander und die Missbilligung, die er mir entgegenbringt, trifft mich mehr, als es bei einem Fremden der Fall sein sollte. Er wirkt, als wäre das etwas, das ich schon lange wissen sollte. Meine Verwirrung scheint ihn tief zu verletzen.

Der Mann seufzt, tritt einen Schritt auf mich zu und streckt die Hand nach mir aus, aber ich weiche unwillkürlich ein wenig zurück. Was will er von mir?

Meine Zurückweisung lässt ihn zusammenzucken und wieder merke ich, dass mir seine Gefühle seltsam nahe gehen. Ich habe ein zutiefst schlechtes Gewissen, ihn verletzt zu haben, und bin versucht etwas zu sagen oder wieder auf ihn zuzugehen, um ihn zu trösten. Meine Emotionen geben mir selbst Rätsel auf und ich bleibe, wo ich bin, bis Darius eine Handbewegung macht und mich zur Seite bittet. Überrascht entdecke ich dort eine Art Sitzgelegenheit aus Stein, die mir zuvor nicht aufgefallen ist. Oder war sie tatsächlich noch nicht da?

Der Drache schreitet hinter uns her und stellt sich wie ein Wachhund neben mich, als Darius und ich uns setzen. Ich habe meine Vorsicht ihm gegenüber vollends verloren, denn es wirkt nicht, als wollte er mir etwas antun. Tatsächlich fürchte ich mich mehr vor Darius und der Verwirrung, die er in mir auslöst.

Darius' Gesichtsausdruck wirkt zurückhaltend, als er mich mustert. Schließlich seufzt er und setzt an mir alles zu erklären. Mir eine Geschichte von Sonne und Erde, Sternen und Begleiterinnen zu erzählen, die mich immer mehr die Stirn runzeln lässt.

Es klingt so romantisch wie unrealistisch. Aber Darius bleibt ernst und ich muss ihm glauben, denn irgendwie ... kommt mir die Geschichte bekannt vor. Ein Teil von mir erkennt die Wahrheit in seiner Erzählung, die mit jeder Silbe mitklingt.

»Dann glaubst du, ich sei deine Begleiterin?«, frage ich stirnrunzelnd. »Oder versuchst du gerade mich auszuwählen?«

Der Gedanke erfüllt mich mit Aufregung und ich verstehe überhaupt nichts mehr.

»Erinnerst du dich wirklich gar nicht?«, entgegnet er traurig und ich schüttle den Kopf. Zwar verspüre ich nach wie vor dieses Gefühl des Wiedererkennens, aber erinnern würde ich es nicht nennen.

»Damals lernten auch wir uns kennen und wählten einander aus«, antwortet er auf meine Frage. »Gemeinsam entschieden wir uns dafür, die Ewigkeit am Himmel zu verbringen.«

Sein Blick ist so voller Zärtlichkeit, dass ich mich fast darunter winde. Zwar fühle ich es auch, diese Verbindung, diese Nähe, aber doch ist er mir fremd und die Gefühle sind zu verwirrend.

»Aber ich bin in der Nordstadt geboren, vor siebzehn Jahren, nicht vor Tausenden«, widerspreche ich ihm.

Darius nickt schwer.

»Vor siebzehn Jahren wurdest du mir entrissen und ich habe viel zu lang gebraucht dich wiederzufinden.«

Ich beginne zu verstehen. Die Drachenwahrer haben nie verstanden, wie genau sie eine Sternentochter erschaffen. Welche Veränderung sie mit dem Neugeborenen durchführen, um ihm Magie zu geben.

»Also wurde ich wiedergeboren?«, hake ich verblüfft nach. Dieses Konzept ist mir bekannt, denn daran glaubten die Midländer vor den dunklen Jahren.

»Genau«, erwidert Darius mit einem schwachen Lächeln.

»Aber ... wie?«, will ich wissen.

»Da sind wir uns auch noch nicht vollends sicher. Es schien, als wäre deine Seele gerufen und in einem Neugeborenen verankert worden.«

Kann es wahr sein? Ich, eine uralte Seele, die wiedergeboren wurde? Aber ich bin doch erst siebzehn!

»Was geschah mit der Seele des Neugeborenen?«, frage ich nachdenklich.

Darius schweigt, sodass ich zu dem Drachen blicke, der nur den Kopf schüttelt.

Oh. Heißt das, die Drachenwahrer haben mit meiner Erschaffung ein Menschenleben ausgelöscht? Habe ich mit meiner Wiedergeburt jemanden ermordet? Der Gedanke, ein unschuldiges Kind getötet zu haben, ist erschreckend und doch weiß ich, dass ich nicht dafür verantwortlich bin. Wenn, dann ist es die Schuld der Drachenwahrer, die nicht wussten, was sie taten. Was bei der Geburt einer Sternentochter tatsächlich geschieht ... Vermutlich könnte ich den Drachen bitten es mir noch genauer zu erklären. Allerdings, will ich es wirklich wissen? Wenn ich die Welt mit meiner Magie retten könnte, wäre es das Opfer wert gewesen, oder? Ich habe nicht vergessen, warum ich hier bin, obwohl Darius und seine verwirrenden Worte vorerst meine Aufmerksamkeit fesseln.

Je mehr ich mich mit ihm unterhalte, desto mehr verstehe ich, was mein Herz schon längst begriffen hat: Er sagt die Wahrheit. Ich bin nicht nur eine Sternentochter, eine Magiebegabte, die einen Stern lenken kann, oder können sollte. Ich habe Jahrtausende an der Seite dieses Mannes verbracht. Bin die Begleiterin eines Sterns.

»Aber warum?«

Meine Frage hallt durch die Höhle und Darius und der Drache tauschen einen Blick. Es ist der Drache, der mir antwortet und von der unsterblichen Liebe zwischen Erde und Sonne erzählt, die dazu führte, dass beide uns verließen.

»Was hat das mit mir zu tun?«, will ich stirnrunzelnd wissen.

Natürlich geht mir die Geschichte der Götter nahe, aber auch sie klingt mehr wie ein Märchen denn wie die Wirklichkeit.

»Das weißt du genau«, meint der Drachen mit einem leichten Grollen in der Stimme, sodass ich zusammenzucke. Unvermittelt spüre ich eine Berührung und merke, dass Darius seine Hand auf meinen Arm gelegt hat, als wollte er mich beruhigen. Unter meinem irritierten Blick lässt er mich sofort wieder los.

Dem Drachen scheint es nicht zu gefallen, wenn man sich dümmer stellt, als man ist. Er hat recht, ich weiß, aus welchem Grund die Drachenwahrer mich erschaffen haben: um die sterbende Sonne zu ersetzen. Um Midland und die Welt zu retten.

»Aber ich trage keine Magie in mir«, widerspreche ich. Die Tat der Drachenwahrer war vergebens, denn mir fehlt die Macht, meine Aufgabe durchzuführen. Sie haben den Himmel umsonst erzürnt.

Darius und der Drache tauschen erneut einen Blick, der Gesichtsausdruck meines Sterns wird hart.

»Versuch es«, fordert er mich auf. Als ich nicht verstehe, greift er nach meiner Hand und faltet sie auf, sodass die Handfläche nach oben zeigt.

»Versuch es«, wiederholt er sanfter und ich begreife, was er meint. Er möchte, dass ich eine Flamme herbeizaubere, wie die Drachenwahrer es schon so oft von mir verlangten, wozu ich bisher jedoch unter keinen Umständen in der Lage war. Ich will nicht die schmerzliche Erfahrung des Misserfolgs wiederholen, aber Darius' Nähe beruhigt mich irgendwie. Obwohl ich ihn nicht kenne, zumindest nicht in diesem Leben, vertraue ich ihm.

Also atme ich tief durch und stelle mir eine Flamme in meiner Hand vor. Zischend züngelt Feuer aus meiner Hand und reflexartig schließe ich sie, woraufhin es erstirbt. Scharf ziehe ich die Luft ein und sehe zu Darius, der mich noch immer festhält und wieder mit diesem zärtlichen Gesichtsausdruck ansieht.

»Aber … wie ist das möglich?«, will ich wissen.

Er wirkt zerknirscht, als er erklärt: »Bitte verzeih mir, Mina. Die Midländer wollten von dir, dass du meine Magie im Krieg einsetzt, aber für die unbedachte Verwendung ist sie zu gefährlich. Ich konnte dir keinen Zugriff darauf geben.«

Ruckartig ziehe ich meine Hand weg und das Gefühl des Vertrauens erlischt sofort, während Wut in mir aufflammt.

»*Du* hast verhindert, dass ich Magie wirken konnte?«, frage ich anklagend. Darius zuckt zusammen, aber diesmal habe ich kein Mitgefühl. Er hat es verdient. Wenn wir uns tatsächlich nahestehen, wie konnte er mich so verraten?

»Mina …«

»Ich heiße Ri«, fahre ich ihn aufgebracht an. »Weißt du, was sie mit mir gemacht haben? Wie sie mich gequält und gedemütigt haben?«

Darius' Gesichtsausdruck zeigt mir, dass er es weiß, was meinen Ärger nur noch verstärkt. Er hat es zugelassen. Er hat in Kauf genommen, dass die Drachenwahrer jeden Tag mehr von mir verlangten und mir Schmerzen zufügten. Außerdem hat er mich offenbar beobachtet, während ich nicht einmal von seiner Existenz wusste. Wie konnte er nur?

»Ich habe dich jedes Mal mit meiner Magie geheilt«, entgegnet er schwach und ich stoße entnervt die Luft aus. Noch immer verwirrt mich, was ich für Darius empfinde, aber jetzt überlagert Wut alle anderen Gefühle und ich bin erleichtert darüber. Das kann ich leichter verstehen als den Umstand, dass ich mit diesem Mann Jahrhunderte verbracht haben soll. Ich muss ihn nicht einmal fragen, was wir in diesen Jahrhunderten füreinander waren – die Reaktionen meines Körpers beantworten diese Frage eindeutig. Aber ich will diese Gefühle nicht und der Ärger macht es leichter, sie zu verdrängen. Denn es sind nicht wirklich *meine,* sondern die eines früheren Ichs. Obwohl der Name Mina in mir eine verborgene Saite anschlägt, weiß ich genau, dass das nicht ich bin. Ich bin die Sternentochter Ri, Geheimwaffe des midländischen Kaiserreichs. Meine Erfahrungen haben mich geprägt und meinen Charakter geformt, nicht die verborgenen Erinnerungen an ein früheres Leben.

»Ri, Darius«, unterbricht uns der Drache und ich freue mich, dass wenigstens er sich an meinen richtigen Namen erinnert, »die Zeit drängt. Wir müssen eine Entscheidung fällen.«

Wieder habe ich das Gefühl, dass er in Rätseln spricht. Darius neben mir seufzt und wendet sich dann mir zu.

»Mina, würdest du uns begleiten?«, fragt er mich vorsichtig.

»Wohin?«, entgegne ich misstrauisch.

»Nur in den angrenzenden Höhlenraum«, antwortet der Drache an seiner Stelle. »Wir haben eine Versammlung der Sterne einberufen, um dein Schicksal und das der anderen Sternentöchter zu diskutieren. Es wäre uns eine Ehre, wenn du daran teilnehmen würdest.«

Sie sprechen über mein Schicksal und das von Cai und Changye? Aber was gibt es da zu besprechen?

»Du kannst selbstverständlich jederzeit auf die Erde zurückkehren«, fügt der Drache beruhigend hinzu. Darius neben mir zuckt wieder einmal zusammen. Will er das etwa nicht? Was erwartet er von mir? Dass ich jetzt, wo ich ihn getroffen habe, mein bisheriges Leben sofort aufgebe?

Ich fühle etwas für ihn, das ist mir klar. Er ist mir wichtig und ich weiß tief in meinem Herzen, dass er ein guter Mann ist. Dennoch kann ich mir nicht vorstellen, wie das mit uns war. Dass wir tatsächlich Tausende Jahre miteinander verbracht haben. Außerdem ist da noch Huoyan, nach dem ich trotz der verwirrenden Anwesenheit von Darius' noch immer Sehnsucht verspüre.

Ich nicke, als ich mich entscheide mitzukommen. Darius bietet mir seine Hand an, doch ich ignoriere sie. Nicht nur, weil mir die verwirrende Verbindung zu ihm nicht gefällt, die ich nach wie vor kaum begreifen kann. So einfach kann ich ihm auch nicht vergessen, dass er zugelassen hat, wie mich die Drachenwahrer behandelten.

Schweigend gehe ich zu dem Drachen, der von Darius zu mir sieht und dann vorausgeht. Als ich zurückblicke, bemerke ich, dass unsere Sitznische verschwunden ist, was mir eine Gänsehaut verursacht. Ich schüttele sie jedoch ab und folge dem Drachen durch den Gang, der durch rote Erzadern im Stein beleuchtet ist.

26 二十六

Ri

Nach nur wenigen Minuten kommen wir in einen anderen Höhlenraum und ich schnappe nach Luft.

Ich dachte, die Höhle vorhin wäre groß, da ein riesiger Drache ohne Probleme hineinpasste. Doch der Raum vor mir ist gigantisch. Das andere Ende und die Wände kann ich nur erahnen. Tausende Menschen, oder wohl eher Sterne und ihre Begleiterinnen, befinden sich darin und unterhalten sich miteinander. Zwar kenne ich den Nachthimmel als Sternentochter in- und auswendig, dennoch verstehe ich erst in diesem Augenblick, was es heißt, dass jeder dieser kleinen Lichtpunkte ein Mann ist. Dazu kommen die Begleiterinnen, von denen jeder Stern eine zu haben scheint. Manche schmiegen sich aneinander, führen offensichtlich eine innige Liebesbeziehung. Andere stehen mehr unbeteiligt nebeneinander, sind freundlich, aber nicht zärtlich, Weggefährten. Natürlich gibt es auch alles dazwischen, obwohl ich in der kurzen Zeit, in der ich die Menge betrachte, kaum alles in mich aufnehmen kann.

Als wir tiefer in die Höhle treten, werden nach und nach alle still. Ich folge dem Drachen durch die Menge, die uns Platz macht, bis zu einer Erhöhung an einem Ende der Höhle, auf die wir wie auf eine Bühne steigen. Der Drache richtet sich darauf auf, sodass seine imposante Größe deutlich wird. Seine Stimme hallt laut durch die Höhle und ich bin sicher, dass auch die hintersten Sterne sie noch verstehen, als er verkündet: »Meine Brüder, Begleiterinnen, wir begrüßen die Sternentochter Ri in unserer Mitte.«

Die Anwesenden tauschen Blicke, scheinbar sind sie unsicher, wie sie damit umgehen sollen. Ich fühle, wie ich rot werde, als sich einige von ihnen vor mir zur Begrüßung verbeugen. Andere nicken mir zu oder scheinen ebenso verwirrt, wie ich mich fühle.

»Mina?«, fragt mich eine Frau in der ersten Reihe, aber ich kann nur den Kopf schütteln. Wer ist sie und woher kennt sie mich? Ich werde es vielleicht nie erfahren. Vermutlich bin ich einigen Personen in diesem Raum bekannt, habe mit ihnen eine Vergangenheit geteilt, an die ich mich nicht erinnere. Für mich jedoch sind sie alle Fremde und ich fühle mich auf der Bühne ihren Blicken ausgeliefert. Außerdem weiß ich nicht, was ich hier soll – auf dieser Bühne mit Tausenden Sternen über meine Zukunft diskutieren? Darius tritt neben mich und bietet mir seine Hand an. Ich überrasche uns wohl beide, als ich sie nehme. Seine Nähe gibt mir unerwartet Kraft.

»Ri war die Erste, die uns durch die Magie der Drachenwahrer entrissen wurde, und über ihre Zukunft sowie die ihrer Schwestern sprechen wir heute«, fährt der Drache fort.

Zwei weitere Männer treten zu uns auf die Erhöhung.

»Die beiden anderen Sterne, die ihre Gefährtinnen verloren haben«, flüstert Darius mir zu. Sein Atem kitzelt meinen Hals, aber es ist nicht unangenehm.

Schnell lenke ich mich von dem Gedanken ab, indem ich die beiden Sterne mustere. Die Sterne, die zu Changye und Cai gehören, mit meinen beiden kleinen Schwestern Jahrtausende verbracht haben. Ob sie das Gleiche für sie empfinden wie Darius für mich? Wie muss es sich anfühlen, seine Weggefährtin so plötzlich zu verlieren? Unwillkürlich drücke ich Darius' Hand, als Mitgefühl in mir aufwallt. Die Hoffnung in seinem Blick, als er mich daraufhin ansieht, bricht mir fast das Herz.

»Bisher haben wir zwei Vorschläge«, verkündet der Drache. »Der einfache Weg wäre wohl, die Unsrigen zu uns zurückzuholen und die Welt dem Verfall zu überlassen, der seit dem Verschwinden von Sonne und Erde alles verschlingt.«

Bei den Worten des Drachen zucke ich zusammen. Er schlägt tatsächlich vor nichts zu tun? Die Menschheit und alle anderen Wesen auf der Erde sterben zu lassen, ohne etwas dagegen zu unternehmen? Ich denke an die Sonne, deren Licht kaum noch für eine Ernte reicht. Es wird schnell gehen. Alle Menschen werden verhungern und das binnen der nächsten paar Jahre. Huoyan wird einer von ihnen sein. Mir meinen besten Freund vorzustellen, wie er langsam verhungert und einen qualvollen Tod erleidet, ist zu viel für mich.

Aber bevor ich den Drachen unterbrechen kann, spricht dieser weiter: »Leander dagegen hat vorgeschlagen die Sternentöchter auf der Erde zu belassen und stattdessen neue Begleiterinnen zu finden. Ihr Sterne habt Jahrtausende mit euren Begleiterinnen verbracht und womöglich seid ihr gewillt getrennte Wege zu gehen und neue Abenteuer zu erleben. Ein neues Leben zu führen. Wenn wir den Sternentöchtern Zugriff auf die Magie gewähren, könnten sie ihren Stern zur Erde lenken, um ihr eine neue Sonne zu geben. Mehr noch, die Magie, die euch verbindet, würde die Erde vor der Zerstörung bewahren und sie könnte sich vielleicht sogar erholen.«

»Wir könnten Sonne und Erde wirklich ersetzen?«, hakt ein Stern nach und ich bin froh, dass er diese Frage gestellt hat. Was das für die Welt bedeuten würde … Sie könnte gerettet werden. So viele Menschen könnten überdauern und auch die Schönheit der Erde ginge nicht verloren. Ich muss gar nicht darüber nachdenken, welche der beiden Optionen ich wählen würde. Ich könnte nicht zulassen, dass die Welt vergeht.

Darius neben mir dagegen umklammert meine Hand immer fester, sodass es fast unangenehm wird. Als ich ihn ansehe, runzelt er die Stirn und presst verärgert die Lippen aufeinander. Er tritt noch näher an mich heran, als wollte er sicherstellen, dass ich bei ihm bleibe.

Da wird mir klar, was die zweite Möglichkeit für uns beide bedeutet. Für Darius bedeutet. Mein Stern empfindet offensichtlich noch immer viel für mich und möchte, dass ich die Ewigkeit mit ihm verbringe. Um die Welt zu retten, müssten meine Schwestern und ich jedoch auf der Erde bleiben. Obwohl ich unsere Verbindung spüre, sind meine Gefühle nicht so stark wie die von Darius. Vor allem finde ich die Vorstellung, mich für eine Ewigkeit mit ihm zu entscheiden, befremdlich, wo wir uns doch gerade erst getroffen haben. Es scheint wie ein neuer goldener Käfig … Dennoch gibt es da einen Teil von mir, der sich nicht mehr von ihm trennen möchte, jetzt, wo wir uns wiedergefunden haben.

»Sonne und Erde vollständig zu ersetzen, wäre sehr schwierig«, antwortet der Drache auf die Frage des Sterns. »Es bedarf nicht nur der Verbindung zwischen einem Stern und seiner Begleiterin, sondern auch starker Magie und vor allem Freiwilligkeit. Diejenige gehen zu lassen, mit der man Jahrhunderte verbracht hat, bedeutet nicht sie zu vergessen. Die Trennung würde beide Seiten auslaugen und der Begleiterin mit der Zeit die Kraft nehmen. Ihre Macht würde schwinden und sie altern und eines Tages sterben.«

Als der Drache erwähnt, dass die Gefährtin sterben könnte, wird Darius' Griff noch fester. Doch ich habe keine Angst vor dem Tod. Es ist der natürliche Lauf der Dinge, geboren zu werden und zu sterben. Zudem erscheint mir die Unendlichkeit fremd, seltsam. Ich kann es mir nicht vorstellen.

»Was sagt Mina dazu?«, will ein blonder Stern wissen, der mir vage bekannt vorkommt. »Will sie auf der Erde bleiben?«

Darius neben mir versteift sich, während sich alle Blicke auf uns richten.

»Mina wird nicht …«, setzt er an, schweigt aber angesichts meines bösen Blicks. Was fällt ihm ein für mich zu sprechen? Es ist *meine* Entscheidung, nicht seine.

Es ist mir unangenehm, im Zentrum der Aufmerksamkeit zu stehen, aber ich straffe die Schultern und blicke selbstbewusst in die Menge.

»Ich werde die Welt nicht im Stich lassen«, verkünde ich fest. Allein der Gedanke, verantwortlich für all die Menschenleben zu sein, die ohne die Sonne sterben werden … Ganz zu schweigen von denen, die deshalb nie geboren würden. Ich trage eine Verantwortung und werde meine Heimat nicht so einfach zurücklassen.

»Ri wäre stark genug, um die Erde zu retten«, stimmt der Drache zu und blickt zu den beiden anderen Sternen, die ihre Begleiterinnen verloren haben. »Changye und Cai sind noch zu jung.«

Ich nicke, denn für mich ist die Sache damit entschieden. Erst, als Darius mir seine Hand entzieht, bemerke ich seinen entsetzten Blick, als hätte ich ihn verraten.

»Du würdest mich verlassen?«, fragt er leise, aber der Schmerz in seinen Worten geht mir bis ins Mark. Ich zögere, nicht wissend, was ich darauf antworten soll. Das, was er für mich fühlt, geht weit über meine eigenen Gefühle hinaus. Ich kenne ihn kaum und würde ihn nicht über das Überleben der Menschheit stellen, so viel ist sicher. Selbst wenn er mir das Wichtigste auf der Welt wäre … selbst für Huoyan oder Cai und Changye würde ich nicht die ganze Welt dem Untergang weihen. Es ist romantisch, dass er uns über alles andere stellt, aber auch selbstsüchtig.

Darius scheint mir mein Zögern übel zu nehmen, denn er weicht vor mir zurück.

»Das kann ich nicht zulassen«, murmelt er. »Es tut mir leid, Mina, aber ich kann nicht. Ich kann dich nicht verlieren. Ich werde dir keinen Zugriff auf deine Magie gewähren.«

Mit diesen Worten dreht er sich um und verlässt die Höhle, während ich ihm nur fassungslos hinterherblicken kann.

»Er wird sich besinnen«, meint der Drache, doch es ist mir egal. Was auch immer ich für Darius fühle, bei diesem Egoismus hat er nichts davon verdient. Ich kam her, um meine Bestimmung zu erfüllen oder in die Freiheit zu entfliehen. Keines von beiden wird eintreten, wenn ich Darius' Wünschen nachgebe.

Prüfend blicke ich in die Menge der Sterne. Werden sie über das weitere Vorgehen abstimmen oder entscheidet der Drache? Nun, ihre Meinung ist für mich nicht bedeutend. Ich werde mein Schicksal selbst in die Hand nehmen.

»Wir werden diese Welt retten. Ich finde Ersatz für die Sternentöchter«, verkünde ich und marschiere aus der Höhle, ohne auf eine Antwort zu warten.

27 二十七

Darius

Warum? Es ist eine Frage, die sich immer wieder in meinen Gedanken wiederholt. Warum mussten die Drachenwahrer ausgerechnet Mina stehlen? Warum kann sie sich nicht an mich, an uns erinnern? Warum stellt sie das Wohl der Menschheit über unseres?

Ich glaube dem Drachen nicht, wenn er sagt, dass sie der einzige Weg ist. Es muss eine andere Möglichkeit geben, die Welt zu retten, und wenn nicht … dann hat die Erde es vielleicht nicht verdient. Ein Teil von mir verspürt eine gewisse Genugtuung bei der Vorstellung, dass die Menschen, die mir meine Mina genommen haben, leiden werden.

Und doch verstehe ich Minas Bedürfnis, ihnen zu helfen. Aber was ist der Preis? Endlich habe ich Mina nach so vielen Jahren getroffen. Ich bin nicht bereit sie jemals wieder gehen zu lassen. Wie kann sie unsere Gefühle, unsere Beziehung vergessen haben? Die Mina, die ich kannte, hätte mir niemals so sehr das Herz brechen können.

Erstmals lasse ich den Gedanken zu, dass Ri und Mina womöglich nicht dieselbe Person sind. Sie teilen eine Seele und jede Faser meines Seins erkennt Mina in Ri wieder, dennoch ist sie anders. Sie erinnert sich nicht an mich, an unsere Vergangenheit, an unsere Gefühle füreinander. Sie liebt mich nicht mehr.

Natürlich sehe ich, dass sie wenigstens *etwas* für mich empfindet. Ich bin ihr nicht völlig egal. Aber sie sieht mich auf eine seltsame, verwirrte Weise an. Wenn ich an die Liebe, die Zuneigung denke, die früher stets in ihren Blicken lag ... Wir waren zwei Hälften eines Herzens, unzertrennlich, gehörten zusammen. Jetzt ist alles anders.

»Ach, Mina«, murmle ich gegen die Wand des Höhlengangs, in dem ich stehe. Ich wünsche mir die Zeit zurückdrehen zu können. Irgendwie verhindern zu können, dass Mina mir gestohlen wurde. Wir waren so glücklich ...

Doch obwohl Ri anders ist, ist sie immer noch Mina. Ihre Seele erkennt mich wieder und ich werde dafür sorgen, dass auch ihr Herz es tut. Ich muss es schaffen, dass sie sich erneut in mich verliebt. Die Gefühle wachrufen, die noch irgendwo in ihr schlummern müssen. Meine Begleiterin erneut erobern, damit wir für immer zusammen sein können.

Aber ist es wirklich der richtige Weg, die Welt dafür zu vernichten? Selbst die alte Mina, *meine* Mina, würde mir widersprechen. Sie würde alles opfern, um diesen Planeten zu retten, der ihr in all den Jahren so sehr ans Herz gewachsen ist. Aber genau das muss ich verhindern – Mina darf sich nicht selbst opfern, nicht uns dafür aufgeben. Es muss einen andere Lösung geben und ich beabsichtige sie zu finden.

Und zwar mit Mina gemeinsam. Wir waren immer eine Einheit, ein Paar, das zusammenarbeitete. Jetzt haben wir wieder die Chance zu beweisen, dass wir gemeinsam Berge versetzen können.

Entschlossen drehe ich mich um und verlasse den Höhlengang, der zum Himmel führt, um zu der Versammlung zurückzukehren. Ich werde mich bei Mina entschuldigen und ihr sagen, dass ich sie stets unterstützen werde. Dann werde ich dafür sorgen, dass sie sich nicht mehr vorstellen kann mich je wieder zu verlassen.

Der Plan klingt gut in meinen Gedanken, aber als ich bei der Versammlung der Sterne ankomme und sich alle mir zuwenden, bemerke ich, dass er eine Lücke hat. Meine Überlegungen haben viel zu lange angedauert. Mina ist fort.

28 二十八

Ri

Anfangs laufe ich schnell, renne fast, bis mir klar wird, dass niemand mir folgt. Keiner kommt mir nach, um mich aufzuhalten. Ich weiß, Darius würde nicht zulassen, dass ich gehe, aber er hat die Versammlung vor mir verlassen. Es wird sicher dauern, bis er herausfindet, dass ich verschwunden bin.

Das Gefühl der Eile schwindet und ich werde langsamer, während ich durch den rot leuchtenden Gang zurück in die erste Höhle gehe. Meine Gedanken drehen sich im Kreis und sind das reinste Durcheinander. Ich spüre ein Ziehen in meinem Herzen, das möchte, dass ich zurückgehe, zu Darius. Gleichzeitig sehnt es sich nach Huoyan, der vor der Höhle auf mich wartet. Ich verstehe die Welt nicht mehr. Ich verstehe *mich selbst* nicht mehr. Nachdem ich diese selbstbewusste Ankündigung vor den Sternen gemacht habe, sollte man meinen, ich hätte einen Plan. Doch in Wahrheit war es nur ein vager Gedanke, ein Impuls, dem ich in meiner Wut auf Darius nachgegeben habe.

Langsam durchquere ich die Höhle des Drachen und gehe weiter durch den Gang, der von den blauen Erzadern beleuchtet wird und wundersamerweise wieder da ist. Es scheint unmöglich, meinen Verstand zu ordnen. So viele neue Erkenntnisse, so viele verwirrende Gefühle ... Es ist zum Verrücktwerden. Das einzig Sinnvolle, das ich dazu sagen kann, ist: Es ist irrelevant, ob ich Gefühle für Huoyan oder Darius oder beide habe. Ich kann mit keinem von ihnen zusammen sein. Huoyan wird Kaiser und eine gute Partie machen, da habe ich keinen Platz. Obwohl ich Darius mag, würde ich für ihn nicht die Zukunft dieses Planeten aufgeben … Ich werde alles geben, um die Welt zu retten, egal was es kostet. Wichtig ist nun, einen Plan zu formen, wie ich durchführe, was ich versprochen habe: Ersatz zu finden.

Ersatz für die Begleiterinnen von Sternen, die Jahrtausende mit ihnen verbracht haben. Ersatz durch lebende, denkende, atmende Menschen der Erde … Es klingt geradezu nach einem Menschenopfer. Aber es wird ihnen gut gehen, beruhige ich mich. Sie werden unsterblich sein und ihnen wird es nie an etwas fehlen. Das ist mehr, als die meisten Menschen auf der Welt erwarten können.

Aber dennoch kann ich niemanden dazu zwingen, diese Realität und all seine Lieben zu verlassen, um ein Leben im Ungewissen zu beginnen. Ich hoffe, Huoyan weiß Rat.

Huoyan. Beim Gedanken an meinen besten Freund beschleunigen sich meine Schritte unwillkürlich. Der Weg aus der Höhle hinaus erscheint mir kürzer als der hinein, bald habe ich die leuchtenden Erzadern hinter mir gelassen und tauche in die undurchdringliche Schwärze vor dem Eingang ein. Diesmal fühlt es sich nur wie wenige Minuten an, bis ich sie zurücklasse und unvermittelt nach draußen stolpere. Statt Dunkelheit begrüßt mich Sternenlicht, in dem ich den Boden unter meinen Füßen wieder sehen kann. Außerdem ist da das flackernde Licht eines Feuers, das sich wenige Meter vom Höhleneingang entfernt befindet.

»Ri!«, höre ich Huoyans besorgte Stimme. Ich mache seine Silhouette am Feuer aus, als er aufspringt und auf mich zueilt. Ich kann ihn nur ansehen und fühlen, wie mein Herz doppelt so schnell schlägt, wie die Wärme in meinen Körper zurückkehrt, die ich irgendwo in dieser Höhle verloren habe. Ich kann ihn nur anblicken und die seltsame Gewissheit spüren, dass alles gut wird.

Auch Huoyan mustert mich für einen Moment, bevor er mich in die Arme schließt. Zufrieden erwidere ich die Umarmung und lasse meinen Kopf an seiner Schulter ruhen. Ich spüre die Wärme, die von ihm ausgeht, rieche seinen vertrauten Duft, genieße seine Nähe. Während er mich an sich drückt, vergesse ich alle Sorgen.

Doch es dauert nur Sekunden, bis Huoyan sich wieder von mir löst.

»Ri, was ist geschehen?«, will er wissen. Er nimmt meine Hand und führt mich an sein Lagerfeuer, lässt mich auf seiner Bambusmatte Platz nehmen, all das, ohne mich aus den Augen zu lassen. Er setzt sich neben mich. Sein fragender Blick hilft mir jedoch nicht, meine Gedanken zu ordnen. Der Drache, mein Stern, Darius ... Ich weiß nicht, wie ich es erklären soll. Aber Huoyan ist vermutlich der Einzige, mit dem ich je darüber sprechen kann. Dem ich mich anvertrauen möchte.

»Es ... es ist alles anders, als ich dachte«, beginne ich zögernd. Ich atme tief durch und dann erzähle ich ihm, was in der Höhle vorgefallen ist. Erst will ich ihm nicht von Darius erzählen, aber er ist grundlegend für meine Geschichte und ich kann Huoyan ohnehin nichts verheimlichen.

Auch ich kann gut in ihm lesen und die Art, wie er sich versteift, als ich von Darius erzähle, trifft mich tief. Aber es gibt keine Möglichkeit, ihn zu verschweigen, und ich bin mir sicher, Huoyan hört die verwirrenden Gefühle aus meinen Worten heraus.

Als ich schließlich mit meinem Entschluss, Ersatz für die Begleiterinnen zu finden, ende, sagt Huoyan erst mal nichts. Sein Gesicht ist verschlossen und ich merke, wie es in seinem Kopf arbeitet. Sucht er ebenso wie ich nach dem richtigen Weg, Freiwillige zu finden und diese Welt zu retten? Es wäre typisch Huoyan, als zukünftiger Kaiser vorauszudenken und schnell wohlüberlegte Entscheidungen zu treffen. Doch er überrascht mich, denn etwas anderes scheint ihn noch mehr zu beschäftigen.

»Du hast Jahrtausende mit diesem Stern zusammengelebt?«, vergewissert er sich, als hätte er meine Worte nicht richtig verstanden.

Oder als bräuchte er noch einmal meine Bestätigung, damit sein Herz bricht.

Ich könnte so vieles sagen. Dass das Mina und nicht ich war, dass wir nicht dieselbe sind, dass ich mich an nichts davon erinnere. Dass ich für Darius zwar etwas empfinde, für Huoyan aber noch so viel mehr. Keine dieser Erklärungen würde jedoch etwas an dem Umstand ändern, auf den er hinauswill. Also nicke ich nur, um seine Frage zu beantworten.

»Was wart ihr füreinander?«, will er wissen, obwohl er die Antwort sicher schon kennt. Also schweige ich, während er mich anstarrt, bis irgendetwas in seinem Blick bricht. Obwohl wir schon so viel miteinander geteilt haben, fühlt sich der Augenblick ehrlicher an als alle anderen zuvor. Meine Gefühle für ihn sind im Zwiespalt: Ich sehne mich nach ihm und doch fühle ich eine neue Zurückhaltung.

»Jahrtausende mit diesem Stern«, murmelt er mit einem schweren Seufzer. »Wie soll ich nur jemals dagegen ankommen?«

»Huoyan«, raune ich und drücke seine Hand, mit der er immer noch meine hält. Ich weiß nicht, was ich sagen soll. Ein Teil von mir juchzt bei dem Gedanken, dass ich ihm wichtig bin, obwohl er so viel Neues über mich erfahren hat. Obwohl ein anderer Mensch aus dieser Höhle herauskam, als hineingegangen ist. Dass er eifersüchtig ist, bedeutet, dass er mich nach wie vor gernhat. Ein anderer Teil verzweifelt, da ich noch immer nicht vergessen habe, dass ein gemeinsames Leben nicht möglich sein wird. Und ein winziger Teil sehnt sich nach wie vor nach Darius.

»Ri«, entgegnet er und ich erschaudere bei der Intensität, mit der er meinen Namen ausspricht. Er nimmt auch meine andere Hand und führt mich so, dass ich mich ihm ganz zuwende.

»Ri, ich …«, er bricht ab, runzelt die Stirn, sucht nach Worten.

»Ich habe dir nichts zu bieten«, gesteht er schließlich. »Als zukünftiger Kaiser habe ich nicht viele Freiheiten und ich weiß, wenn es nach dem Willen der Minister und meiner Mutter geht, hast du keinen Platz in meinem Leben. Ich bin kein Stern, der dir Unsterblichkeit schenken kann. Von mir wirst du keine Magie erhalten, keine Macht, nicht einmal Versprechen kann ich dir machen. Aber …«

Sein Blick scheint mich zu versengen und mein Herzschlag beschleunigt sich. Ich präge mir diesen Moment ein, dieses Gefühl, das mich völlig einzunehmen scheint. Diese Zärtlichkeit, die ich empfinde, das bittersüße Verlangen, mich ihm zuzuwenden, und gleichzeitig den Willen, diesen Augenblick noch länger auszukosten. Diese innere Aufregung, das Flattern in meinem Bauch, das nur Huoyan auslöst. Die Art, wie sich unsere Blicke ineinander verschränken, sodass ich das Gefühl habe, bis in die Tiefen seiner Seele blicken zu können und mich ihm völlig zu öffnen.

»Aber?«, hake ich nach, als ich die Spannung kaum noch aushalte. Huoyan seufzt.

»Obwohl es keine Rolle spielt, was ich will, muss ich es dir sagen. Ich möchte alles für dich sein, dir alles geben, deine Welt vervollständigen. Der Gedanke, du könntest dich nach einem anderen verzehren, schmerzt mich mehr als jemals etwas zuvor. Denn …«

Er zieht mich noch näher zu sich, sodass uns nur noch wenige Zentimeter trennen und sich sein Atem mit meinem vermischt.

»Ich habe mich in dich verliebt, Ri«, gesteht er. »Ich weiß nicht wann oder wie, aber dich zu verlieren, wäre unerträglich für mich. Ich will nur dich und es bringt mich schier um, mir vorzustellen, dass es dir anders gehen könnte.«

Er seufzt und ich fühle, wie er sich innerlich zurückzieht. Wie er sich daran erinnert, dass er es nicht mit einer jahrtausendealten Liebe aufnehmen kann. Doch das Seltsame ist: Er kann es. Ich bin nicht Mina, für die Darius vielleicht alles war. Ich bin Ri und der einzige Mann, an den ich im Moment denken will, sitzt vor mir.

Ich halte ihn fest, als er dabei ist, sich wieder von mir zu entfernen, und sehe ihm einfach in die Augen. Dann, ganz langsam, lehne ich mich nach vorn und berühre mit meinen Lippen die seinen.

Huoyan zieht scharf die Luft ein und ich lasse seine Hände los, gebe ihm die Freiheit, sich zurückzuziehen, aber er tut das Gegenteil. Er nutzt seine freien Arme, um mich an den Hüften zu packen und enger an sich zu ziehen, sodass ich plötzlich auf seinem Schoß sitze. Mir wird unvermittelt heiß, als ich ihn so nah an mir fühle, während er den Kuss vertieft. Seine Zunge streift meine und ich merke erst jetzt, dass ich den Mund geöffnet habe. Meine Hände wandern wie von selbst zu seinem Rücken, zeichnen die Konturen seines Körpers nach. Seine Berührungen entfachen ein tiefes Brennen in mir, eine Sehnsucht, die ich kaum beschreiben kann, woraufhin ich mich noch enger an ihn drücke. Ich kann nur an ihn denken, seine Nähe vertreibt alle anderen Gedanken und Gefühle bis auf diese tiefe Verbundenheit zu ihm. In diesem Augenblick gibt es für mich niemand anderen als Huoyan.

Doch bald löst er sich wieder von mir. Sein Atem geht schwer und auch ich keuche, während er sich offensichtlich zurückhält. Ganz scheint es ihm nicht zu gelingen, denn seine Hände zeichnen Muster auf meinen Rücken, während sie mich eng bei ihm behalten. Unter halb geöffneten Lidern schaue ich ihn an, während er mich mit einer überwältigenden Zärtlichkeit betrachtet.

»Ri, ich …«, wispert er und ich weiß, er will aufhören. Unsere Körper voneinander trennen, unserem Verstand Raum geben, uns davon zu überzeugen, dass dies hier eine schlechte Idee ist. Unterschwellig weiß ich, dass er recht hat. Dass viel zu viel zwischen uns steht, es nicht funktionieren kann. Dass wir uns darauf konzentrieren sollten, die Welt zu retten, es viel Wichtigeres gibt als unsere Gefühle … Und doch kann ich nur das Pochen unserer Herzen und unser Keuchen hören und wissen, dass das, was eigentlich falsch ist, in diesem Augenblick dennoch das Richtige ist. Dass ich Huoyan liebe. Die Welt wird in dieser Nacht nicht untergehen, aber ich weiß nicht, wie viel Zeit mir noch bleibt, um mit ihm das zu teilen, wonach ich mich in diesem Moment mehr als nach allem anderen sehne.

Zwar dachte ich, dass meine Welt vorhin in dieser Höhle bereits neu geordnet wurde, doch ist das nichts im Vergleich zu der Veränderung, die die Wahl mit sich bringt, die ich nun treffe: Auf mein Herz zu hören statt auf meinen Verstand. Der Sehnsucht endlich nachzugeben.

Und als ich auf Huoyans Worte den Kopf schüttele und seine Lippen wieder mit meinen verschließe, weiß ich, dass, egal was geschieht, diese Nacht eine der glücklichsten meines Lebens sein wird und ich sie nie bereuen werde.

29 二十九

Ri

Ich erwache von einer zärtlichen Berührung am Hals, als Huoyan sanfte Küsse darauf haucht. Ein unendliches Gefühl der Geborgenheit erfüllt mich, als ich seinen Körper an meinem spüre. Seine Nähe wirkt wie ein schützender Kokon auf mich und ich seufze auf, als seine Küsse über meinen Hals zu meiner Schulter wandern. Huoyan …

Die Erinnerungen an die letzte Nacht werden wieder wach und meine Wangen unwillkürlich heiß, als ich die Augen öffne und mich Huoyan zuwende. Eine Welle der Zärtlichkeit erfasst mich beim Anblick von seinem zerzausten Haar und der Liebe in seinen braunen Augen. Ich hebe die Hand an sein Gesicht und streichle über die mir so vertrauten Gesichtszüge, die mich doch so tief treffen, als würde ich sie das erste Mal erblicken. Er schließt die Augen und lehnt sich in meine Berührung. Ein so umfassendes Glück erfüllt mich, dass es mich beinahe selbst erschreckt.

»Guten Morgen«, murmle ich und seine Lippen verziehen sich zu einem Lächeln. Wir scheinen lange geschlafen zu haben, denn das Zwielicht wirft kaum Schatten auf sein Gesicht. Der Gedanke an die sterbende Sonne trübt jedoch meine gute Laune und ich blicke mich um.

Wie ich dachte, steht der glimmende Himmelskörper bereits hoch am Himmel und beleuchtet die Lichtung vor der Höhle, deren Schwärze nach wie vor unverändert scheint, obwohl meine Welt gestern mehrfach aus den Fugen geraten ist.

»Ri«, flüstert Huoyan meinen Namen und lenkt meine Aufmerksamkeit damit wieder auf sich. Er drückt mich an sich und die Hitze in seinen Augen spricht für sich. Mein Körper reagiert sofort auf ihn, unwillkürlich schlinge ich ein Bein um seine Hüfte und sein Blick leuchtet auf. Es ist aufregend, sein Verlangen zu spüren und es zu erwidern, aber mit der Sonne ist auch mein Verantwortungsbewusstsein zurückgekehrt. Ich seufze, als ich mich besinne. Wir haben letzte Nacht schon so viel Zeit für uns selbst gestohlen ...

Vorsichtig nehme ich mein Bein von Huoyan und rücke ein wenig von ihm ab. Ich kann ihm ansehen, dass er mich nicht gehen lassen will, aber auch sein Verstand zurückgekehrt ist.

»Was sollen wir jetzt tun?«, fragt er mich ernst.

Ich beiße mir auf die Unterlippe und denke darüber nach, während ich mich aufsetze und meine Kleidung zusammensuche.

»Ich werde zurück zum Dorf reiten«, beschließe ich, obwohl ich weiß, dass es seine Frage nicht beantwortet. Huoyan möchte wissen, wie wir in Bezug auf uns handeln, wie wir damit umgehen sollen, dass wir so viel geteilt haben und es doch keine Zukunft für uns gibt. Vielleicht möchte er auch wissen, inwieweit meine Gefühle für ihn die letzte Nacht überdauert haben, ob ich inzwischen erkannt habe, dass sie im Vergleich mit denen zu Darius verblassen.

Doch ich weiß, das werden sie nie. Egal was ich mal für Darius empfunden habe. Ob es jedoch weise ist, ihm das auch zu sagen, weiß ich nicht.

Außerdem bin ich unsicher, wie viel Zeit ich habe. Womöglich wird Darius mir folgen und mich suchen. Ich muss diese Welt retten, bevor er versucht mich daran zu hindern. Es geht hier nicht nur um mich.

Im Gegensatz zu Darius weiß Huoyan, was auf dem Spiel steht und was die richtige Entscheidung ist.

»Ich werde dich begleiten«, verkündet er und erhebt sich ebenfalls, um sich anzuziehen. Ich bedanke mich mit einem Lächeln. Nichts anderes habe ich vom zukünftigen Kaiser Midlands erwartet. Tatsächlich habe ich mich sogar auf seine Hilfe verlassen, denn ich glaube nicht, dass eine einzelne Sternentochter irgendwelche Midländer davon überzeugen könnte, die Welt zu retten.

»Wie werden wir Ersatz für die Begleiterinnen finden?«, möchte Huoyan von mir wissen, während wir unsere Sachen zusammenpacken.

»Ich glaube nicht, dass er perfekt sein muss«, antworte ich und denke an die beiden anderen Sterne, die nun allein sind. Sie wirkten begeistert von der Aussicht auf eine neue Gefährtin an ihrer Seite, aber ich glaube, dass es ihnen mehr um das neue Abenteuer geht als darum, die einzig Richtige zu finden. Sie schienen nicht zu erwarten das zu erleben, was Darius und ich all die Jahre geteilt haben. Die Sterne brauchen jemanden, um die Einsamkeit der Unsterblichkeit zu verdrängen, einen Menschen, mit dem sie sich unterhalten können und der ihre Stunden kürzt.

»Ich will versuchen so viele Menschen aus dem Dorf wie möglich zu überzeugen mit mir zu kommen«, denke ich laut, während ich aufs Pferd steige, »Menschen, die ihr Leben hier hinter sich lassen können und wollen. Ich werde sie zur Höhle bringen und ...«

»Opfern?«, vervollständigt Huoyan den Satz. Er steigt ebenfalls aufs Pferd und wir reiten los.

»Es ist kein wirkliches Opfer«, verteidige ich meinen Vorschlag. »Sie entscheiden sich für ein neues Leben. Ob es besser oder schlechter ist als ihr vorheriges, müssen sie selbst wissen.«

Huoyan nickt langsam.

»Im schlimmsten Fall würden sie ohne Sonne in dieser Welt verhungern«, stimmt er mir zu. »Viel schlechter kann es nicht sein.«

Das ernüchtert mich ein wenig und ich starre auf den Weg vor uns. Huoyan hat recht, die Wahl sollte nicht allzu schwer fallen. Ohne Sonne wird diese Welt sterben, deshalb brauchen wir diese

Opfer oder wie auch immer wir es nennen mögen, um zu überleben. Aber was, wenn wir nicht genügend Menschen finden?

»Wie viele, denkst du, brauchen wir?«, frage ich leise. Der Drache meinte, dass es mich und jede andere Sternentochter Kraft kosten würde, eine neue Sonne zu erschaffen. Dass wir altern und sterben würden. Er hat nicht erwähnt, wie lange es dauern würde, aber selbst wenn wir so langsam altern wie gewöhnliche Menschen ... Wir bräuchten unendlich viele Sternentöchter und unendlich viele Freiwillige, um diese Welt für immer zu erhalten.

»Wir brauchen eine Sonne«, beginnt Huoyan, »aber Midland benötigt mehr als das. Der Krieg mit Atlas fordert mehr, als wir geben können. Auch unsere anderen Nachbarländer neiden uns die wenigen fruchtbaren Zonen, die wir noch haben. Es ist ein Kampf auf Leben und Tod, bei dem keiner klein beigeben wird. Eine neue Sonne wird helfen und vielleicht wird sich auch die Erde erholen, aber ...«

Er bricht ab. Ich weiß, was er sagen will: Aber wir sollten uns nicht darauf verlassen. Es wird sicher eine Weile dauern, bis unser Planet heilt, falls er es jemals tut. Eine Weile, in der die Ressourcen nicht ausreichen werden und in der selbst die neue Sonne nicht viel ausrichten können wird. Uns ist schon lange klar, dass Midland eine schwere Zeit bevorsteht, aber bisher konnte ich es stets verdrängen.

»Wir brauchen mehr Sternentöchter als nur eine für die Sonne und müssen weitere erschaffen«, führe ich Huoyans Gedankengang zu Ende. Cai, Changye und ich. Wir drei werden Midland helfen, aber langfristig reichen wir nicht aus. Kurz habe ich Gewissensbisse bei der Vorstellung, die Macht eines Sterns im Krieg einzusetzen, um Gewalt und Tod herbeizuführen. Davor hat mich Darius bewahren wollen. Aber würden wir damit nicht auch weitere Tote, weitere Schlachten verhindern? Ich würde meine Macht nur verwenden, um Midland vor seinen Feinden zu beschützen.

»Aber je mehr Sternentöchter wir erschaffen, desto mehr Sterne trennen wir von ihren Begleiterinnen«, führt Huoyan den Gedankengang zu Ende und presst unglücklich die Lippen aufeinander. Ich weiß nicht, ob es ihm missfällt, jahrtausendealte Gefährten zu trennen oder dass wir so viel Ersatz finden müssen. Für mich wirkt beides falsch, selbst wenn wir es aus den richtigen Gründen tun. Ich möchte das grausame Schicksal, das Darius deutlich gezeichnet hat, keinem anderen Stern antun. Natürlich wirkten einige Sterne bereit für neue Gefährtinnen, aber ich bezweifle, dass die Drachenwahrer mit ihrem Zauber gezielt diejenigen Begleiterinnen auswählen können, die zur Erde kommen möchten. Bereits jetzt habe ich ein schlechtes Gewissen deswegen.

Aber wir haben keine andere Wahl, wenn wir überleben wollen.

»Drei«, beschließe ich. Huoyan blickt mich verwirrt an.

»Drei Sternentöchter alle sieben Jahre«, erläutere ich. »Drei können einander den Rücken decken und es sollte stets genügend Sternentöchter geben, damit Zeit bleibt, die jüngeren auszubilden und den älteren ihren Ruhestand zu gönnen. Wenn unsere Magie so stark ist, wie die Drachenwahrer glauben, können drei von uns eine Schlacht zu Midlands Gunsten entscheiden.«

»Dennoch klingt es nach wenig«, meint Huoyan nachdenklich.

»Ja«, stimme ich zu, »aber wir sollten nicht mehr erschaffen, weil wir sonst noch viel mehr Ersatz benötigen. Wenn wir alle sieben Jahre drei Sternentöchter erschaffen, würden hundert Menschen für Jahrhunderte genügen.«

»Aber was geschieht danach, wenn es keinen Ersatz mehr gibt?«, hakt der Prinz nach.

Diesmal bin ich es, die unglücklich die Lippen aufeinanderpresst.

»Dann ist es an unseren Nachkommen, eine Lösung zu finden«, antworte ich, auch wenn es mir nicht gefällt. »Wir können dieser Welt Zeit erkaufen, damit sie die Möglichkeit haben, das zu tun. Vielleicht ...«

Mir kommt ein weiterer Gedanke.

»Vielleicht kann der Drache die Menschen, denen er nicht helfen will oder kann, ebenfalls dazuzählen«, füge ich hinzu. Noch immer frage ich mich, was mit denen geschieht, die nicht zurückkehren. Ein Schicksal, das ich befürchtete zu teilen. Hat der Drache die Bittsteller aus dem Dorf tatsächlich gefressen? Ich weiß nicht, ob ich es wirklich wissen will.

»Damit wäre es ein vorerst einmaliges Opfer«, stimmt Huoyan mir nach einem Augenblick des Zögerns hinzu, »und wir würden diese Welt und Midland für die nächsten Jahrhunderte retten.«

Hoffnung schwingt in seiner Stimme mit und auch ich fühle mich leichter nach seiner Bestätigung. Die Entscheidung ist gefallen. Nun müssen wir nur noch Menschen finden, die bereit sind dieses Opfer auch zu erbringen.

Der Weg zum Dorf kommt mir kürzer vor als gestern. Ich frage mich, wie die Bewohner auf unsere Rückkehr reagieren werden. Unser Abschied war nicht gerade herzlich und sie glauben noch immer, ich wäre eine Atlaerin, ein Feind. Wie soll ich sie vom Gegenteil überzeugen? Zum Glück habe ich Huoyan bei mir. Wer könnte einem midländischen Prinzen schon widerstehen? Ich jedenfalls nicht, denn ich stehle während des Ritts immer wieder einige Küsse von Huoyan, was auf dem Pferderücken gar nicht so einfach ist.

Schon immer habe ich mich in Gegenwart meines besten Freundes zufrieden gefühlt, aber das ist nichts im Vergleich zu dem Glück, das ich heute spüre, wann immer sein Blick meinen trifft. Wir reden nicht über das, was geschehen ist, aber nicht, weil wir es verdrängen oder vorgeben, es wäre nie etwas geschehen. Stattdessen habe ich das Gefühl, dass wir uns wortlos verstehen. Jedes Lächeln, das Huoyan mir schenkt, lässt mich mit einem Kribbeln im Bauch an die letzte Nacht zurückdenken. Ich hätte es kaum für möglich gehalten, dass meine Gefühle für ihn noch tiefer werden könnten, aber ich fühle mich ihm so nah wie nie zuvor.

Da wir uns schon so lange kennen, hätte ich auch nicht gedacht, dass wir uns noch über so viele Themen unterhalten können. Dennoch ist die Reise von unseren Gesprächen erfüllt, in denen ich Überraschendes über Huoyan erfahre. Zum Beispiel, dass er derjenige war, der meinen geliebten Ebenholzkamm zerstört hat, als ich zehn war, weil er sich versehentlich drauf gesetzt hat. Dass er sich heimlich in die Nordstadt geschlichen hat, um mir Ersatz zu besorgen, und beinahe ausgeraubt wurde. Er erzählt mir auch von seinen Aufgaben als zukünftiger Kaiser und den erfolglosen Verkupplungsversuchen seiner Mutter. Themen, über die wir nie viel gesprochen haben, weil trotz unserer Nähe zu viel zwischen uns stand. Jetzt bricht es mir nicht mehr das Herz, davon zu hören, wie seine Mutter ihn mit jungen, unverheirateten Frauen in einen Raum sperrte, da ich genau weiß, dass sie nie das mit Huoyan geteilt haben, was wir gemeinsam erlebt haben. Was auch immer die Zukunft bringt, für diesen Moment gehört er zu mir und ich lasse mir die Euphorie darüber nicht nehmen.

Auch für mich findet Huoyan immer mehr Fragen, als müsste er mich noch einmal von Grund auf kennenlernen. Stets dachte ich, ich wäre ein offenes Buch für den Prinzen und würde ihm alles erzählen. Es überrascht mich, dass er einiges über mich noch nicht weiß. Meine Ablehnung gegenüber den schönen Kleidern und perfekten Frisuren, die mir im Himmelspalast aufgezwungen wurden, scheint ihm nie aufgefallen zu sein. Nicht einmal, dass mein Lieblingsgericht Baozi sind, wusste er.

»Und was ist meines?«, fragt er neckend, als ich ihn deswegen aufziehe. Das lässt mich schnell verstummen und gemeinsam lachen wir darüber, wie gut wir einander kennen und doch nicht genug.

Keiner von uns spricht die Sterne an oder die Aufgabe, die vor uns liegt. Es ist schlicht ein Tag der Zweisamkeit, des Glücks, an dem die Zeit viel zu schnell vergeht. Ich wünschte, ich könnte ewig in diesen Augenblicken mit Huoyan verweilen, in denen wir uns verliebt ansehen und wortlos kommunizieren.

Aber irgendwann neigt sich die Sonne dem Horizont zu und wir erkennen zwischen den Schatten des Waldes die leuchtenden Fackeln des Dorfes.

Unwillkürlich zügle ich mein Pferd und ein mulmiges Gefühl breitet sich in mir aus. Beim letzten Mal haben uns die Bewohner dieses Dorfes angegriffen und wollten uns festnehmen. Der Dorfvorsteher gierte nicht nur nach Geld, sondern auch nach unserem Blut, zumindest kam es mir so vor. Außerdem hatte er angedroht, dass der Kaiser davon erfahren würde … Zwar ist Huoyan das, was einem Kaiser am nächsten kommt, aber falls der Mann tatsächlich einen Brief in den Palast geschickt hat … Seine Mutter würde inzwischen wissen, dass wir hier sind. Im Dorf könnte es bereits von kaiserlichen Soldaten wimmeln, obwohl momentan alles ruhig scheint. Falls wir gefasst und zur Nordstadt zurückgebracht werden … Wir hätten keine Möglichkeit, uns zu wehren. Keine weitere Option, diese Welt zu retten, denn obwohl ich es heute Morgen versucht habe, hat Darius Wort gehalten und mir bisher keinen Zugriff auf meine Magie gewährt. Ich zögere, wie wir am besten vorgehen sollen.

Huoyan dagegen scheint weniger Zweifel zu haben, denn er steigt mit einem entschlossenen Gesichtsausdruck vom Pferd.

»Was hast du vor?«, will ich stirnrunzelnd wissen, als er das Pferd an den Wegesrand führt und an seiner Satteltasche nestelt.

»Wie stehst du zu Machtmissbrauch?«, fragt er zurück und meine Stirn legt sich nur noch mehr in Falten, als ich seinem Beispiel folge und ebenfalls absteige.

Als er eine rotgoldene Robe aus seiner Satteltasche zieht, begreife ich.

»Du willst als Prinz zu ihnen gehen?«, hake ich ungläubig nach.

»Als Kaiser«, korrigiert er mich und wirft mir dann etwas zu, das ich reflexartig fange. Als ich den Stoff auffalte, erkenne ich ein edles schwarzes Seidenkleid mit goldenen Stickereien.

»Du bist eine Sternentochter, die stärkste Waffe Midlands«, erinnert er mich. »Du solltest nicht in den Hosen eines Arbeiters herumlaufen. Selbst wenn sie dir besser gefallen.«

Mit einem Zwinkern dreht er sich um und beginnt sich auszuziehen. Für einen Moment kann ich nur verblüfft die Muskeln seines Rückens bewundern, bis ich verstehe, dass ich mich ebenfalls umziehen soll. Huoyan möchte, dass wir diesmal nicht als schlichte Reisende, sondern als kaiserliche Delegation ins Dorf ziehen. Dass er edle Kleidung zu dieser Reise mitgenommen hat ... Zwar kann ich seinen Gedankengang nachvollziehen, aber ich bin mir nicht sicher, ob der Vorschlag tatsächlich gut ist. Zwar wirkten die Dorfbewohner wenig über die Politik informiert und könnten ihm abnehmen, dass er der Kaiser ist, obwohl er in Wahrheit noch nicht gekrönt wurde. Falls man jedoch noch immer nach uns sucht, wird man bald wissen, wo wir sind, denn trotz des geringen Austauschs, der durch die Dunkelwüsten und die Kriege in Midland herrscht, würden die Dorfbewohner nach dem plötzlichen Auftauchen des Kaisers bestimmt eine Nachricht an die Nordstadt schicken ... Wenigstens habe ich mit dem Gedanken abgeschlossen, nach Atlas zu fliehen, wie mir nun klar wird.

Überrascht über mich selbst halte ich inne, als ich mir das Kleid über den Kopf ziehe. Gestern noch fand ich den Gedanken, ein neues Leben in Atlas anzufangen, attraktiver als all meine anderen Zukunftsoptionen. So viel hat sich seither verändert, ich habe so viel Neues erfahren, dass ich es gar nicht mehr in Erwägung ziehe. Ich weiß, meine Zukunft kennt nur zwei Wege: die Rückkehr mit meiner Magie zum Himmelspalast oder die Wiedervereinigung mit Darius. In Atlas in Freiheit zu leben, klingt noch immer verlockend, aber ich glaube nicht, dass ich diese Welt retten und dann einfach gehen kann. Außerdem vermute ich, dass Darius es nicht zulassen würde ...

Als ich an meinen Stern denke, den ich die ganze Zeit über vergessen habe, verspüre ich ein schlechtes Gewissen. Schnell ziehe ich mich fertig an und konzentriere mich wieder auf das, was vor uns liegt.

Huoyan mustert mich anerkennend, als ich mich wieder zu ihm wende.

»Für mich kannst du schon ab und an ein schönes Kleid anziehen«, neckt er mich und ich gehe zu ihm, um ihn gegen die Brust zu boxen. Das lässt ihn nur grinsen und er zieht mich zu sich heran, um einen Kuss auf meine Lippen zu hauchen, der meinen ganzen Körper kribbeln lässt.

Als ich ein wenig zurückweiche, betrachtet er mich mit einer solchen Intensität, dass mir ganz warm wird.

»Was auch immer geschieht, was auch immer die Zukunft bringt«, murmelt er und sein Blick ist dunkel, »ich verspreche dir, dass ich dich immer lieben werde.«

Das Flattern in meinem Bauch verstärkt sich und ich suche nach Worten, aber der Moment ist so schnell vorbei, wie er gekommen ist. Huoyans Lippen verziehen sich zu einem Grinsen und er löst sich gänzlich von mir.

»Lass uns versuchen diese Welt zu retten«, fordert er mich zwinkernd auf. Ich gehe zu meinem Pferd und will mich auf seinen Rücken schwingen, aber Huoyan schüttelt den Kopf. Er nimmt die beiden Pferde an den Zügeln und führt sie in den Wald neben der Straße, sodass sie nicht direkt sichtbar sind.

»Falls etwas schiefgeht, sind sie hier sicherer«, erklärt er auf meinen fragenden Blick. Ich erinnere mich an die hungrigen Blicke der Dorfbewohner, die in unseren Reittieren etwas ganz anderes sehen könnten, und nicke. Es erinnert mich unsanft an die Dringlichkeit unserer Mission, aber auch daran, wie viel besser es den Menschen gehen könnte, wenn sie sich für das Leben mit den Sternen entscheiden würden. Sorge und Hoffnung mischen sich in meinem Inneren, als wir gemeinsam zum Dorf gehen.

30 三十

Darius

Ungeduldig starre ich auf die Steinwand, die sich dank Mingyue wieder einmal zwischen Mina und mir gebildet hat. Der alte Drache hat mich gebeten meiner Begleiterin Zeit zu lassen. Ihr die Möglichkeit zu geben, das alles erst einmal zu verdauen. Ich kann verstehen, dass sie außer sich ist und die Enthüllungen über sich selbst, über diese Welt und vor allem über uns erst einmal verarbeiten muss.

Dennoch wäre ich gerne an ihrer Seite, während sie das tut. Nicht, um sie zu drängen, sondern um für sie da zu sein. Um zur Verfügung zu stehen, falls sie Fragen hat. Um zu genießen, dass ich Mina endlich wieder gegenüberstehen und sie anschauen darf.

Aber Mingyue hat mir keine Wahl gelassen und erneut fühle ich mich völlig hilflos, während ich mich gegen den harten Stein der Höhle lehne. Ich weiß, dass er sie beschützen möchte. Trotzdem stört es mich zutiefst, dass er sich einmischt.

Inzwischen habe ich längst eingesehen, dass Mina recht hat. Dass wir diese Welt nicht einfach aufgeben können. Wenn ihr Verbleib auf der Erde wirklich der einzige Weg ist … Nun, es dauert nur ein paar Jahre, bis die anderen Sternentöchter alt genug sind ihre Rolle zu übernehmen. Dafür haben wir dann die Ewigkeit. Meine Angst, Mina ganz zu verlieren, falls ich mich gegen sie stelle, ist zudem viel zu groß. Noch größer ist die Sorge, dass ich das mit meinem gestrigen Verhalten längst getan habe.

Wieder einmal schelte ich mich selbst einen Dummkopf ihr gegenüber so grob gewesen zu sein. Zwar kann ich den Gedanken, sie erneut zu verlieren, kaum ertragen, aber das sollte ich nicht an ihr auslassen. Sie kann nichts dafür, dass die Drachenwahrer ausgerechnet ihre Seele auf die Erde gerufen haben. Es ist nicht ihre Schuld, dass sie sich an nichts erinnert und das Schicksal sich gegen uns stellt.

Aber obwohl ich mich ermahne ruhig zu sein, kann ich nicht anders, als die Fäuste zu ballen und die Höhlenwand böse anzustarren, in der Hoffnung, meine schlechte Laune könnte sie schmelzen. Wenn ich mir doch nur sicher wäre, dass Mina zurückkehrt. Wenn ich in ihr dieselben Gefühle erkannt hätte wie vor siebzehn Jahren, bevor sie mich verlassen musste ... Stattdessen hat sich die Verwirrung, die Unentschlossenheit in ihrem Blick in mein Gedächtnis eingebrannt. Die Eifersucht, die ich nicht zu vertreiben vermag, lässt mir keine Ruhe. Sie ist da draußen, in ihrer Welt, mit dem Prinzen. Der sie gern genug hat, dass er für sie sein Leben im Palast zurückgelassen hat und mit ihr zu Mingyues Höhle gereist ist. Dem Mann, dem sie meiner Meinung nach schon immer viel zu nahe steht.

Eigentlich sollte ich froh sein, dass sie nicht allein ist. Dass jemand für sie da ist. Aber meine Selbstlosigkeit hat ihre Grenzen.

»Bist du noch immer überzeugt, dass du ihr nachgehen musst?«, höre ich die Stimme des Drachen durch den Höhlengang hallen.

Wütend wirbele ich herum und erdolche ihn mit Blicken.

»Mina braucht mich«, verkünde ich voller Überzeugung, obwohl ich die Zweifel in seinen Augen lesen kann. Ich muss daran glauben.

»Darius ...«, setzt er an, aber ich unterbreche ihn mit einer Handbewegung.

»Ich weiß, dass sie sich verändert hat«, stimme ich ihm zu. »Ich weiß, dass sie nicht dieselbe wie früher ist. Aber sie ist noch immer Mina und ich werde alles geben, um sie zurückzugewinnen.«

Der Drache seufzt und Rauchschwaden steigen aus seinen Nüstern empor. Es ist eindeutig, dass er sich Sorgen macht. Aber er widerspricht mir nicht. Stattdessen löst sich die Steinwand, die den Gang blockierte, von einem Augenblick zum nächsten auf.

Ich sehe ihm an, dass er nach Worten ringt und noch etwas sagen will, aber ich ignoriere es. Ohne abzuwarten, stoße ich mich von der Wand neben mir ab und eile durch den Höhlengang, Richtung Menschenwelt. Zu Mina. Keine weitere Wand stellt sich mir in den Weg, der Drache hält mich nicht auf, also kann seine Aussage nicht so bedeutend gewesen sein.

Kurz zögere ich, bevor ich in die Schwärze am Ende der Höhle eintauche, aber es zieht mich nur in eine Richtung: zu Mina. Als ich endlich in das Zwielicht der Erde trete, atme ich auf.

Dann runzle ich die Stirn, als ich erkenne, dass die Sonne bereits hoch am Himmel steht. Obwohl Nachmittag zu sein scheint, sind die Schatten der Bäume um mich herum dunkler, als ich es je in meiner Zeit auf der Erde erlebt habe. Der schwach glühende Ball am Himmel genügt kaum, um die Silhouetten der Baumstämme zu erhellen. Die Welt kommt mir grau und leblos vor, keine Tiere sind zu hören, nur der Wind, der zwischen den Ästen hindurchfährt. Äste, die kaum noch Blätter tragen, sondern stattdessen von schwarzem Sand bedeckt sind. Es ist ein Wald, der beinahe tot ist.

Es ist erschreckend, die Veränderung dieser Welt von Nahem zu sehen. Zwar konnte ich vom Aussichtspunkt auf meinem Stern die Entwicklung des Verfalls verfolgen, aber hier scheint es so viel schlimmer. So viel realer. Beim Anblick dieses Waldes wird mir bewusst, dass der Drache recht hat: Wir haben keine Zeit zu verlieren, um diese Welt zu retten. Wenn Mina mich nicht bald als Sonne zur Erde holt, wird es zu spät sein. Falls es das nicht bereits ist …

Der Gedanke an Mina lässt mich die Sorgen verdrängen und ich mustere erneut meine Umgebung. Diesmal achte ich nicht auf die Zeichen der Zerstörung, sondern suche nach rotem Haar, grauen Augen, heller Haut. Doch von meiner Begleiterin ist keine Spur zu entdecken. Ich kann sie weder hören noch sehen, nicht einmal ihren

Geruch ausmachen, der mich nach all den Jahren noch immer bis in meine Träume verfolgt.

Einen Augenblick befürchte ich sie für immer verloren zu haben. *Aber ich bin ein Stern, ein Geschöpf des Sonnengottes,* erinnere ich mich selbst. Meine Magie ist umfassender, als ein Sterblicher es sich vorstellen kann. Meine Verbindung zu Mina älter als das meiste in dieser Welt.

Ich atme tief durch und schließe die Augen. Es fällt mir nicht schwer, mich auf mein Herz zu konzentrieren und das Band zu spüren, das seit Jahrtausenden darin verankert ist. Die unlösbare Verbindung zu fühlen, die geschmiedet wurde, als Mina sich entschied mit mir die Ewigkeit zu verbringen. Kurz erschrecke ich, als ich erkenne, wie weit sie bereits von mir entfernt ist, aber ich erinnere mich an ihre Aussage, die der Drache mir weitergegeben hat. Sie ging zur Erde, um Ersatz für die Begleiterinnen zu suchen, die als Sternentöchter wiedergeboren werden. Natürlich wartet sie nicht am Eingang der Höhle auf mich, sondern sucht nach ebendiesen Menschen, die Leander und Vitus zufriedenstellen könnten.

Entschlossenheit steigt in mir auf. Zwar hat Mina bereits einen guten Vorsprung, aber ich trage die älteste Magie der Welt in mir. Ich werde sie finden und ihr helfen. Und dann werde ich in ihr endlich wieder die Gefühle wecken, die sie vor all den Jahren für mich hatte.

31 三十一

Ri

Es ist bereits spät und nur wenige Menschen sind im Dorf unterwegs, doch alle bleiben stehen, als sie uns bemerken. Die rote Seide von Huoyans Gewand schimmert im Licht der wenigen Fackeln, die die Wege erhellen, während die goldenen Stickereien meines Kleids in den Schatten zu leuchten scheinen. Mein rotes Haar habe ich mit einer Spange leicht hochgesteckt, einige Strähnen fallen mir ins Gesicht. Ich weiß nicht, ob es gut oder schlecht ist, dass es in der Dunkelheit eher schwarz aussieht und meine Herkunft nicht auf den ersten Blick verrät.

Huoyan schreitet voraus in die Mitte des Dorfes und ich bewundere ihn für sein starkes Auftreten. Mühsam versuche ich eine ähnliche selbstbewusste Aura auszustrahlen, muss mich aber wohl damit begnügen zu hoffen, dass die meisten eher ihn als mich anstarren. Ich bin viel zu nervös, um ein leichtes Lächeln auf meine Lippen zu zwingen wie das, das seine umspielt.

Wieder einmal ertappe ich mich dabei, seinen Mund anzustarren und an die letzte Nacht zu denken. Auch Huoyan bemerkt es und seine Mundwinkel heben sich weiter. Ein Teil von mir möchte sich am liebsten peinlich berührt verstecken, allerdings schäme ich mich nicht für das, was geschehen ist. Im Gegenteil, ich ziehe Selbstsicherheit aus der Erinnerung, meinem Herzen gefolgt zu sein. Ich stehe dazu und bin stolz auf mich und meine Handlungen. Dass Huoyan mir vertraut, gibt mir zusätzlich Kraft. Unwillkürlich gehe ich aufrechter, um seine Erwartungen zu erfüllen und meine eigenen. Ich ziehe die Spange aus meinem Haar, sodass es an mir herabfällt und der Kontrast zu meinem dunklen Kleid deutlich wird. Damit jeder sehen kann, dass ich keine Midländerin bin.

Als ich den Dorfvorsteher bemerke, der sprachlos am Rand des Platzes steht und uns anstarrt, bereue ich es fast ein wenig. Doch ich ermahne mich mutig zu sein und folge Huoyan.

Für einen kurzen Moment bleiben wir einfach stehen, während sich die Dorfmitte füllt. Alle Bewohner, die uns gesehen haben, sind uns gefolgt und offensichtlich hat sich unsere Ankunft herumgesprochen, denn es kommen immer mehr Menschen aus ihren Häusern, um uns anzustarren und miteinander zu tuscheln. Als ich die zwei Mädchen entdecke, die bei unserem ersten Eintreffen miteinander gespielt haben, hebe ich lächelnd die Hand, was sie große Augen machen lässt.

Ich habe gar nicht gemerkt, dass der Dorfvorsteher zwischenzeitlich verschwunden war, bis er plötzlich von einer anderen Seite auf den Platz stürmt. Ihm folgen die zwei Schwertkämpfer, die ihn bereits bei unserer letzten Begegnung begleitet haben. Dahinter entdecke ich weitere, was mein Herz sinken lässt. Die vier zusätzlichen Krieger marschieren diszipliniert hinter dem Dorfvorsteher her und ihre goldenen Uniformen zeigen deutlich, wer sie sind. Kaiserliche Wachen, die wohl entsendet wurden, um der Beschwerde über den unverschämten Midländer und seine atlaische Begleitung nachzugehen. Als sie uns entdecken, tauschen sie überraschte Blicke, lassen sich aber ansonsten nichts anmerken und bleiben in einiger Entfernung stehen.

Der Dorfvorsteher dagegen kommt näher und sein Gesicht ist voller Wut, als er mich verachtungsvoll anblickt.

»Was wollt ihr hier?«, knurrt er statt einer Begrüßung. »Ihr seid hier nicht willkommen!«

Sein offenkundiger Hass ist mir unangenehm, doch ich schätze, man erntet, was man sät. Schließlich habe ich gedroht ihn umzubringen und ein paar Pfeile dicht an ihm vorbeifliegen lassen. Nicht dass ich das in irgendeiner Weise bereuen würde. Die Erinnerung an seinen entsetzten Gesichtsausdruck lässt mich sogar grinsen.

Auch Huoyan weicht keinen Zentimeter zurück, sondern bedenkt den Dorfvorsteher mit einem Blick, den ich bisher nur einmal an ihm gesehen habe. Einer, bei dem sich das Gegenüber klein und unbedeutend vorkommt. Huoyan hat ihn damals verwendet, um mich zu ärgern, aber das ist mir noch gut im Gedächtnis. Ich vermute, so etwas lernt man als Kronprinz. Oder ist es angeboren?

»Ich bin an jedem Ort Midlands willkommen«, entgegnet Huoyan auf die Aussage des Dorfvorstehers, bevor er sich von ihm abwendet, als wäre er seine Aufmerksamkeit nicht wert.

»Was sucht ihr hier, meine Krieger?«, wendet er sich an die kaiserlichen Wachen, die hervortreten und sich zu meiner Überraschung vor Huoyan verbeugen.

»Mein Prinz, Eure Mutter hat uns geschickt, um Euch und Lady Ri zurück in die Nordstadt zu geleiten«, verkündet einer von ihnen höflich. Die Menge, die sich um uns gebildet hat, zieht scharf die Luft ein, als unsere hohe Herkunft bekannt wird.

Die Worte der Wache klangen wie ein freundliches Angebot, aber ich bin mir sicher, im Falle des Widerstands würden sie uns auch gegen unseren Willen »begleiten«. Zudem glaube ich kaum, dass sich die Kaiserin so höflich ausgedrückt hat.

Huoyan nickt ernst.

»Ich danke euch bereits jetzt für euren Geleitschutz«, meint er, »aber meine Mutter wird sich noch ein wenig bis zu meiner Heimkehr gedulden müssen.«

Die Wachen blicken sich unsicher an und einer wirkt, als wollte er widersprechen.

»Oder vertraut ihr nicht auf die Pläne eures zukünftigen Kaisers?«

Derjenige, der sprechen wollte, zuckt zusammen, als hätte Huoyan ihn geschlagen. Tatsächlich war der Tonfall seiner Stimme schneidend genug, dass er sich dadurch auch meinen Respekt verdient hat. Sollte ich je meine Zweifel gehabt haben, ob Huoyan die nötige Härte zum Regieren hätte, wären sie spätestens jetzt ausgeräumt.

In Midland sind Rang und Titel viel bedeutender, als ich es normalerweise mag, aber in diesem Augenblick bin ich froh darüber, dass eine gewöhnliche kaiserliche Wache dem Kronprinzen nicht widersprechen darf. Auch die Tatsache, dass Huoyan bereits seit Jahren die Regierungsgeschäfte führt und seine Krönung nur noch eine Formalität ist, schadet vermutlich nicht. Zwar wird kurz der Konflikt der Wachen deutlich, ob sie sich den Befehlen der Kaiserin oder des zukünftigen Kaisers beugen sollen, aber die Entscheidung wird schnell gefällt. Statt nämlich zu protestieren, senken die vier demütig den Kopf. Einer von ihnen lässt verlauten: »Lasst uns wissen, wie wir Euch behilflich sein können, Eure Majestät.«

Nun kann ich nicht mehr an mich halten und mein Mund verzieht sich zu einem Grinsen. Wer hätte gedacht, dass es so einfach würde? Als ich sie entdeckt habe, fürchtete ich die Soldaten würden uns zurück in die Nordstadt schleifen, bevor wir unsere Mission erfüllt hätten. Stattdessen wollen sie uns unterstützen.

Doch in den Gesichtern der Menschen um uns herum ist zu erkennen: Sie sind voller Furcht und Angst, für ihr vorheriges respektloses Verhalten bestraft zu werden. Wie sollen wir sie so überzeugen mit uns zu kommen?

»Danke für eure Hilfe«, schalte ich mich sanft ein und die geballte Aufmerksamkeit der Leute richtet sich plötzlich auf mich. Halt suchend blicke ich zu Huoyan, der jedoch nur lächelnd nickt. War es die ganze Zeit sein Plan, mich als gütige Begleitung erscheinen zu lassen, und hat er deshalb diesen Kontrast erzeugt? Denn dies scheint meine Aufgabe zu sein: Ich bin diejenige, die diese Menschen von der Richtigkeit unseres Plans überzeugen soll, denn Huoyan macht keinerlei Anstalten weiterzusprechen.

Ich schlucke und schaue dann wieder in die Menge.

»Midländer«, spreche ich die versammelten Dorfbewohner an und nehme mir die Zeit, sie anzusehen. Mir die ausgemergelten Gestalten bewusst zu machen, die von Hunger geprägten Gesichter. Diese Menschen, die ich opfern und gleichzeitig retten möchte. Ich versuche mir jeden Einzelnen einzuprägen und den Moment in meinen Gedanken festzuhalten.

»Midländer«, wiederhole ich, »vor zwei Tagen standen der zukünftige Kaiser und ich bereits vor euch, als einfache Reisende. Nun sind wir zurück und beantworten die Frage, die ihr uns gestellt habt: weshalb wir die mystische Höhle aufgesucht haben.«

Die Menge scheint unter Schock zu stehen. Ich blicke in fassungslose Gesichter, einige murmeln immer wieder, als könnten sie es kaum glauben: »Der Kaiser. Der Kaiser!«

Gut, dass ich das Wort führe und sie sich trotzdem nur für Huoyan interessieren. Aber zumindest er scheint an meinen Lippen zu hängen, als ich fortfahre: »Ihr habt am eigenen Leib gespürt, dass es mit jedem Tag schwieriger wird, Midländer zu sein. Dass es mit jedem Jahr härter wird, als Mensch auf dieser sterbenden Welt zu überleben. Denn das ist es, was mit unserem Planeten geschieht: Er stirbt, während unsere Sonne verglüht. Es ist eine unumstößliche Wahrheit, der wir schon lange versuchen auszuweichen, doch es ist wahr, und wenn es so weitergeht, werden wir alle sterben.«

Ich bin überrascht, wie leicht es mir fällt, mit der Menge zu reden. Ob sich die Ausbildung der Drachenwahrer gelohnt hat? Ob ich in meinem vorherigen Leben mit Darius Reden geschrieben habe? Obwohl ich nur improvisiere und keine Ahnung habe, was ich tue, hören sich die Worte in meinen Ohren überzeugend an.

»Auf dieser Welt wird bald kein Überleben mehr möglich sein. Keiner von uns wird überdauern und es bricht mir das Herz, daran zu denken, dass die Erde, so wie sie ist, für uns und unsere Kinder keine Zukunft bietet.«

Ich mustere die Familien, die bei dieser Aussage schützend die Hände auf die Schultern ihrer Nachkommen legen.

»Aber genau das ist es, was wir brauchen: eine Zukunft. Einen Plan, diese Welt zu retten. Deshalb bin ich hier und deshalb war ich in der Höhle.«

Ein Raunen geht durch die Menge, als die Leute verstehen, dass ich tatsächlich in der Höhle *war*, um Hilfe gebeten habe und zurückgekehrt bin. Allein damit werde ich einige überzeugen, wird mir klar, denn ich habe die Weisheit des Drachen erhalten. Mich als würdig erwiesen. Sie haben selbst erlebt, wie unbarmherzig er sein kann, wie er Menschen aus ihren eigenen Reihen verschlungen hat oder was auch immer mit den Dorfbewohnern geschehen ist. Dass ich mich damit bewiesen habe ... Ich glaube, das beeindruckt die Dorfbewohner sogar noch mehr als Huoyans Status als Kronprinz.

»Das Wesen hat mir viele Tatsachen offenbart, die meine Sicht auf diese Welt veränderten«, spreche ich weiter, »aber was noch viel wichtiger ist: Es hat mir einen Weg gezeigt, wie wir überleben können. Wie nicht nur Midland, sondern die ganze Welt überdauern kann.«

Wie soll ich es ihnen erklären? Ich suche nach Worten, während die Menschen gebannt an meinen Lippen hängen. Die Dorfbewohner sind ehrfurchtsvoll erstarrt, jedoch nicht alle von ihnen.

Der Dorfvorsteher tritt einen weiteren Schritt auf uns zu und mustert mich skeptisch von oben bis unten. Verachtung spricht deutlich aus seinem Blick, als er kommentiert: »Ach ja? Wieso sollte das allwissende Wesen Midlands einer Atlaerin wie dir helfen?«

Sein Argwohn springt deutlich auf die anderen über. Misstrauische Blicke werden ausgetauscht, während Huoyan näher an mich herankommt. Ich sehe ihm an, dass er unsicher ist, ob er eingreifen soll. Beruhigend nehme ich seine Hand und erhebe dann wieder die Stimme: »Ich bin keine Atlaerin.«

Die Worte hallen über den Dorfplatz und ich erkenne die Verwirrung in den Augen der Bewohner. Der Vorsteher will protestieren, vermutlich behaupten, dass mein Aussehen unmöglich midländisch sein kann, aber ich komme ihm zuvor: »Ich bin eine Sternentochter.«

Kurz zögere ich. Ich wurde als Geheimwaffe erschaffen, niemand weiß, was es bedeutet, eine Sternentochter zu sein. Soll ich den Anwesenden alles verraten? Aber ich brauche sie auf unserer Seite und es spielt keine Rolle, ob jemand über dieses Geheimnis Bescheid weiß oder nicht. Entweder die Welt vergeht oder ich werde schon bald in den Krieg ziehen, wo man meine Existenz nicht mehr geheim halten kann.

»Die Drachenwahrer, die Gelehrten Midlands, erkannten bereits vor zwei Jahrzehnten die Gefahr der sterbenden Sonne und fanden einen Weg, die Sonne zu ersetzen: Sie erschufen mich, die erste Sternentochter.«

Nur dass das nicht funktioniert hat. Ich erkläre ihnen, wie die Drachenwahrer mich, Ri, zur Erde holten, und ziehe nach und nach ihre volle Aufmerksamkeit auf mich.

Noch immer fühlt es sich seltsam an, über mein vorheriges Leben Bescheid zu wissen, obwohl ich mich an nichts erinnere. Ob ich das je tun werde? Der Drache meinte, ich würde es, aber ich bin mir da nicht so sicher. Vor allem weiß ich nicht, ob ich das überhaupt will. Möchte ich mich daran erinnern, wie sehr ich Darius einst geliebt habe, während ich jetzt Huoyans Hand halte und mein Herz mich zu ihm zieht?

»Wie ihr wisst, konnte ich die Sonne bisher nicht ersetzen.«

Ich deute in die Richtung, in der der schwach glühende Ball vor Kurzem untergegangen ist. Ein Drachenwahrer hat mir einmal erzählt, dass man früher, als die Welt noch in Ordnung war, noch lange nach Sonnenuntergang einen hellen Streifen am Himmel beobachten konnte, eine Art Nachglühen, das sie hinterließ. Ich sehe jedoch nur Dunkelheit und das schwache Funkeln der Sterne.

»Von Geburt an trage ich keine Magie in mir«, gestehe ich die Wahrheit, für die ich mich jahrelang so sehr schämte. »In der Höhle fand ich heraus, dass der Zauber, mit dem die Drachenwahrer mich meinem Stern entrissen, den Himmel so sehr verärgerte, dass mir meine Magie verweigert wurde.«

Ich behalte für mich, dass Darius derjenige ist, der mir den Zugriff verweigerte und es noch immer tut. Dass er all die Jahre mitbekam, wie sehr mich die Drachenwahrer quälten, wie schlecht ich mich fühlte, und seine Kraft dennoch zurückhielt. Ein wenig verstehe ich ihn sogar. Er wollte nicht, dass die Drachenwahrer mich und meine Kräfte missbrauchen. Trotzdem schmerzt das Gefühl, dass er mich im Stich gelassen hat.

Bevor ich weiterrede, atme ich tief durch.

»Aber es gibt einen Weg, die Sterne zu besänftigen. Einen Weg, die Magie zugänglich zu machen und die Welt zu retten.«

Wenn ich an Darius' Verhalten denke, weiß ich nicht, ob er mir je erlauben würde seine Magie zu nutzen. Mich je unterstützen würde, wenn ich auf der Erde bliebe. Denn obwohl wir so viele Leben retten könnten, wären wir damit noch immer getrennt. Aber ich verschweige der Menge, dass womöglich nicht ich diejenige sein werde, die ihren Stern zur Erde bringt und eine neue Sonne erschafft. Wenn es Cai oder Changye gelingen würde, könnte es schon genügen …

»Sterne sind unsterblich, doch in Einsamkeit ist die Ewigkeit unerträglich. Wenn wir Ersatz für ihre fehlenden Begleiterinnen finden könnten …«

Manche Menschen verstehen sofort, was ich meine. Ich erkenne es in ihren besorgten Mienen, an ihren Händen, mit denen sie nach ihren Liebsten greifen und sich an ihnen festhalten. Alles hängt nun von mir ab. Von den Worten, die folgen. Wie erkläre ich ihnen, dass ihr Opfer notwendig ist? Gibt es eine Möglichkeit, sie davon zu überzeugen, dass diese Zukunft besser ist als das, was ihnen im schlimmsten Fall blüht?

»Wir sind hier, weil wir nach diesem Ersatz suchen«, verkündet Huoyan und einige Menschen weichen erschrocken zurück.

Ich runzle die Stirn angesichts dieser kalten Worte, aber er drückt sanft meine Hand. Ein Zeichen weiterzusprechen?

Nun verstehe ich, dass ich mit meiner anfänglichen Vermutung richtiglag. Er gibt den harten, unnahbaren Kaiser und ich soll die Menge überzeugen. Einsicht zeigen, Verständnis, bis vielleicht auch sie verstehen.

Und ich sollte mich damit beeilen, bevor ein wütender Mob auf uns losgeht.

»Wir suchen Freiwillige, die sich vorstellen können ihr altes Leben hier zu verlassen und ein neues Leben an der Seite eines Sterns zu beginnen«, erkläre ich mit weicher Stimme. »Wir werden niemanden zwingen.«

Bei meinem letzten Satz atmen viele in der Menge auf und einige bereits verkrampfte Fäuste lösen sich, wie ich erleichtert bemerke. Noch immer unterbricht mich niemand, also spreche ich weiter: »Die Begleiterin zu sein, bedeutet ein unsterbliches Leben an der Seite eines Sterns zu führen, ihm Gesellschaft zu leisten. Der Stern teilt mit seiner Begleiterin alles, was er hat, kümmert sich um sie und es wird ihr niemals körperliches Leid widerfahren. Es kann eine schöne und sorglose Zukunft sein. Dafür jedoch muss eine Begleiterin ihr altes Leben auf der Erde aufgeben.«

Obwohl ich mich nicht erinnern kann, weiß ich, dass mein Leben mit Darius so war: glücklich und sorglos. Es ist eine Gewissheit, die ich nicht belegen kann, dennoch ist sie da.

Erneut drückt Huoyan meine Hand und als ich ihn ansehe, fühle ich wieder das Flattern in meinem Bauch. Seine Augen sind sanft, doch hinter seiner offenkundigen Zuneigung bemerke ich auch die Eifersucht. Wie würde ich reagieren, wenn er mir offenbaren würde, dass er Jahrhunderte mit einer anderen geteilt hat?

»Ihr erzählt Märchen!«, ruft der Dorfvorsteher wütend und spuckt vor mir auf den Boden, was den zärtlichen Moment sofort beendet. Ich zucke unwillkürlich zusammen, als er seinen beiden Schwertkämpfern bedeutet auf uns loszugehen. Aber die Kämpfer zögern, genau wie die Menge. Wem werden sie glauben? Mir oder ihrem Vorsteher, den sie womöglich seit Jahrzehnten kennen? Ich schlucke und glaube bereits daran, dass wir versagen werden.

Da schält sich plötzlich eine weitere Gestalt aus der Masse und kommt auf uns zu.

32 三十二

Ri

»Es ist kein Märchen«, verkündet eine Stimme, die ich nur zu gut kenne, »es ist die reine Wahrheit.«

Ich frage mich, wieso ich ihn nicht schon längst entdeckt habe, denn Darius' Gestalt ist mir bereits jetzt bekannter als irgendein anderer Anblick. Er sieht mich an, während er auf uns zumarschiert. Nur kurz zuckt sein Blick nach unten zu meiner Hand, die mit Huoyans verschränkt ist. Unwillkürlich lasse ich den Prinzen los, während Darius sich an meine andere Seite stellt.

»D…Darius«, stottere ich und traue meinen Augen kaum, »was machst du hier?«

Bei meinen Worten wird sein Blick sanfter und er hebt die Hand an meine Wange, um mir eine Strähne meines roten Haars hinters Ohr zu streichen. Als er dabei meine Haut streift, kann ich einen wohligen Seufzer nicht unterdrücken, der ein Lächeln auf sein Gesicht zaubert. Sein Lächeln … Es geht mir durch und durch. Mein Herz klopft schneller und ich fühle die Verbindung zwischen uns wie einen Anker, der mich bei ihm hält.

»Was glaubst du denn, was ich hier mache?«, gibt Darius zurück, während ich meine Frage schon fast vergessen habe. »Ich helfe dir.«

Er ist hier, um mir zu helfen? Das lässt mich argwöhnisch die Stirn runzeln. Gestern noch hat er mir versichert meine Entscheidung, diese Welt zu retten, nicht zu unterstützen. Er schien um jeden Preis verhindern zu wollen, dass ich ihn wieder verlasse, ohne Rücksicht darauf, was ich möchte. Aber jetzt ist er hier, an meiner

Seite. Hat er eingesehen, dass dies der richtige Weg ist? Mein Herz ist völlig verwirrt, denn zuvor war es wegen seiner Ignoranz einfacher, ihn abzulehnen, obwohl mir jeder seiner Blicke eine Gänsehaut beschert. Gleichzeitig bin ich mir Huoyans Präsenz auf meiner anderen Seite nur allzu bewusst.

»Ich bin ein Stern«, richtet Darius das Wort an die Dorfgemeinschaft, die ihn argwöhnisch betrachtet, »*ihr* Stern.«

Er sieht mich wieder an und die Intensität seines Blicks lässt mich schlucken.

»Ri …«, setzt Huoyan an und ich fühle mich hin- und hergerissen.

»Und das sollen wir glauben?«, unterbricht der Dorfvorsteher uns. »Dass dieser Atlaer ein Stern ist?«

Anklagend zeigt er auf Darius, der zugegebenermaßen sehr menschlich und wie einer unserer Feinde aussieht. Selbst ich wollte anfangs nicht glauben, dass er mein Stern ist. Wenn ich die Verbindung zu ihm nicht gefühlt hätte …

»Ich bin ein Stern«, wiederholt Darius fest und fixiert mit seinem Blick den Vorsteher. Diesmal belässt er es jedoch nicht bei Worten, sondern liefert der Menge eine Demonstration. Auch ich schnappe nach Luft, als Darius plötzlich beginnt von innen heraus zu glühen. Es wirkt, als würde das Licht aus jeder Pore seines Körpers scheinen, und er ist hell genug, dass es fast blendet.

Das ist also die Magie eines Sterns. *Die Magie, die er mir verweigert hat,* denke ich bei einem Anflug von Bitterkeit. Als er mich ansieht und meine Hand nimmt, um eine Flamme hineinzusetzen, die auf meiner Handfläche weiterbrennt, kann ich ihm jedoch nicht mehr böse sein. Ich erkenne das schlechte Gewissen in seinen Augen und mein Herz hat längst entschieden, dass es ihm die Möglichkeit geben wird, es wiedergutzumachen.

Während wir uns ansehen, bekomme ich die aufgeregten Ausrufe der Menge kaum mit, aber Darius bricht den Blickkontakt schnell.

»Ein Stern!«, ruft eine Frau ehrfürchtig, während andere nur Laute des Erschreckens oder Erstaunens von sich geben.

»Ich will auch leuchten!«, höre ich ein kleines Mädchen sagen und muss lächeln. Im Geiste stimme ich ihr zu, während die Flamme auf meiner Handfläche ohne Darius' Magie langsam erlischt. Ich möchte das auch.

»Die Ewigkeit ist nicht immer leicht«, erklärt Darius fest, »besonders, wenn man sie allein verbringt.«

Bei diesen Worten schenkt er mir einen wehmütigen Blick, der mir wieder ein schlechtes Gewissen beschert. Ich habe ihn allein gelassen … Beim ersten Mal unfreiwillig, aber gestern nur allzu bewusst.

»Jeder Stern bietet seiner Begleiterin alles, was er hat«, fährt er fort, »sie wird unsterblich sein und nie an Hunger, Kälte oder Krankheiten leiden. Ich weiß, dass es schwer ist, sein gekanntes Leben zu verlassen, aber ich hoffe, dass sich einige von euch vorstellen können einen neuen Anfang zu wagen. Was wir suchen, sind freiwillige Frauen und auch Männer, die mit uns kommen möchten.«

Der letzte Satz lässt mich verwirrt die Stirn runzeln.

»Männer?«, hake ich so leise nach, dass nur Darius mich hören kann. Er grinst mich verschmitzt an.

»Nun, dass es bisher nur Begleiterinnen gibt, liegt daran, dass zu jener Zeit nur menschliche Frauen existierten. Viele Sterne wünschen sich einfach einen Weggefährten, da spielt das Geschlecht keine Rolle. Andere sind allgemein mehr an Männern interessiert.«

Darius zuckt mit den Achseln.

»Das wird die Anzahl von Freiwilligen womöglich erhöhen. Das ist doch der Plan, oder?«

Seine braungrünen Augen bohren sich in meine und für einen kurzen Moment kann ich nicht atmen, so gebannt bin ich von seiner Nähe.

»Du warst in diesem Plan nicht vorgesehen«, stellt Huoyan grimmig fest und ich zucke zusammen. Den Prinzen hatte ich gerade doch tatsächlich vergessen. Ich fühle mich schuldig, als ich die Eifersucht in seinem Blick erkenne. Am liebsten möchte ich nach seiner Hand greifen und ihm versichern, dass es keinen Grund dafür gibt. Aber ist es die Wahrheit?

Meine Gefühle für ihn gehen tief, aber ich habe Jahrhunderte mit Darius geteilt. Mein Kopf mag sich an nichts davon erinnern, aber mein Herz und mein Körper spüren es deutlich. Es fällt mir schwer, meine Gefühle zu ordnen. Schwer, mich selbst zu verstehen. Ist es möglich, zwei Männer gleichzeitig zu lieben?

Mein Gewissen möchte mich überzeugen, dass das, was ich für Darius empfinde, nur ein Nachhall aus einem alten Leben ist, aber ich bin mir da nicht so sicher. Nur an meinen Gefühlen für Huoyan zweifle ich nicht. Obwohl, wenn sie nicht stark genug sind diese Verbindung zu Darius zu verdrängen …

»Wie viele Sterne gibt es?«, reißt mich die Frage einer jungen Frau aus den Gedanken. Während ich mit mir selbst beschäftigt war, sind die Dorfbewohner in heftige Diskussionen ausgebrochen. Ich habe nicht einmal mitbekommen, dass Darius seinen Platz an meiner Seite verlassen hat, um sich unter die Leute zu mischen und Fragen zu beantworten. Auch Huoyan steht nicht mehr neben mir, sondern unterhält sich mit dem Dorfvorsteher, der heftig gestikulierend seine Ablehnung gegen uns und unsere Geschichte kundtut. Aber es ist zu spät, die Menschen haben Darius und seine Magie gesehen und wenn sie das nicht überzeugen konnte, weiß ich auch nicht, was es täte.

Ich stehe nun allein in der Mitte des gefüllten Platzes. *Nicht ganz allein*, korrigiere ich mich. Denn die junge Frau, die gerade ihre Frage stellte, hat offensichtlich mich an Darius' Stelle auserkoren, um sie zu beantworten. Hinter ihr stehen noch einige weitere Frauen und Männer, die auf meine Antwort zu warten scheinen. Es überrascht mich, dass sie nicht zu Darius gehen, aber er wird von Fragestellern geradezu überrannt. Womöglich möchten sie auch eher die Perspektive einer Begleiterin kennenlernen … Schließlich hatte ich die Rolle, die sie einnehmen sollen, lange inne. Ich verfluche mein verlorenes Gedächtnis, denn solange ich mich nicht an die Zeit erinnere, werde ich ihre Fragen auch nicht ausreichend beantworten können.

Nun, wenigstens ist die erste Frage einfach.

»Tausende«, antworte ich der Frau. »Wie viele genau, kann ich dir nicht sagen. So viele Sterne, wie nachts am Himmel stehen.«

Wir sehen beide nach oben. Wegen der Fackeln, die den Dorfplatz erhellen, sind jedoch kaum Sterne zu erkennen.

»Wie wählen sie ihre Begleiterin aus?«, möchte die Frau als Nächstes wissen und streicht sich dabei verlegen das dunkle Haar auf einer Seite zurück. Auf der anderen fällt es ihr noch immer ins Gesicht und es wundert mich, dass es sie nicht stört, bis ich die lange Narbe entdecke, die darunter kaum sichtbar ist. Nun verstehe ich. Hat sie tatsächlich Angst, dass ein Stern sie wegen dieser Narbe ablehnen könnte?

»Jeder von euch kann mit uns kommen. Natürlich kann ich niemandem versprechen von einem Stern auserwählt zu werden, aber jeder Stern ist unterschiedlich und sucht nach einer anderen Begleiterin. Und bis ihr ausgewählt werdet, habt ihr eine sichere Unterkunft in der Höhle, wo es euch an nichts fehlen wird.«

Ich hoffe, dass ich dieses Versprechen auch tatsächlich einhalten kann. Zumindest vermute ich, dass der Drache sich um die Freiwilligen kümmern wird. Nein, ich vermute es nicht nur – ich werde es ihn schwören lassen, bevor ich die Menschen in seine Hände gebe.

»Sternentochter«, spricht mich eine andere Frau an, »wie sind die Sterne?«

Ihr Blick zuckt unsicher hin und her. Selbst im flackernden Schein der Fackeln kann ich erkennen, dass ihre Lippe aufgeplatzt ist und ihre Arme mit blauen Flecken übersät sind.

»Niemals würden sie einer Begleiterin Gewalt antun«, versichere ich ihr und möchte ihr am liebsten befehlen mitzukommen. Ihr Anblick erfüllt mich mit einer perfiden Erleichterung. Noch immer habe ich Gewissensbisse, weil wir dieses Opfer erbringen müssen, aber bei ihr fühlt es sich mehr wie eine Rettung an. Obwohl ich mich nicht an meine Zeit mit den Sternen erinnere, weiß ich genau, dass keiner von ihnen seiner Gefährtin jemals körperlich schaden würde.

»Warum auch Männer?«, fragt ein Bewohner hinter der Frau misstrauisch und ich wiederhole Darius' Erklärung. Je länger ich mit den Menschen rede, desto mehr kommen hinzu, die mir Fragen stellen und alles erfahren wollen. Viele wirken interessiert und das erfüllt mich mit Hoffnung.

Ich weiß nicht, wie viel Zeit vergeht, bis ich Huoyans Hand an meinem Arm spüre. Als ich ihn überrascht ansehe, lächelt er, aber das Lächeln erreicht seine Augen nicht.

»Ri, es ist genug«, meint er sanft und erst da fühle ich die Erschöpfung in meinen Knochen. Wir sind den ganzen Tag geritten und die Nacht ist bereits weit fortgeschritten. Ich kann ein Gähnen kaum unterdrücken, jetzt, wo er mich auf meine Müdigkeit aufmerksam gemacht hat.

Dennoch will ich protestieren, denn noch immer werde ich von Menschen umringt. Möglichen Freiwilligen, die ich überzeugen muss. Je mehr ich überzeuge, desto länger ist Midland sicher. Ich muss …

»Sie wissen doch alle schon, dass sie sich freiwillig melden werden«, behauptet Huoyan leise, sodass nur ich ihn höre. »Sieh sie dir an.«

Tatsächlich erkenne ich in den Augen der Menschen Überzeugung und Abenteuerlust, keine Zweifel. Er hat recht. Ihre Fragen basieren ausschließlich auf Interesse, nicht Unsicherheit.

»Können wir dir morgen auf dem Weg weitere Fragen stellen?«, möchte ein Mädchen wissen, das offenbar mitbekommen hat, dass Huoyan die Runde beenden möchte.

Morgen auf dem Weg. Das heißt, sie wird mitkommen! Erleichterung breitet sich in mir aus, als ich nicke.

Ich weiß nicht, wie Huoyan es noch schafft, so laut zu reden, aber seine Stimme hallt über den ganzen Platz, als er verkündet: »Wir treffen uns morgen früh mit allen Freiwilligen hier, auf diesem Platz. Gemeinsam werden wir zur Höhle gehen und diese Welt retten!«

Seine letzten Worte zaubern ein begeistertes Lächeln in die Gesichter der meisten Anwesenden. Tatsächlich haben einige Dorfbewohner den Platz bereits verlassen, vermutlich die Zweifler. Auch der Dorfvorsteher ist verschwunden.

Die Menge um uns löst sich langsam auf, als Darius zu mir und Huoyan kommt. Der Blick des Prinzen ist finster, als er den Stern betrachtet, was Darius nicht freundlicher erwidert. Besorgt beiße ich mir auf die Unterlippe, denn die Situation verunsichert mich. Wie stellt man den Geliebten seines früheren Lebens dem Mann vor, mit dem man die letzte Nacht verbracht hat?

Eine Vorstellung scheint jedoch nicht nötig zu sein.

»Du bist also Huoyan«, meint Darius und mustert den Prinzen von oben bis unten.

»Und du Darius«, gibt dieser kalt zurück, bevor er sich wieder mir zuwendet. Die Wärme in seinem Blick steht in starkem Kontrast zu seinem Verhalten gegenüber Darius.

»Du gehörst ins Bett«, stellt er sanft fest und lenkt mich in Richtung unserer Pferde. Der Gedanke an meine, die Tage zuvor noch so unbequem wirkende, Schlafmatte erfüllt mich mit Sehnsucht und diesmal muss ich wirklich gähnen. Dennoch blicke ich zurück zu Darius, der auf dem Dorfplatz stehen geblieben ist und nachdenklich wirkt. Wo wird er die Nacht verbringen?

»Kommst du?«, fragt Huoyan ihn an meiner Stelle und ich weiß nicht, ob mein Stern oder ich überraschter darüber sind, dass der Prinz ihn eingeladen hat. Trotz der höflichen Geste wirkt Huoyan noch immer nicht glücklich über seine Anwesenheit oder gar seine Existenz. Dass er eifersüchtig ist, ist ihm deutlich anzusehen und ich kann es ihm auch nicht übel nehmen. Dennoch reißt er sich zusammen und bedeutet Darius mit einer Geste uns zu folgen.

Fragend sieht mein Stern mich an und ich zucke mit den Achseln. Ich bin zu müde, um mir Gedanken darüber zu machen, was Huoyan vorhat. Falls er überhaupt Hintergedanken hat. Darius ist ein Stern, er kann selbst auf sich aufpassen, da bin ich mir sicher.

Zu dritt gehen wir zu den Pferden und ich gähne auf dem Weg mehrfach. Der lange Tag macht sich bemerkbar und ich stütze mich unwillkürlich auf Huoyan, der an meiner Seite geht und noch völlig wach zu sein scheint. Bei unseren Pferden angekommen, die noch immer ruhig in ihrem Versteck stehen, ist er es, der sie auf eine Lichtung führt und die Bambusmatten aus den Satteltaschen packt, während ich ihn nur aus halb geschlossenen Augen beobachte. Darius, der hinter mir steht, weiß offenbar nicht, was er davon halten soll, aber nach einem Moment hilft er Huoyan.

»Schlaf«, meint Huoyan, als er meine Schlafmatte ausgebreitet hat. Ein wenig unschlüssig sehe ich von ihm zu Darius und frage mich, ob ich die beiden noch irgendwie miteinander vertrauter machen sollte. Ob ich wirklich schlafen gehen kann, auch wenn die Ablehnung der beiden Männer so offensichtlich ist.

»Gute Nacht«, pflichtet Darius Huoyan bei und schließlich füge ich mich. Ich kann kaum die Augen aufhalten, da könnte ich vermutlich auch nicht viel bezwecken, wenn die beiden doch noch einen Streit anzetteln sollten. Sie sind erwachsene Männer, sie werden schon klarkommen.

Mit einem letzten prüfenden Blick auf die beiden lege ich mich auf die Matte und schlafe ein, sobald mein Kopf den Boden berührt.

33 三十三

Darius

Die Stille ist unangenehm. Für eine Weile betrachten der midländische Prinz und ich Minas schlafende Gestalt und ich muss mich zurückhalten meiner Eifersucht keine Luft zu machen. Sie wirkte so erschöpft, so müde. Ich bin nicht selbstsüchtig genug, um ihren wohlverdienten Schlaf zu stören.

Stattdessen bleibe ich ruhig und beobachte den Prinzen argwöhnisch. Es gefällt mir nicht, wie er sie ansieht, mit einer Zärtlichkeit, die mir zeigt, dass er starke Gefühle für meine Begleiterin hegt. Am liebsten möchte ich ihn vertreiben, ihm den Anblick meiner geliebten Mina verbieten, doch innerlich weiß ich, dass ich kein Recht dazu habe.

Noch mehr missfällt mir, wie *sie* ihn ansieht. Die beiden gehen so vertraut miteinander um, stehen sich so nahe. Ich weiß, dass seine Gefühle nicht einseitig sind. Von dem Gedanken wird mir übel und ich möchte am liebsten den Kopf in meinen Händen vergraben, doch diese Blöße möchte ich mir vor dem Prinzen nicht geben. Außerdem könnte ich dann nicht Mina ansehen und genießen sie endlich wieder in meiner Nähe zu haben, obwohl uns noch so viel trennt.

Aber was genau bedeutet ihr der Prinz? Ich weiß, dass ihre Gefühle für mich anders sind als noch vor siebzehn Jahren. Ich weiß, dass sie und er gute Freunde sind. Doch der Gedanke, dass sie ihn lieben könnte ... Allein die Möglichkeit bricht mir ein wenig das Herz und erfüllt mein Innerstes mit Schmerz.

Ich wünsche mir meine Mina zurück und die Zeit, bevor wir voneinander getrennt wurden. Ich will, dass sie diesen Prinzen vergisst und mich liebt wie früher. Doch wird das jemals passieren? Meine Gefühle für sie sind unverändert, aber ihr Herz hat sich gewandelt, das merke ich deutlich. Ich bin ihr bei Weitem nicht so wichtig wie damals. Ob sie überhaupt gemerkt hat, dass sie meinen Stern nicht mehr am Himmel sehen kann, jetzt, wo ich auf der Erde bin?

Noch immer rührt sich der Prinz nicht, betrachtet ebenso wie ich die Frau, die wir beide lieben, statt selbst schlafen zu gehen. Was bezweckt er damit? Er ist ein Mensch, er braucht seinen Schlaf. Wieder wallt Eifersucht in mir auf. Mir gefällt es nicht, dass wir beide ihren ruhigen Atemzügen lauschen und uns beide wünschen, an ihrer Seite zu liegen. Ich kann ihm ansehen, dass er genauso gerne die Arme um sie schlingen würde wie ich. Doch wen von uns wird Mina wählen? Das ist der Gedanke, der mir am meisten Angst macht. Ich muss glauben, dass ich es bin.

Schließlich räuspert sich der Prinz und ich blicke ihn überrascht an. Die Schatten unter seinen Augen zeugen von seiner Müdigkeit, als er verkündet: »Darius, ich möchte mit dir sprechen.«

Obwohl er auf Minas anderer Seite auf seiner Bambusmatte sitzt und seine Stimme leise ist, kann ich ihn in der Stille der Nacht gut hören, ohne dass wir Gefahr laufen, sie zu wecken. Wobei ich zunehmend bezweifle, dass irgendetwas in diesem Moment meine Begleiterin wecken könnte. Ihre ruhigen Atemzüge weisen auf ihren tiefen Schlaf hin.

»Worüber?«, frage ich den Prinzen verwirrt und hebe skeptisch die Augenbrauen. Will er sein Revier abstecken? Anspruch auf Mina erheben? Vermutlich ist das der Grund, weshalb er nicht längst schläft. Nun, mein Anspruch auf sie ist älter als die Menschheit, deshalb glaube ich nicht, dass er mir in dieser Hinsicht das Wasser reichen kann.

Der Prinz überrascht mich jedoch. Er seufzt tief, bevor er bittet: »Versprich mir, dass du gut auf sie achtgeben wirst.«

Irritiert blinzle ich und ziehe die Stirn in Falten.

»Wie bitte?«

Erneut seufzt der Prinz und sein Blick ist voller Schmerz, als er erklärt: »Ich möchte, dass du mir versprichst, dass ihr nie ein Leid geschehen wird. Dass es ihr nie an etwas fehlen wird. Dass das, was du den Dorfbewohnern erzählt hast, wahr ist und du stets ihr Wohl über dein eigenes stellen wirst.«

Es dauert einen Augenblick, bis die Worte in meinen Verstand sickern. Er möchte was? Die Bitte des Prinzen beeindruckt mich ungewollt. Er versucht nicht mich zu verdrängen, sondern hat längst akzeptiert, dass Mina sich für mich entscheiden wird. Ich kann ihm ansehen, wie sehr ihn dieses Wissen schmerzt. Er zittert ein wenig, trotz der Stärke, die in seiner Stimme liegt. Er lässt sie tatsächlich gehen.

»Ich könnte es nicht ertragen, wenn ... wenn ich nicht wenigstens wüsste, dass es ihr gut geht.«

Sein Großmut verblüfft mich. Ich weiß nicht, ob ich Mina je gehen lassen könnte. Zwar habe ich beschlossen, dass wir diese Welt gemeinsam retten müssen, aber damit trennen wir uns nur für wenige Jahre, nicht für immer. Er jedoch scheint ihre Wünsche über seine eigenen zu stellen und ich muss zugeben, dass Mina einen schlechteren Mann hätte wählen können, um mit ihm ihre Zeit auf der Erde zu verbringen.

»Bitte«, fügt der Prinz flehend hinzu und streckt die Hand aus, um Mina eine Strähne ihres kupferroten Haars aus dem Gesicht zu streichen. Sein Blick ist so voller Zärtlichkeit, voller Zuneigung. Es muss ihn unendliche Überwindung kosten, mit mir über sie zu sprechen, und doch tut er es.

Endlich verdränge ich die Überraschung und finde meine Stimme wieder.

»Ich würde Mina jeden Wunsch erfüllen«, verkünde ich ernst, »ich würde alles für sie tun und niemals zulassen, dass es ihr an etwas fehlt oder dass es ihr schlecht geht. Ich schwöre es.«

Der Prinz nickt mit einer Mischung aus Schmerz und Erleichterung in seinem Gesicht.

»Ihr Name ist Ri«, korrigiert er mich dann. »Für dich ist sie noch die Mina aus einem anderen Leben, aber auch dieses Leben hat sie geprägt. Dieses Mal ist sie Ri. Versuch nicht, sie zu jemandem zu machen, der sie nicht ist.«

»Ri«, stimme ich leise zu, obwohl ich das noch immer nicht glauben möchte. Sie ist noch immer Mina. Ich habe sie jahrelang von meinem Stern aus beobachtet und meine Begleiterin in ihren Gesten und Handlungen wiedererkannt. Dieser Gedanke stimmt mich zuversichtlicher, dass auch ihre Gefühle für mich noch immer da sein sollten.

»Warum gibst du sie so einfach auf?«, frage ich den Prinzen, bevor ich mich zurückhalten kann. Ich sollte sein Geschenk akzeptieren, statt es infrage zu stellen. Aber ich verstehe ihn nicht. Heute erst habe ich mir geschworen um jeden Preis um Mina zu kämpfen. Warum überlässt er sie mir ohne jegliche Gegenwehr? Ohne jeden Versuch, sie für sich zu gewinnen?

Der midländische Prinz seufzt erneut.

Ohne den Blick von Mina zu nehmen, antwortet er: »Sie hat dich Jahrtausende geliebt. Dagegen ist die Zeit, die wir geteilt haben, nur ein Wimpernschlag. Ich wünschte mir, glauben zu können, dass sie dennoch bleiben will, nur …«

Er führt den Satz nicht zu Ende, aber sein verzweifelter Gesichtsausdruck weckt mein Mitleid. Beinahe will ich ihm Hoffnungen machen, ihm sagen, dass es noch immer ihre Entscheidung ist. Doch ich hoffe viel zu sehr, dass er recht hat.

Eine Weile schweigen wir beide, bevor der Prinz sich schließlich hinlegt. Im Sternenlicht kann ich beobachten, wie er sich hin und her wälzt, bis er sich schließlich den Träumen ergibt. Ich jedoch schlafe nicht, sondern wache über Mina und staune darüber, endlich wieder bei ihr sein zu dürfen.

34 三十四

Ri

Die marmornen Säulen des Tempels dienen mir als Versteck, als ich beobachte, wie die Sterne in unsere Stadt einziehen. Die Erde hat uns von ihrem Besuch erzählt, ebenso wie von ihrem Plan, unter uns Menschen Begleiterinnen für die Ewigkeit zu finden. Ich jedoch werde nicht dazugehören und bin froh darüber. Aber obwohl ich wie meine Ordensschwestern überzeugt von unserem Ziel bin, unser Leben ausschließlich dem Glauben und der Reinheit des Geistes zu widmen, bin ich neugierig auf unsere Besucher.

Es sind Tausende von Männern, die in einer großen Gruppe durch die Straßen unserer Stadt laufen. Noch nie habe ich einen Mann gesehen. Ich bin fasziniert von den Bartstoppeln, der flachen Brust, den breiten Schultern.

Am meisten fasziniert mich der Stern mit den braungrünen Augen, der nicht mit seinen Brüdern lacht, sondern ebenso aufmerksam die Umgebung beobachtet wie ich die Sterne. Zu aufmerksam. Ich hole scharf Luft und wirbele hinter die Säule des Tempels zurück, doch es ist bereits zu spät: Der Stern hat mich entdeckt und ich habe das Interesse in seinen Augen aufblitzen sehen.

Als ich keuchend erwache, blicke ich in genau das Paar braungrüne Augen, das mich auch in meinen Träumen verfolgt hat. Obwohl ich Darius' Nähe nicht erwartet habe, erschrecke ich nicht. Er steht über mich gebeugt, die Hand nach meiner Schulter ausgestreckt, offenbar um mich zu wecken.

Zu wecken aus einem Traum, der sich wie eine Erinnerung angefühlt hat. Sein Blick bohrt sich in meinen und verstärkt meine inneres Chaos, als ich leise frage: »War Mina Mitglied in einem Tempel?«

Die Überraschung in seinem Blick mischt sich mit einer herzerweichenden Hoffnung, die mir Antwort genug ist.

»Du erinnerst dich?«, will er wissen und mustert mich prüfend. Was erwartet er? Glaubt er, ich werfe mich glücklich in seine Arme, weil ich mich an unser Kennenlernen erinnere? Das werde ich bestimmt nicht tun.

»Nur ein Traum«, korrigiere ich ihn. Enttäuscht richtet Darius sich auf und seufzt, was mich beinahe verärgert. Es ist nicht meine Schuld, dass ich mich an nichts erinnere. Gleichzeitig frage ich mich, wie er reagieren würde, wenn ich von der Zither oder dem Zauber aus meinen letzten Träumen erzählen würde …

»Die Sonne geht gleich auf«, meint er und ich blicke zum Horizont, der noch völlig schwarz ist. Nicht dass mich das überraschen würde – unsere Sonne ist zu schwach, um ihre Ankunft in irgendeiner Art anzukündigen. Deshalb frage ich mich, woher Darius von ihrem Aufgehen weiß. Nun, er ist ein Stern, vermutlich geht magisches Wissen über Himmelskörper damit einher.

Ich nicke nur und setze mich auf, während Darius zu Huoyan geht, um ihn zu wecken. Die Geste erstaunt mich. Gestern benahmen sie sich noch so feindselig, dass ich gedacht hätte, ich müsste als Mittelsfrau für jegliche Kommunikation dienen. Als Huoyan blinzelnd erwacht, wirkt er Darius gegenüber ebenfalls nicht ablehnend. Die beiden scheinen sich irgendwann letzte Nacht halbwegs miteinander versöhnt zu haben, was mich erleichtert. Meinen verwirrenden Gefühlen dagegen hilft es kein bisschen, denn es ist seltsam, zwei Männer anzusehen, nach denen sich mein Herz aus unterschiedlichen Gründen sehnt.

Ich verdränge die Verwirrung und stehe auf, um meine Sachen zu packen. Darius hatte recht, nach wenigen Minuten geht die Sonne auf und wir führen unsere Pferde schweigend zurück zum Dorfplatz. Überrascht erkenne ich, dass einige junge Frauen und auch Männer bereits auf uns warten.

»Sie sind tatsächlich gekommen«, murmelt Huoyan neben mir und ich muss grinsen.

»Was hast du erwartet? Dass gestern völlig umsonst war?«

Er zuckt mit den Schultern und ich muss zugeben, dass auch ich die Angst hegte, dass wir heute allein zurück zur Höhle reisen würden. Aber auf dem Platz warten bereits zwanzig Menschen, zu denen wir uns gesellen, und es werden immer mehr. Auch die kaiserlichen Wachen befinden sich bereits dort, aber Huoyan schickt sie sofort weg, damit sie die Dorfbewohner nicht einschüchtern. Tatsächlich werden es danach immer mehr Freiwillige, die uns begleiten wollen. Mit jeder Person, die dazukommt, habe ich das Gefühl, ein Gewicht auf meiner Brust würde stückchenweise verschwinden. Sie alle erkaufen Midland etwas mehr Zeit, eine Zukunft, von der ich bereits befürchtete, dass sie aussichtslos sei.

Lange kann ich nicht darüber nachdenken, denn wie gestern Abend geraten Darius und ich schnell ins Zentrum der Aufmerksamkeit und die Dorfbewohner überhäufen uns mit Fragen. Sogar mit Huoyan wollen einige Menschen sprechen und ich spüre einen Stich der Eifersucht, als eine hübsche junge Frau sich an ihn wendet. Zwar hat er keine Erfahrung mit Sternen, aber es scheint, als wären die Menschen wegen seiner Rolle als zukünftiger Kaiser neugierig auf ihn.

Als die Sonne schon ein gutes Stück weiter nach oben gewandert ist und keine weiteren Menschen zu unserer Gruppe dazugestoßen sind, verkündet Darius: »Lasst uns gehen.«

Er unterbricht damit mein Gespräch mit einer Dorfbewohnerin über Lebensmittel auf einem Stern, wozu ich dank meines fehlenden Gedächtnisses nicht wirklich etwas sagen konnte. Erleichtert entschuldige ich mich bei der Fragestellerin und schließe mit meinem Pferd, das ich an der Hand führe, zu Darius auf, der vorausgeht und den Platz verlässt. Zu meinem Erstaunen begleiten uns tatsächlich etwas mehr als hundert Menschen. Das bedeutet, mehrere hundert Jahre, in denen Midland sicher ist ... Ich kann ein stolzes Lächeln nicht unterdrücken, als ich daran denke, dass wir diese Welt tatsächlich gerettet haben. Oder uns zumindest viel Zeit und eine Zukunft erkaufen können.

»Kennst du den Weg?«, frage ich Darius, der daraufhin mit den Achseln zuckt.

»Ich kann spüren, wo die Höhle ist. Ob wir dabei auf dem Weg bleiben ...«

Ich verdrehe die Augen.

»Lass Huoyan vorausgehen, er hat eine Karte.«

Der harte Zug um Darius' Mund verrät mir, dass es ihm nicht gefällt, dass ich ihm Huoyan vorziehe. Dabei handelt es sich doch nur um so etwas Banales wie Orientierung ... Aber scheinbar geht es ihm ums Prinzip, denn Darius greift nach meiner Hand, als müsste er durch eine Berührung zeigen, dass ich dennoch zu ihm gehöre.

Tatsächlich unterdrücke ich nur mit Mühen ein Aufseufzen, als seine Finger meine streifen und sich dann um meine Hand schließen. Es ist, als würde sich mein Körper an das Gefühl erinnern. Seine Haut an meiner ist mir so vertraut ...

»Ri?«, reißt mich Huoyans Stimme aus dem Moment und abrupt winde ich meine Hand aus der von Darius. Unwillkürlich vergleiche ich die beiden miteinander, das Gefühl von eben und das von gestern, als ich Huoyans Hand hielt. Es war anders, daran besteht kein Zweifel. Anders, aber dennoch schön und ... Meine Gefühle sind ein Rätsel für mich.

»Ja?«, frage ich den Prinzen nach einem Räuspern. Er lächelt und doch liegt eine unendliche Traurigkeit in seinen Augen, die mich schlucken lässt. Er blickt von mir zu Darius und seufzt dann.

»Ein Mann hat mich gefragt, ob man auf einem Stern auf nacktem Stein lebt oder wie das funktioniert«, erklärt er, »ich habe keine Ahnung.«

»Nun, die meisten von uns haben ein Haus ...«, setzt Darius an, aber Huoyan schüttelt den Kopf.

»Kannst du es erklären?«, bittet er meinen Stern und Darius nickt. Ohne ein weiteres Wort lässt er sich in die Menge zurückfallen, um sich mit den Leuten, die uns folgen, zu unterhalten.

»Ich wollte dich ohnehin bitten, darauf zu achten, dass wir den richtigen Weg wählen«, meine ich und wieder zeigt Huoyan dieses seltsame Lächeln, das deutlich macht, dass er alles andere als glücklich ist.

»Huoyan ...«, murmle ich, aber er schüttelt den Kopf.

»Lass mich«, entgegnet er, »ich erkenne doch, wie du ihn ansiehst. Mach mir keine Versprechen, die du nicht halten kannst, Ri. Ich werde schon drüber hinwegkommen ...«

Seine Worte verschlagen mir die Sprache. Spielt es etwa keine Rolle mehr, was wir miteinander geteilt haben? Ja, ich fühle etwas für Darius, aber auch für Huoyan. Wieso kann er das nicht sehen?

Allerdings ... Kann ich ihm wirklich Hoffnungen machen, obwohl ich soeben meinen Stern wiedergefunden habe, den ich Jahrtausende geliebt habe?

»Huoyan ...«, versuche ich es erneut. Diesmal unterbricht mich jedoch die junge Frau mit der Narbe, die bereits gestern mit mir gesprochen hat.

»Ri, könntest du mir erzählen, was uns im Inneren der Höhle erwartet?«

Ich möchte sie abwimmeln, aber ich bin unwillkürlich langsamer geworden und Huoyan ist vorangegangen, ohne zu warten. Er wirft einen Blick zu mir zurück, der so voller Schmerz ist, dass es mir die Luft abschnürt. Er hat recht und doch unrecht. Ich verstehe die Welt, ich verstehe mich selbst aber nicht mehr. Doch es ist eindeutig, dass er in diesem Moment nicht mit mir reden möchte.

»Natürlich«, antworte ich der jungen Frau und konzentriere mich lieber auf sie als das Chaos in meinem Inneren, das sich anfühlt, als würde es für immer bleiben.

35 三十五

Ri

Obwohl wir zu Fuß gehen, statt zu reiten, und der Weg nicht gerade kurz ist, erreichen wir die Höhle des Drachen noch am selben Tag. Die Sonne ist bereits vor etwas mehr als einer Stunde untergegangen, aber keiner hat die Möglichkeit angesprochen, eine Pause zu machen oder ein Nachtlager aufzuschlagen. Wir wussten, dass unser Ziel nahe ist, und die anderen wirken viel zu aufgeregt, um sich ausruhen zu wollen.

Vor allem sind sie voller Neugier auf ihr neues Leben, ihre neue Zukunft. Es erleichtert mich ungemein, das mitzubekommen. Zwar kenne ich keinen von ihnen näher, aber ich weiß auch, dass sie vieles zurücklassen. Freunde, Familie, ihr Zuhause. Alles, was sie kannten. Mich beeindruckt, dass die Angst vor dem Unbekannten sie nicht völlig überwältigt, sondern sie mit Hoffnung in die Zukunft blicken.

Mich verblüfft insbesondere, wie viel Faszination die Menschen für ihr neues Leben aufbringen. Ich hatte den ganzen Tag über keine weitere Gelegenheit, mit Darius oder Huoyan zu sprechen. Da diese Menschen sich für uns opfern, ist es das Mindeste, ihre Fragen nach bestem Wissen zu beantworten. Dennoch habe ich die Aufmerksamkeit beider Männer auf mir gespürt. Darius' Blicke sprachen wortlos von Vertrauen und Zuversicht. Huoyans Augen dagegen waren erfüllt von Schmerz und Verzweiflung. Haben die beiden längst für mich entschieden, wie meine persönliche Zukunft aussehen wird? Es scheint jedenfalls, als wären sie sich einig.

Als die Höhle des Drachen und der glühende Schriftzug über ihrem Eingang in Sicht kommen, schnappen einige Menschen um mich nach Luft. Auch mich beeindruckt wieder einmal das goldene Leuchten der Schrift, während ihr Inhalt mich weniger abschreckt als beim ersten Mal. *Das Orakel hilft nur den Würdigen.* Nun, wir sind dabei, diesen Planeten zu retten, also wenn wir nicht würdig sind ... Ich bin mir sicher, dass der Drache uns helfen wird.

Die meisten um mich gehen unwillkürlich langsamer, je näher wir der Höhle kommen. Jetzt machen sich wohl doch angespannte Nerven bemerkbar, die Angst vorm Ungewissen. Vermutlich hilft es nicht, dass am Eingang der Höhle nach wie vor bodenlose Schwärze herrscht, die wenig einladend wirkt.

»Und du bist sicher, dass uns das Wesen empfangen wird? Dass uns darin nichts zustoßen wird?«, vergewissert sich eine Frau, die besorgt von mir zum Eingang blickt.

Ich nicke, aber bevor ich antworten kann, kommt Darius mir zuvor: »Ich schwöre euch, dass niemandem ein Leid geschehen wird.«

Ich habe gar nicht bemerkt, wie er sich neben mich gestellt hat. Sein Lächeln ist für mich wie ein Sonnenaufgang, obwohl es bereits mitten in der Nacht ist und bei Neumond nicht einmal eine schmale Mondsichel, sondern nur die Sterne die Umgebung erhellen. Ich kann kaum Konturen ausmachen und doch spüre ich, mit welch zärtlichem Gesichtsausdruck Darius mich ansieht.

Eine Bewegung lässt mich zur Seite blicken und ich entdecke Huoyan, der mich ebenfalls anschaut. Ihn kann ich in der Dunkelheit ohne eine magische Verbindung weniger gut wahrnehmen, aber irgendetwas sagt mir, dass er deutlich weniger glücklich aussieht. Unwillkürlich greife ich nach seiner Hand und drücke sie, aber nach einem Augenblick lässt er los und entfernt sich von mir, woraufhin der Wind kalt über meine Haut streicht.

Ach, Huoyan. Ich will ihn aufhalten, ihm versichern, dass alles gut wird, aber ich weiß nicht, was die Wahrheit ist. Wie ich ihn trösten kann, ohne selbst weiterzuwissen.

»Midländer«, richtet Darius das Wort an die Dorfbewohner und reißt damit meine Aufmerksamkeit an sich, »gemeinsam haben wir es bis zur Höhle geschafft und ich danke euch für eure Anwesenheit. Zusammen werden wir hineingehen und eine neue Ära wird für Midland anbrechen, für die ganze Welt.«

Trotz der Dunkelheit kann ich erkennen, wie die Menschen um mich herum begeisterte Blicke austauschen, zwar auch Zweifel hegen, aber zu lächeln beginnen.

»Dies ist der Eingang zum Reich der Sterne«, erklärt Darius. »Ich muss euch warnen, der Anfang des Weges ist mit einem Zauber belegt, sodass er dunkler als die tiefste Nacht ist. Wir werden auf der anderen Seite auf euch warten.«

Er nickt mir zu und macht Anstalten hineinzugehen.

»Sobald ihr die Höhle betretet, habt ihr eure Entscheidung getroffen«, füge ich schnell warnend hinzu und mustere die Leute. »Wer noch Zweifel hat, sollte sie spätestens jetzt ausräumen.«

Ich weiß selbst nicht, warum ich das sage. Eigentlich sollte ich niemanden abhalten. Es ist im Interesse Midlands, wenn so viele Menschen wie möglich mitkommen, Zweifler oder nicht. Aber diese Menschen sind mein Volk und es wäre falsch, sie zu etwas zu drängen, was sie nicht wollen.

Darius sieht mich noch einen Moment an, bevor er in die Schwärze der Höhle taucht. Mein Herz spürt seine Abwesenheit sofort und ich fühle eine überwältigende Sehnsucht in mir aufflammen.

»Geh vor, ich komme als Letzter. Ich will mich vergewissern, dass es ihnen in der Höhle gut geht«, meint Huoyan und wieder einmal erfüllen mich Schuldgefühle, weil ich ihn beinahe vergessen habe. Er ist doch mein bester Freund, der mich mein Leben lang unterstützt hat. Ich bekomme zunehmend das Gefühl, als würde mein Herz durch das Sehnen nach zwei Männern auseinandergerissen.

Aber welche Seite wird gewinnen? Huoyan und Darius glauben die Antwort längst zu kennen. Nur ich bin mir da noch nicht sicher.

Der Prinz macht eine ungeduldige Handbewegung und ich erinnere mich wieder an seine Worte. Gestern wollte ich auf keinen Fall, dass er mich begleitet, aber heute weiß ich, dass wir bei Mingyue sicher sind. Zu gern würde ich ihm selbst die Wunder der Höhle zeigen, aber seine Aussage zeigt deutlich, dass er nicht mit mir gemeinsam hineingehen will. Er möchte offensichtlich den Abstand zwischen uns wahren, obwohl ich an seinem Blick den Schmerz darüber erkennen kann. Es verletzt mich, wie sehr er sich zurückhält. Dass er meine Zuneigung zu Darius unterstützt, obwohl es seinen eigenen Interessen widerspricht. Wüsste ich nicht, wie stark seine Gefühle für mich sind, würde ich fast an unserer gemeinsamen Zeit zweifeln.

Dass er nicht länger mit mir sprechen will, ist offensichtlich, also nehme ich sein Angebot an und gehe gemeinsam mit einigen anderen voraus. Obwohl ich die Schwärze der Höhle bereits kenne, verursacht sie mir eine Gänsehaut, als sie von einem Schritt zum nächsten jegliches Licht verschluckt. Selbst Geräusche scheinen sich in der Dunkelheit zu verlieren, denn obwohl soeben noch mehrere Männer und Frauen vor, neben und hinter mir gingen, kann ich nichts mehr hören. Ich kann nichts wahrnehmen und nur hoffen, nicht mit jemandem zusammenzustoßen, während ich weitergehe. Blind marschiere ich durch die Schwärze, die Hände ausgestreckt, obwohl ich einen Widerstand vermutlich erst ertasten könnte, wenn es bereits zu spät wäre.

Als ich endlich den bläulichen Schimmer in der Dunkelheit wahrnehme, seufze ich erleichtert auf und beschleunige meine Schritte, um darauf zuzugehen. Um mich herum erkenne ich die Silhouetten der anderen, höre sie atmen und das dumpfe Geräusch ihrer Schritte.

»Sternentochter?«, fragt mich ein Mädchen und streckt die Hand nach mir aus. Ich nehme ihre in meine und gemeinsam laufen wir bis zu den Bildern, die mit dem blau leuchtenden Erz in den Wänden verewigt wurden.

Darius wartet bereits auf mich und lächelt mich an, bevor er die anderen betrachtet. Die Dorfbewohner befinden sich in verschiedenen Zuständen des Schocks, manch einer zittert ein wenig, scheinbar wegen der Dunkelheit. Andere haben sich bereits wieder gefangen und bewundern das Innere der Höhle.

Immer mehr unserer Begleiter stoßen zu uns, die sich nach und nach von den Schrecken der Dunkelheit erholen. Huoyan ist der Letzte, der dazukommt, und auch sein Blick ist von leichter Panik erfüllt, die sich erst löst, als er mich entdeckt.

»Drei haben sich dagegen entschieden mitzukommen«, erzählt er, nachdem er sich durch die Menge zu mir und Darius gedrängt hat. Mein Stern nickt nur, während ich schlucke. Sie haben den ganzen Weg mit uns zurückgelegt, nur um ihre Meinung zu ändern. Ist das gut für sie oder war es ein Fehler, die letzten Zweifel noch einmal anzusprechen? Werden sie mit ihrer Entscheidung glücklich sein oder bereuen, ihre Ängste nicht überwunden zu haben?

»Lasst uns weitergehen«, verkündet Darius, der dem wohl keine weitere Bedeutung beimisst, und nimmt unvermittelt meine Hand, um mich mit sich zu ziehen. Ich lasse die Hand des Mädchens neben mir los, die ich noch immer hielt, um sie zu beruhigen, und folge ihm. Erst nach einem Moment drehe ich mich zu Huoyan und den anderen um und vergewissere mich, dass sie mitkommen.

Gemeinsam gehen wir weiter durch den mit blauem Erz erleuchteten Gang, über den unsere Begleiter staunen. Ich höre einige verblüffte Ausrufe und viele Spekulationen über die Bedeutungen der verschiedenen Bilder. Nur von Huoyan höre ich nichts, obwohl er uns weiterhin folgt und die Darstellungen ebenfalls mit großen Augen betrachtet. Das Gefühl von Darius' Hand, mit der er meine umschlossen hält, lenkt mich jedoch von der Sorge ab.

Bald kommen wir zum Höhlenraum, in dem der weiße Drache bereits auf uns wartet und der noch immer schwach nach Feuer riecht. Seine Schnurrhaare zucken, als er unsere Begleiter sieht, die bei seinem Anblick erschrocken stehen bleiben. Obwohl er mir keine Angst mehr einflößt, ist seine Gestalt imposant. Seine weißen Schuppen glänzen im blauen Licht.

»Ein Drache!«, ruft jemand erschrocken. Der Ausruf vermischt sich mit denen der anderen. Einige schauen nervös zum Ausgang zurück.

»Sorgt euch nicht«, erhebe ich die Stimme, um die anderen zu beruhigen. »Der Drache ist unser Freund.«

Ich bemerke einige skeptische Blicke, die von mir zum Drachen huschen. Zwar sind Drachen in den Legenden Midlands gutmütige und freundliche Tiere, aber Mingyues riesige Gestalt bleibt einschüchternd. Insbesondere als der Drache anfängt zu grollen, was erst verspätet als ein Lachen zu erkennen ist.

Der weiße Riese gibt seine elegante Haltung auf und verneigt sich tief vor den Dorfbewohnern.

»Willkommen, Menschen. Fürchtet euch nicht, hier wird euch nichts schaden«, begrüßt er sie und seine raue Stimme hallt durch die Höhle.

Er hebt den Kopf und verzieht die Lefzen zu einem Lächeln. Tatsächlich beruhigen die Worte die anderen, obwohl noch immer einige misstrauische Blicke ausgetauscht werden. Aber die Menschen werden sich an ihn gewöhnen. Schließlich leben sie von nun an bei ihm.

Darius tritt vor zum Drachen und zieht mich an der Hand mit sich. Überdeutlich spüre ich Huoyans brennenden Blick auf mir, was mich dazu bringt, Darius' Hand loszulassen. Darius runzelt verwirrt die Stirn und ich fühle die Versuchung, ihn wieder zu berühren, aber halte mich zurück. Erst einmal müssen wir mit dem Drachen sprechen und die Welt retten. Danach kann ich meine

Gefühle ordnen und herausfinden, ob ich ihm nahe sein will oder nicht.

»Ihr habt einige Menschen mitgebracht«, meint der Drache zufrieden, als wir bei ihm angekommen sind.

»Ersatz für zukünftige Sternentöchter«, bestätige ich. Der Gedanke, wie viele Sterne sich womöglich noch von ihren Begleiterinnen trennen werden, ist ernüchternd. Aber dieses Opfer bedeutet für Midland eine Zukunft. Es ist unumgänglich und ich konzentriere mich auf die Hoffnung, die diesen Gedanken begleitet.

Die Welt wird endlich wieder erfahren, wie stark Sonnenlicht sein kann. Wir werden Tausende Menschenleben retten.

»Kannst du ihnen eine Unterkunft erschaffen?«, fragt Darius. Der Drache grinst und zuckt mit seinem Schlangenschwanz. Von einem Moment auf den anderen erscheint hinter ihm ein weiterer Gang in der Wand, der von gelbem Erz erleuchtet wird und an dessen Ende ich eine weitere große Höhle erkenne. Mehrere kleinere Höhlen grenzen daran an, wie Zimmer. Überraschte Ausrufe zeigen uns, dass auch die Dorfbewohner sie entdeckt haben.

»Dort können sie darauf warten, von einem Stern gewählt zu werden«, verkündet der Drache.

»Du wirst auf sie aufpassen, oder?«, vergewissere ich mich, was ihn erneut lachen lässt.

»Kein Unheil der Welt kommt an mir vorbei, Sternentochter.«

Über dieser Aussage hebe ich eine Augenbraue, nicke dann jedoch.

»Du könntest auch die Menschen aufnehmen, die deine Höhle aufsuchen, denen du aber nicht helfen willst oder kannst.«

Der Drache zögert.

»In Ordnung«, stimmt er dann zu. »Wenn sie es wollen. Wie viele Sternentöchter willst du denn erschaffen? Bedenke, dass die Geburt einer Sternentochter trotz der Möglichkeit, jemand Neuen zu finden, einen großen Verlust für ihren Stern bedeutet.«

Ich seufze.

»Das verstehe ich nur zu gut«, gebe ich zu und fühle, wie Darius' Hand sich wieder um meine schließt. »Aber ohne Sternentöchter stirbt diese Welt«, fahre ich fort. »Es benötigt nicht viele von uns auf einmal, aber über die Jahre hinweg … Wir müssen dieser Welt eine Zukunft ermöglichen.«

»Und doch werden die Menschen, die du hergebracht hast, nicht genug für immer sein.«

Die Worte des Drachen ernüchtern mich ein wenig.

»Aber für Hunderte Jahre. Was dann geschieht … Jemand anders wird eine Lösung finden müssen.«

Darius neben mir nickt bekräftigend.

Er drückt meine Hand, als wollte er sagen, dass er mich nie mehr gehen lassen wird. Dass wir, wenn es so weit ist, gemeinsam von seinem Stern auf die Welt hinabblicken und bei der Rettung der Welt zuschauen werden.

Der Drache nickt ernst und wendet sich dann den Menschen hinter uns zu.

»Willkommen in meiner Höhle«, verkündet er sanft, »sie ist eine Welt zwischen eurem Planeten und dem Himmel«, fährt der Drache ruhig fort. »Ich bitte euch sie vorerst zu eurer Heimat zu machen. Im angrenzenden Höhlenraum werdet ihr genügend Zimmer für euch alle finden, ausgestattet mit allem, was ein Mensch zum Leben braucht. Falls ihr irgendwelche Wünsche habt, wendet euch an mich. Es wird mir eine Ehre sein, euren Aufenthalt hier so angenehm wie möglich zu gestalten.«

Nun klopft der Drache mit seinem schuppigen Schweif auf den Boden und plötzlich riecht es in der Höhle nicht mehr nach Feuer, sondern nach Sojasoße und warmen Teigtaschen. Hinter dem Drachen, im Höhlenraum, entdecke ich einen langen, gedeckten Tisch. Mein Magen knurrt, als ich die zahlreichen midländischen Speisen erkenne, die darauf liegen.

Einer der Dorfbewohner macht einen zögerlichen Schritt in diese Richtung. Ebenso wie ich haben sie heute kaum etwas gegessen und nur von kargem Reiseproviant gezehrt. Als der Drache dem Mann zunickt, wird er mutiger und geht voraus in die Höhle. Schließlich folgen ihm auch die anderen und ich muss lächeln, als ich sehe, wie begeistert sie sich auf das Essen stürzen.

Nur Huoyan, Darius und ich bleiben zurück.

»Hast du Hunger?«, fragt mich mein Stern, aber ich schüttele den Kopf. Obwohl mein Magen völlig leer ist, möchte ich gerade nichts essen. Ich bin viel zu aufgeregt, denn noch immer spüre ich die Dringlichkeit, die Erde endlich mit Sonnenlicht zu füllen und das Leiden in Midland und auf dem ganzen Planeten zu beenden.

»Was soll ich nun tun?«, frage ich den Drachen, der die Lefzen erneut zu einem Lächeln verzieht.

»Du klingst wie Mina früher«, bemerkt Darius neben mir stolz. Doch obwohl Mina und ich eine Seele teilen, ist es seltsam, mit ihr verglichen zu werden. Ob ich mich je daran gewöhnen werde?

»Um deinen Stern zur Erde zu holen, musst du zurück in die Menschenwelt«, erklärt mir der Drache, »während Darius an den Himmel zurückkehrt. Eure Verbindung konntest du bereits spüren, aber er muss dir auch den Zugriff auf seine Magie gewähren. Dann kannst du ihn und seinen Himmelskörper näher zur Erde lenken und die Sonne ersetzen, die dabei ist zu verglühen. Wenn er dir bereitwillig folgt, sollte es leicht sein, die Welt auf diese Weise zu retten.«

Seine Erklärung klingt tatsächlich einfach, obwohl ich mir noch nicht ganz vorstellen kann einen Stern zu lenken. Aber ich bin zuversichtlich. Falls ich Probleme haben sollte … Ich weiß ja, wo der Eingang zur Höhle ist.

Erwartungsvoll sehe ich zu Darius, der das Gesicht verzieht.

»Mina …«, setzt er an, dann wendet er sich dem Drachen zu.

»Wie viele Jahre wird es dauern, bis die anderen Sternentöchter alt genug sind?«

Der Drache kräuselt die Schnurrhaare.

»Die Kraft jeder Sternentochter ist verschieden«, antwortet er vorsichtig. »Ri wird es wissen, wenn es so weit ist.«

Ich denke an Cai und Changye, meine kleinen Schwestern, die noch so unschuldig sind. Bald werden sie mächtige Sternenmagie beherrschen. Wir werden gemeinsam lernen müssen damit umzugehen. Aber werde ich ihnen die Verantwortung wirklich abgeben müssen, einen Stern als neue Sonne zur Erde zu holen?

»Ich lasse euch allein«, murmelt der Drache und wendet sich ab, als Darius wieder mich ansieht. Seine Augen scheinen von innen heraus zu glühen und sind voller Zuneigung, als er die Hand an meine Wange legt.

»Der Gedanke, dich erneut zu verlieren, schmerzt mich unendlich«, gesteht er mir und ich bekomme eine Gänsehaut an der Stelle, wo er über meine Haut streichelt. Ich fühle unsere Verbindung stärker als je zuvor, diese Sehnsucht, die mich zu ihm zieht. Gemeinsame Erinnerungen, von denen ich nichts mehr weiß und die etwas in mir doch kennt.

»Komm zurück, sobald du kannst«, bittet Darius, »komm hierher. Über unsere Verbindung werde ich es fühlen und nichts wird mich daran hindern, endlich wieder mit dir vereint zu sein.«

Bevor ich antworten kann, senkt er den Kopf und berührt meine Lippen mit seinen. Ich ziehe scharf die Luft ein, als ein Blitz durch meinen gesamten Körper fährt. Es fühlt sich gleichzeitig vertraut und doch völlig neu an. Unwillkürlich erwidere ich den Kuss, kann mich Darius nicht entziehen. Am Rande meines Verstands weiß ich, dass etwas fehlt, aber …

Er ist es, der sich zuerst von mir löst und ein wenig zurückzieht.

»Wir sollten aufhören, bevor ich mit allen guten Vorsätzen breche«, meint er, worauf sein Mund sich zu einem Lächeln verzieht. Es ist eindeutig, was er von mir will, er hat es deutlich gesagt. Ich soll gehen, solange er sich noch zurückhalten kann, und die Welt retten. Er will, dass ich, sobald möglich, zurückkehre, damit wir unsere gemeinsame Ewigkeit fortsetzen können. Damit ich wieder seine Mina bin. Aber was will ich?

»Mina«, wispert Darius und ich bilde mir ein all das zu spüren, was sie gefühlt hätte. Die Hitze, die von ihm ausgeht, eine innere Begeisterung in meinem Herzen, die aufflammt, weil ich bei ihm bin. Die Aufregung, diesen Stern zu lieben.

Doch obwohl ich all das für Darius fühle, kann ich nicht anders, als mich nach Huoyan umzusehen. Huoyan, der sich bereits abgewandt hat und im Gang Richtung Ausgang verschwindet. Es stimmt, in einem anderen Leben war ich Mina, die sich in Darius verliebt hat. Die diese Liebe jahrtausendelang gefühlt hat und jeden Tag mit ihm genossen hat. Deren Gefühle so stark waren, dass sie selbst im Angesicht der Ewigkeit nicht kleiner wurden und noch immer auf mich abfärben.

Aber in diesem Leben bin ich Ri. Ri, die Sternentochter, die Geheimwaffe des Kaiserreichs, die sich nach der Freiheit der Welt sehnt. Das Mädchen, das all ihre Sorgen und Sehnsüchte stets Huoyan anvertraut hat und keinem fernen Stern, dessen Zuhause fast wie ein neuer goldener Käfig wirkt und der ihrer Meinung viel zu wenig Bedeutung bemisst. Ri, die sich immer darauf verlassen konnte, von Huoyan aufgefangen zu werden, während ihr Stern sie im Stich ließ, als die Drachenwahrer sie verletzten. Die ohne ihren Prinzen längst verrückt geworden wäre. Die sich in Huoyan verliebt hat, trotz des Wissens, dass eine gemeinsame Zukunft beinahe unmöglich ist. Ri, die sich noch immer an die Hoffnung klammert, dass es irgendwie machbar ist.

In diesem Leben liebe ich Huoyan und nicht Darius. Ich bin Ri und nicht Mina. Und obwohl mein Herz die letzten Tage so verwirrt war, habe ich meine Entscheidung längst getroffen. Ich kann die

Ewigkeit mit Darius verbringen, als ob nichts geschehen wäre, und doch nie die Mina sein, die er sich wünscht. Oder ich kann ein sterbliches Leben an Huoyans Seite verbringen und mit ihm wirklich glücklich werden, trotz der Vergangenheit, die zwischen uns steht.

»Warte!«, rufe ich Huoyan zu, aber mein Prinz kehrt nicht zurück.

Er hat gesehen, wie Darius und ich uns geküsst haben. Mein schlechtes Gewissen ist allumfassend und mir wird geradezu übel. Wie würde ich mich fühlen ihn mit einer anderen Frau zu sehen? Der Gedanke verursacht eine tiefgehende Panik in mir. Er glaubt, ich hätte Darius gewählt. Ich muss ihm das Gegenteil beweisen.

Aber da ist ja auch noch mein Stern, der mich liebevoll und ein wenig verwirrt anblickt. Der noch immer denkt, dass ich für immer zu ihm zurückkehren werde. Ich bete, dass Huoyan am Höhleneingang auf mich warten wird. Er weiß, dass ich auf die Erde zurückkehren werde ... Ich hoffe, er bleibt trotz allem.

Denn zunächst bin ich dem Mann, der mich jahrtausendelang geliebt hat, eine Erklärung schuldig.

»Darius«, setze ich an und stocke, als sich seine Lippen zu einem Lächeln verziehen. Ein Teil von mir zögert die Worte auszusprechen. Der Teil, der einst Mina war, die Darius niemals geschadet, ihm nie das Herz gebrochen hätte.

Aber einem von ihnen muss ich das Herz brechen und meines hat sich nicht nur für Huoyan entschieden, sondern für mich selbst, für dieses Leben, für meine Freiheit. Ich muss die Wahl treffen, die für mich die richtige ist.

»Darius, ich werde nicht zurückkehren«, verkünde ich ernst. Einen Augenblick lang lächelt er mich noch an, dann versteht er meine Worte und Schock mischt sich in seinen Blick.

»Was?«, fragt er ungläubig.

»Ich bin nicht Mina«, erkläre ich. »Ihr habt euch unendlich geliebt und es tut mir leid um deinen Verlust, Darius. Aber ich bin nicht sie und werde nie wieder sie sein. Du musst jemand anderen finden.«

Ich trete einen Schritt zurück, während er noch immer unter Schock zu stehen scheint. Ob es ihm gelingen wird, eine neue Begleiterin zu finden? Er hat mir erzählt, dass unsere Verbindung schon immer etwas Besonderes war. Aber es ist egal, ob er mich ersetzen kann, denn eines weiß ich genau: *Ich* kann Mina nicht ersetzen.

»Aber …«, murmelt Darius getroffen und streckt die Hand nach mir aus, »Mina …«

»Ri«, verbessere ich ihn und weiche weiter zurück. Seine Augen füllen sich mit Schmerz, den auch ich spüre. Es lässt mich nicht kalt, ihm das Herz zu brechen, im Gegenteil. Aber das meiste sind nicht meine Gefühle, es sind Minas. Wegen ihr fühle ich etwas für Darius, will ihn vor allem Leid bewahren. Dennoch bin ich dabei, ihn zu verlassen, um mein eigenes Leben ohne ihn zu führen.

»Es tut mir leid«, murmle ich, bevor ich mich umdrehe und Richtung Ausgang marschiere.

»Nein!«, ruft Darius aus, bevor ich den blau beleuchteten Gang betrete. »Mina, das kann nicht dein Ernst sein!«

Ich kann nicht anders, als mich umzudrehen. Ihn ein letztes Mal anzusehen, sein vor Schmerz verzerrtes Gesicht, das mich zutiefst berührt. Ein Teil von mir will zurückgehen, sich entschuldigen, aber der Rest ist stärker.

Doch bevor ich mich abwenden kann, lassen Darius' nächste Worte mich stocksteif innehalten. Ärger blitzt in seinen Augen auf, als er behauptet: »Dann werde ich dir keinen Zugriff auf meine Magie gewähren.«

Diesmal bin ich es, die ungläubig die Augen aufreißt. Er … Was?

»Wenn du ihn wählst, wenn du dich von mir abwendest, ohne den Willen zurückzukehren … Du wirst diese Welt nicht retten können. Meine Magie nicht nutzen dürfen.«

Fassungslos sehe ich ihn an. Ich kann nicht glauben, was er da sagt. Ich kann verstehen, dass er unglücklich darüber ist, dass ich ihn verlasse. Sogar ich selbst trauere um die Zukunft, die ich unter keinen Umständen wählen werde. Aber er will die ganze Welt zum Sterben verurteilen? Stellt er mich gerade wirklich vor die Wahl zwischen meinem eigenen Glück und dem dieser Welt? Er erpresst mich. Will meine Gefühle für ihn erzwingen und ich hasse es. Wie konnte sich Mina in jemanden verlieben, der zu so einem Druckmittel greift?

Das Schlimmste ist, dass dies genau der Punkt ist, an dem ich keine Kompromisse machen kann. Wenn Darius mir seine Magie nicht gibt ... Es wäre meine Schuld, wenn die Erde sterben würde.

Aber ich *kann* mich nicht für ihn entscheiden. Alles in mir wehrt sich gegen den Gedanken, klein beizugeben. Außerdem zweifle ich, ob er es wirklich ernst meint. Einst habe ich ihn geliebt und hätte ich wirklich einen Mann lieben können, der aus Selbstsucht bereit wäre, die Welt dem Untergang zu weihen?

Egal welche Entscheidung ich treffe, sie ist die falsche. Aber ich kann ihm nicht versprechen zurückzukehren. Es ist verlockend, ihn anzulügen, aber auch das bringe ich nicht über mich. Ich muss das tun, was für mich das Richtige ist. Bleibt nur zu hoffen, dass Cai und Changye stark genug sind ...

Ohne ein weiteres Wort wende ich mich ab und verlasse die Höhle des Drachen. Ich gehe langsam genug, um Darius die Chance zu geben, seine Worte zurückzunehmen. Womöglich ist es das letzte Mal, dass wir uns sehen. Will er wirklich, dass wir uns so für immer verabschieden?

Aber ich erreiche den Ausgang und Darius hält mich nicht auf.

36 三十六

Ri

Die Nacht ist beinahe ebenso dunkel wie die Höhle, aus der ich trete. Es ist Neumond und nur das schwache Funkeln der Sterne mildert die Schwärze. Auch meine Gedanken sind düster, denn noch immer kann ich nicht fassen, vor welche Wahl mich Darius gestellt hat. Dass er dieser Welt aus reiner Selbstsucht das Leben nehmen will ... Aus Liebe. Ich verstehe seinen Schmerz und seine Wut, aber ich kann meine Gefühle nicht ändern. Ich bin nicht Mina und werde es niemals wieder sein.

Aber was, wenn er seine Drohung wahrmacht? Wenn er mir seine Magie tatsächlich verweigert und die Erde weiterhin stirbt?

Ich würde zurückgehen, wenn ich müsste. Ich könnte gar nicht anders.

Aber trotz seiner Worte bleibt der Hoffnungsschimmer, dass Darius mich gehen lässt. Mir dennoch hilft diese Welt zu retten.

Eine andere Art der Hoffnung schleicht sich in mein Herz, als ich den schwachen Lichtschein eines Feuers sehe, neben dem ich die Silhouette eines Mannes ausmache. Mein Puls rast plötzlich doppelt so schnell und eine innere Aufregung erfüllt mich. Er hat auf mich gewartet!

»Huoyan!«, rufe ich erleichtert und gehe zum Lagerfeuer. Je näher ich komme, desto besser erkenne ich die vertrauten Gesichtszüge. Wir kennen uns nun schon so lange, dennoch nehmen sie mich gefangen. Wie konnte ich jemals daran zweifeln, ob ich mich für ihn entscheiden würde?

Aber auch als ich direkt neben ihn trete und mich zu Boden sinken lasse, rührt der Prinz sich nicht, sondern starrt weiter ins Feuer. Ich erkenne den Schmerz, der in seinen Augen liegt. Die Verzweiflung.

Natürlich, Huoyan wusste zwar, dass ich die Höhle wieder verlassen würde, aber er glaubt noch immer, ich kehre eines Tages zu Darius zurück. Mein Prinz denkt, ich hätte einen anderen gewählt. Dass er trotzdem auf mich gewartet hat ...

»Huoyan?«, frage ich vorsichtig und greife dann nach seiner Hand. Ich kann nicht anders, ich muss diese Distanz zwischen uns überbrücken. Endlich sieht er mich an und die Trauer in seinem Blick trifft mich zutiefst. Es ist nur ein kurzer Moment, dann schaut er wieder zurück ins Feuer und schweigt.

Sein Verhalten verunsichert mich. Warum ist er so überzeugt, dass ich zu Darius zurückkehren will? Hat er kein Vertrauen in uns? Oder glaubt er, dass wir beide ohnehin keine Zukunft haben?

Mir ist bewusst, dass es schwierig wird. Seine Mutter wird ihm nie gestatten seine Kindheitsfreundin zu ehelichen. Ganz Midland wird gegen unsere Verbindung sein. Aber spielt das wirklich eine Rolle? Solange wir zusammen sind ...

Ich überlege, wie ich Huoyan am besten alles erkläre, als er endlich sein Schweigen bricht: »Wann ... Wie lange wirst du auf der Erde bleiben?«

Seine Stimme ist rau geworden und ich kann ihm ansehen, wie viel Überwindung ihn diese Frage gekostet hat. Er entzieht mir seine Hand und ich will am liebsten frustriert aufstöhnen. Huoyan macht es mir nicht gerade leicht.

Ich beschließe den Versuch, sich von mir zu entfernen, zu ignorieren und rutsche näher an ihn heran. Huoyan erstarrt, als ich die Hand an seine Wange lege und sein Gesicht zu mir drehe, ihn zwinge mich endlich richtig anzusehen.

»Für immer«, gestehe ich leise. Huoyan scheint so sehr davon überzeugt, dass ich Darius wähle, dass es einen Augenblick dauert, bis die Worte zu ihm durchdringen. Ich kann den Schock, den Unglauben in seinen Augen lesen, aber da ist noch mehr. Hoffnung und Zärtlichkeit, die sich einen Weg an die Oberfläche bahnen.

»Für immer?«, echot Huoyan und noch immer erkenne ich Vorsicht in seinem Blick.

Statt ihm zu antworten, ziehe ich ihn zu mir und drücke meine Lippen auf seine. Ihn zu berühren, ist noch immer neu für mich und ich verliere mich darin, ihn bei mir zu spüren. Huoyans Überraschung ist offensichtlich, er scheint fast widerwillig, aber dann gibt er nach und erwidert den Kuss. Es ist das schönste Gefühl auf der Welt, den Mann, den ich liebe, zu küssen.

Ich keuche auf, als er mich unvermittelt auf seinen Schoß zieht. Unwillkürlich öffne ich den Mund und begegne seiner suchenden Zunge mit meiner, sodass wir einen elektrisierenden Tanz beginnen. Huoyan streicht mit den Händen über meinen Rücken, scheint jegliche Distanz zwischen uns vernichten zu wollen. Seine Nähe lässt mich fast alles andere vergessen und dennoch spüre ich die Verzweiflung, die ihm innewohnt.

Er glaubt noch immer nicht daran, dass es echt ist.

Diese Gewissheit lässt mich den Kuss unterbrechen, obwohl es mir schwerfällt, mich von ihm zu lösen. Da ich auf ihm sitze, blicke ich auf ihn hinab, während er noch immer die Augen geschlossen hält und schwer atmet. Sanft streiche ich mit den Fingern über seine Augenlider und genieße das Gefühl, bei ihm zu sein.

»Huoyan, ich meine es ernst«, verkünde ich in einem Tonfall, der keinen Widerspruch zulässt.

»Ri, ich dachte, ich könnte dich gehen lassen«, entgegnet er harsch. »Ich dachte, ich könnte akzeptieren, dass du ihn wählst. Könnte dich vergessen und eine andere finden, mein Leben Midland widmen. Aber ich glaube nicht, dass es mir jemals möglich sein wird, für eine andere so viel zu empfinden wie für dich. Selbst wenn du eines Tages zu Darius zurückkehrst … ich werde jeden Augenblick, den du mir davor schenken kannst, zu schätzen wissen.«

Er glaubt mir noch immer nicht. Diesmal stoße ich tatsächlich einen frustrierten Laut aus. Noch immer sitzt Huoyan mit geschlossenen Augen da, als könnte ich verschwunden sein, wenn er sie öffnen würde. Genervt verpasse ich ihm eine Ohrfeige.

Huoyan zuckt zusammen und legt die Hand getroffen an seine Wange, aber immerhin öffnet er endlich die Augen und sieht, dass ich ihn wütend anfunkle.

»Hör endlich auf mit diesen Dummheiten«, knurre ich und erhebe mich langsam. »Ich habe mich für dich entschieden, hörst du?«, verkünde ich mit lauter Stimme. »Für dich, Huoyan. Ich werde nicht zu Darius zurückkehren, niemals. Ich will bei dir bleiben.«

Huoyan reißt die Augen auf und es ist fast komisch, wie heftig er blinzelt.

»Was?«, fragt er verwirrt und ich zweifle immer mehr an seiner Intelligenz.

»Bei den Sternen, kannst du es denn nicht wahrhaben?«, rufe ich aus. »Ich liebe dich, Huoyan. Nur dich. Mir ist egal, mit wem ich in meinem vorherigen Leben zusammen war, in diesem hier wähle ich dich.«

»Aber …«, murmelt er verwirrt und bricht dann ab. Ein bisschen verstehe ich ihn ja. Wenn er Jahrtausende mit einer anderen verbracht hätte und sich dann gegen sie entscheiden würde … Natürlich fällt es schwer, das zu glauben. Aber kann er nicht spüren, wie stark meine Gefühle sind, wie kraftvoll unsere Verbindung? Wenn er mich so sehr liebt, dass er mit mir zusammen wäre, selbst wenn ich ihn eines Tages verlassen sollte, wie kann er glauben, dass es mir da anders geht?

Aber Huoyan war schon immer ein Dickkopf. Vielleicht muss ich es ihm zeigen.

Statt also von ihm wegzugehen und ihn meine Worte erst einmal verarbeiten zu lassen, wie es mein Plan war, nähere ich mich ihm wieder und drücke ihn zu Boden. Huoyan scheint zu geschockt, um Widerstand zu leisten. Für einen Moment mustere ich ihn, dann senke ich meine Lippen hungrig auf seine und versuche all das, was ich für ihn empfinde, in diesen Kuss zu legen.

Wieder zögert Huoyan, bevor er die Arme um mich schlingt und mich noch enger an sich zieht. Bevor er den Kuss endlich erwidert und ich in seinen Berührungen fühlen kann, was er für mich empfindet. Ein Wissen, das mir Hoffnung gibt. Denn selbst wenn ich ihn erst von der Stärke meiner Gefühle überzeugen muss, kann ich mir wenigstens seiner sicher sein.

Huoyan begegnet meinem Kuss, als wäre er ein Ertrinkender und ich die Luft, die er zum Atmen braucht. Seine Angst, mich dennoch zu verlieren, dringt mit jeder Berührung mehr zu mir durch. Etwas, das ich nur zu gut verstehen kann, denn auch ich fürchte mich davor, was die Zukunft bringt.

Kurz durchzuckt mich der Gedanke an Darius, aber ich schiebe ihn beiseite und konzentriere mich auf Huoyan. Ich will ihm für immer nahe sein, jeden Tag diese erstaunlichen Gefühle genießen, die er in mir auslöst. Diese Hitze spüren, die in meinem Körper aufflammt, als Huoyans Hände tiefer wandern. Obwohl noch so vieles zwischen uns ungeklärt ist, lasse ich zu, dass sie unter mein Hemd schlüpfen und über meine nackte Haut streichen. Huoyans Bedürfnis, sich mit allen Sinnen zu vergewissern, dass ich bei ihm bin, ist offensichtlich. Ein Bedürfnis, das ich nur zu gern stille, und so dauert es lange, bis wir wieder zum Reden kommen.

37 三十七

Darius

Kann ein Stern an einem gebrochenen Herzen sterben?

Aber ich bin nicht sie und werde nie wieder sie sein. Minas Worte hallen in meinem Kopf nach, während ich mit einer Mischung aus Wut und Verzweiflung am Aussichtspunkt meines Sterns auf und ab marschiere. Sie hat mich verlassen. Mina ist fortgegangen, um nie mehr zurückzukehren. Und diesmal freiwillig.

Ich schließe die Augen, die voller Tränen sind. Kurz denke ich an früher zurück, als Mina noch *meine* Mina war. Wie wir uns in der Stadt der Menschen kennenlernten und verliebten, obwohl sie überzeugt war ihr Leben der Huldigung der Erdgöttin widmen zu wollen. Sie war so widerwillig gegenüber unseren Gefühlen und gleichzeitig so fasziniert. Sie bezauberte mich vollkommen. Jedes ihrer Worte, jede ihrer Berührungen zog mich mehr in ihren Bann, bis ich die Gewissheit hatte, dass ich nicht mehr ohne sie sein wollte. Das Verrückteste war, dass sie diese tiefen Gefühle erwiderte. Es war der schönste Moment meines langen Lebens, als Mina zustimmte für immer mit mir zusammen zu sein.

Aber nun hat sie ihr Versprechen gebrochen. Sie, die vor Jahrhunderten schwor, dass ihre Liebe für mich niemals verblassen würde, hat einen anderen gewählt.

Ist es meine Schuld? Diese Sorge beschäftigt mich am meisten und ich lasse mich schwer zu Boden fallen, als ich darüber nachdenke. Hätte ich alles anders angehen sollen?

Wenn ich ihr von Anfang an Zugriff auf meine Magie gewährt

hätte … Vielleicht hätte sie sich nicht so von mir verraten gefühlt, denn das hat den ersten Keil zwischen uns getrieben. Wenn ich doch nur nicht auf den Drachen gehört hätte, sondern zu ihr gegangen wäre, als ich sie das erste Mal wiedererkannt habe. Wenn ich sie aus den Fängen der Drachenwahrer gerettet hätte und sie unter meinem Schutz aufgewachsen wäre … Auf unserem Stern wäre sie nicht gealtert, aber ich hätte ihn verlassen und verglühen lassen können, um mit ihr ein sterbliches Leben auf der Erde zu führen. So wie sich manch einer meiner Brüder vor Tausenden Jahren entschied …

Aber es ist zu spät. Obwohl ich weiß, dass es mir nur noch mehr das Herz brechen wird, richte ich meinen Blick zur Erde. Zu Mina, die sich gegen mich entschieden hat und sich nun in den Armen eines anderen befindet.

Zu sehen, wie sie die Berührungen des Prinzen zulässt, versetzt mir einen Stich ins Herz. Es macht mich wütend, denn vielleicht ist es auch die Schuld des midländischen Prinzen, dass sie nicht zu mir zurückkehren will. In meiner Hand sammelt sich Sternenfeuer, das ich nach ihm schleudern möchte. Wenn ich ihn vernichte …

Aber es wäre falsch. Ebenso falsch, wie Mina meine Magie zu verweigern. Inzwischen bereue ich damit gedroht zu haben. Aus reiner Selbstsucht den Untergang der Erde in Kauf nehmen? Trotz meines gebrochenen Herzens ist das keine Option.

Aber ich bin nicht sie und werde nie wieder sie sein. Diese Aussage ist das, was mich am tiefsten trifft, denn ich konnte in jedem ihrer Worte die Wahrheit heraushören. Ri ist Mina und doch ist sie es nicht. Ich weiß mit jeder Faser meines Herzens, dass meine Mina mich nie verlassen hätte. Es ist etwas, das ich zuvor nicht erkennen konnte oder wollte. Wogegen ich mich mit aller Macht gesträubt habe. Erst jetzt wird mir bewusst, dass Ri und Mina zwar eine Seele teilen, aber nicht dasselbe Herz. Es sind andere Erfahrungen, die Ri geformt haben, die ihre Persönlichkeit zu dem gemacht haben, was sie ist. Obwohl sich die beiden so sehr ähneln, unterscheiden sie sich auch.

Ich weiß nicht, ob ich darüber glücklich sein oder verzweifeln soll. Einerseits kann ich das Andenken an meine mich liebende, sanfte Mina bewahren. Andererseits … andererseits bedeutet es, dass ich Mina bereits vor Jahren für immer verloren habe. Dass sie unwiederbringlich fort ist und ich sie niemals wiedersehen werde. Dass es keinen Grund mehr für mich gibt, die Ewigkeit als etwas anderes als immerwährende Qual zu betrachten.

»Ach, Mina. Wäre doch nur alles anders gekommen. Hätte das Schicksal uns doch nie voneinander getrennt … Ich wünschte, du wärst hier«, sage ich in die Stille. Wenn sie doch nur wieder an meiner Seite wäre, den Arm um mich legen und mich trösten würde. Mir zeigen würde, dass uns nichts etwas anhaben kann, solange wir zusammen sind. Könnte ich doch nur noch ein einziges Mal ihr Versprechen hören, dass sie für immer bei mir bleibt …

Tränen verschleiern mir den Blick, als ich wieder auf die Welt der Menschen hinabblicke. Ri ist nicht Mina und doch ist sie ihr so ähnlich … Ich erkenne meine geliebte Begleiterin in ihren Gesichtszügen, ihren Bewegungen wieder. In der Art, wie sie ihren Prinzen küsst. Küsse, wie sie früher mir galten. Hass auf den Prinzen flammt in mir auf und erlischt ebenso schnell wieder, wie er kam. Es ist nicht seine Schuld, dass Mina vor Jahren von mir getrennt wurde. Es ist nicht Ris Schuld, dass sie nicht dieselbe ist.

Aber sie ist Mina ähnlich genug, dass ich ihr niemals bewusst schaden könnte. Dass ich mir für sie wünsche, dass sie glücklich wird. Und es gibt nur eines, was ich tun kann, um das zu ermöglichen: Ich muss sie gehen lassen.

Vielleicht werde ich eines Tages darüber hinwegkommen, Mina verloren zu haben. Ich glaube nicht daran, aber ich darf Ri nicht dafür leiden lassen. Womöglich sollte ich einfach aufhören an eine glückliche Zukunft für mich zu glauben. Ich habe Jahrtausende mit

Mina verbracht, so viele gemeinsame Erinnerungen geschaffen, so viel Glück geteilt. Es scheint, als müsste das selbst für die Ewigkeit eines Sterns genug sein.

Mit einem letzten Blick auf Ri, die in den Armen ihres Prinzen so unendlich zufrieden wirkt, wende ich mich ab. Ich werde ihr helfen die Welt zu retten und dann werde ich sie gehen lassen. Falls noch irgendwo in dieser Welt etwas von *meiner* Mina übrig ist, oder in der nächsten … Ich hoffe sie eines Tages wiederzufinden. Nur noch ein einziges Mal dieses Glück zu fühlen, sie bei mir zu wissen.

38 三十八

Ri

»Du bleibst wirklich hier?«

Huoyans Frage klingt vorsichtig, als befürchtete er, ich könnte ihm mit meinen nächsten Worten erneut das Herz brechen. Wir liegen ineinander verschlungen auf dem Waldboden und beobachten, wie die Sonne aufgeht. Der einstmals strahlende Feuerball leuchtet heute so schwach, dass er kaum das Licht der Sterne überdeckt, die immer noch zu sehen sind. Es wirkt eher, als würde eine weitere Nacht hereinbrechen.

Mein Kopf liegt auf Huoyans Brust gebettet und ich hebe ihn, um meinen Prinzen anzusehen. Seine Finger, mit denen er träge Kreise auf meinen Rücken malt, halten inne. Die Angst in seinem Blick lässt mich zögern.

Nur zu gut erinnere ich mich an Darius' Worte, als ich ihn verließ.

»Ich will nicht zurückkehren«, gestehe ich leise und fahre fort, bevor Huoyan aufatmen kann, »aber ich weiß nicht, ob ich muss.«

Verwirrt zieht er die Augenbrauen zusammen und seufzt dann.

»Hast du Angst vor dem Tod?«, fragt er mich. Zunächst verstehe ich seine Frage nicht, aber dann verdrehe ich die Augen. Glaubt er wirklich, ich würde ihn aus so einem Grund verlassen?

»Ein ewiges Leben ohne dich bedeutet mir nichts«, erwidere ich. Ich gehe von ihm herunter und lege mich auf den Bauch, sodass ich mich nach vorne lehnen und einen leichten Kuss auf seine Wange hauchen kann. Huoyans Lippen verziehen sich zu einem schwachen Lächeln.

»Erkläre es mir«, bittet er mich und mir ist klar, dass er sich noch immer zurückhält. Dass er sich bisher nicht wirklich erlaubt zu hoffen. Auch ich verspüre die Angst, dass diese Hoffnungen falsch sind, aber ich kann nicht anders. Ich muss an eine gemeinsame Zukunft glauben.

»Darius hat gedroht mir den Zugriff auf seine Magie zu verweigern, wenn ich nicht verspreche zurückzukehren.«

Alarmiert richtet sich Huoyan auf und sieht von mir zur Höhle.

»Ri ...«, setzt er an, aber ich schüttele seufzend den Kopf.

»Ich weiß. Wenn er seine Drohung wahrmacht, muss ich zurückgehen.«

Etwas in Huoyans Blick bricht, aber gleichzeitig werden seine Züge weich.

»Aber du möchtest bleiben. Du wählst mich und nicht ihn.«

»Ich werde immer dich wählen«, entgegne ich fest. Statt darauf zu antworten, beugt Huoyan sich zu mir und haucht einen Kuss auf mein Haar, der mich wohlig erschauern lässt. Ich weiß, dass ich richtig gewählt habe, denn bei Huoyan fühle ich mich lebendig und frei. Nicht wie der Abklatsch einer alten Persönlichkeit, die ich nie wieder sein werde.

»Wenn Changye und Cai alt genug sind ...«, überlegt Huoyan. »Es wird sicher nicht mehr lange dauern ...«

Wir beide wissen, dass das nicht stimmt. Meine Sternenschwestern sind gerade einmal zwölf Jahre alt. Selbst wenn ihre Sterne ihnen sofort Zugriff auf ihre Magie gewähren würden, müssten sie erst einmal erwachsen werden. Sie sind zu jung, als dass ich das Schicksal der Welt in ihre Hände legen und ihnen ihre Jugend wegnehmen könnte.

Dennoch ist Huoyans Gedankengang verlockend.

»Wenn wir einfach nie in den Palast zurückkehren, gibt es niemanden, der uns daran hindern kann, zusammen zu sein«, sinniere ich.

Huoyan mustert mich eingehend.

»Die Grenze von Atlas ist weniger als zwei Wochen Ritt entfernt«, meint er. »Dort würde dich niemand erkennen und wir könnten gemeinsam untertauchen.«

Darüber muss ich lachen. Es stimmt, in Atlas gibt es viel mehr Menschen, die helle Augen und Haare wie ich haben, aber Huoyan könnte dort niemals untertauchen. Alle würden auf den ersten Blick wissen, dass er Midländer ist, und nach dem jahrelangen Krieg gegen Atlas werden sie ebenso schlecht auf ihn zu sprechen sein wie unser Volk auf sie.

»Das wird nicht funktionieren, oder?«, fragt Huoyan enttäuscht.

»Du bist der Kronprinz«, erinnere ich ihn. »Eines Tages wirst du Kaiser sein. Außerdem werde ich gemeinsam mit Cai und Changye lernen müssen unsere Kräfte zu kontrollieren.«

Sofern Darius mir Zugriff auf seine Kräfte gewährt. Vermutlich hören wir beide diesen Halbsatz in Gedanken und weigern uns doch ihn zu akzeptieren.

Mein Wille, in die Nordstadt zurückzukehren, verblüfft mich. Der kaiserliche Palast steht für so viel Schmerz, die Behandlung und die Worte der Drachenwahrer werden für immer in meinem Gedächtnis eingebrannt sein. Die Annahme, dass es meine Schuld sei, dass ich über keine Magie verfüge. Aber jetzt begreife ich endlich, dass ich nie etwas dafür konnte und sie mit ihren Versuchen, mir ein schlechtes Gewissen einzureden, nur ihren eigenen Misserfolg verdrängen wollten. Sie haben mich meinem Stern gestohlen, ich habe mich nicht für dieses Leben entschieden. Zwar hat Darius mir meine Magie verweigert, aber in Wahrheit sind die Drachenwahrer schuld an meinem Schicksal.

Und doch bereue ich nicht, dass sie mich erschaffen haben. Denn ohne sie hätte ich Huoyan nicht kennengelernt und inzwischen erkenne ich, dass der kaiserliche Palast mir noch so viel mehr bedeutet: Es ist der Ort, an dem Huoyan und ich gemeinsam aufgewachsen sind. Wo sich unsere Freundschaft gefestigt und sich die erstaunlichen Gefühle entwickelt haben, die ich nun verspüre, wenn ich ihm in die dunklen Augen blicke.

»Eines Tages werde ich Kaiser sein«, wiederholt Huoyan meine Worte und klingt alles andere als begeistert. Dann sieht er mich an und ein leichtes Lächeln breitet sich auf seinem Gesicht aus.

»Wirst du meine Kaiserin sein?«

Das Angebot berührt mich und lässt mich überrascht blinzeln. Dann schnaube ich abfällig.

»Weder deine Mutter noch deine Minister werden dir gewähren mich zu heiraten.«

Huoyan zuckt unbekümmert mit den Schultern.

»Als Kaiser ist es meine Entscheidung«, erwidert er. »Ihre Meinung interessiert mich nicht.«

Es dauert einen Moment, bis seine Worte in meinem Verstand ankommen. Natürlich hoffe ich auf eine Zukunft mit Huoyan, aber in dieser Art ... Mein Herz scheint vor Glück zu bersten, als ich erkenne, dass diese Möglichkeit tatsächlich existiert. Keiner kann dem Kaiser Midlands etwas verbieten und wenn er wirklich mich wählt ... Der Palast könnte nicht nur das Symbol unserer Vergangenheit, sondern auch der Ort unserer gemeinsamen Zukunft sein.

»Es wäre mir eine Ehre«, bringe ich hervor und meine Stimme ist rau von der Zuneigung, die ich für Huoyan empfinde. Mein Prinz lächelt und zieht mich zu sich heran, sodass ich wieder auf seinem Schoß sitze und er meine Lippen sanft mit seinen berühren kann.

Der Augenblick ist schlicht perfekt. Die Hoffnung, die wir teilen, die Liebe, die wir füreinander empfinden. Die Aussicht, dass all unsere Träume wahr werden könnten.

Wäre da nicht Darius.

Der Gedanke bringt mich dazu, mich von Huoyan zu lösen und zu seufzen.

»Aber …«, setze ich an, als sich plötzlich etwas verändert, kaum merklich und doch spüre ich es überdeutlich. Es ist ein Gefühl mitten in meinem Herzen, wo ich stets die Verbindung zu meinem Stern fühle. An der Stelle, von der die Drachenwahrer immer behaupteten, ich müsse mich nur darauf konzentrieren, wenn ich meine Magie wirken wolle. Genau hier ist alles gleich und doch anders. Noch immer ist da die Verbindung zu Darius, aber sie ist nicht dieselbe. Von einem Moment auf den anderen wirkt sie … offen. Zugänglich. Als wäre eine Mauer verschwunden, von der ich nicht einmal wusste, dass sie bestand.

Ich atme scharf ein und stehe dann auf, wobei ich Huoyans verwirrten Blick ignoriere.

»Ri?«, fragt er besorgt. »Was ist los?«

Statt ihm zu antworten, hebe ich meine Hand, die Handfläche nach oben gerichtet. Ich starre auf die Linien darauf, die ich so gut kenne, und zwinge mich dann, die Augen zu schließen. Obwohl ich so viel Angst davor habe, weil dieser Versuch bisher meist in Leid für mich endete, stelle ich mir eine Flamme auf meiner Handfläche vor. Stelle mir vor, wie ein kleines, wärmendes Feuer flackert.

Huoyans erstaunter Ausruf lässt mich Hoffnung schöpfen. Als ich endlich wage die Augen wieder zu öffnen, entdecke auch ich die kleine Flamme in meiner Hand und juchze laut. Auf diesen Moment habe ich mein Leben lang gewartet. Begeisterung erfüllt mein Herz und ich falle Huoyan, der ebenfalls aufgestanden ist, um den Hals. Obwohl die Flamme dabei verschwindet, bleibt meine Freude.

»Es funktioniert!«, rufe ich aus. »Ich kann Magie wirken!«

»Ja«, stimmt mein Prinz zu und wirkt selbst völlig überrascht.

Ich kann es kaum glauben. Ich löse mich von Huoyan und hebe wieder die Hand, um ein Feuer darin zu beschwören. Fasziniert starre ich in seinen flackernden Lichtschein. Ich kann zaubern! Ich kann es wirklich!

Dies ist meine Bestimmung. Mein Schicksal. Das, was ich schon immer wollte, während ich zugleich befürchtete es nie zu erleben. Die Aufregung, das Glück sind allumfassend.

Schließlich lasse ich das Feuer bewusst erlöschen, blicke nach oben, in den Himmel. Obwohl die Sonne bereits etwas weiter gestiegen ist, kann ich noch immer die Sterne funkeln sehen. Durch meine Verbindung erkenne ich genau, welcher davon zu mir gehört.

»Danke, Darius.«

Spätestens jetzt kann ich meinem Stern nicht mehr böse sein. Obwohl mich seine gestrigen Worte verletzt haben, habe ich ihm längst vergeben. Ich weiß, dass ich ihm das Herz gebrochen habe, aber dennoch hilft er mir mein Glück zu erlangen. Diese Welt zu retten und all meine Träume zu verwirklichen.

Ich fokussiere mich auf dieses Band, das aus meinem Herzen in den Himmel führt. Ich lasse meine Dankbarkeit hindurchfließen, gemischt mit einer Bitte. Es fühlt sich an, als würde ich sanft daran ziehen, und es wird schnell deutlich, dass es wirkt. Ich weiß nicht, wie Huoyan auch nur einen Augenblick lang glauben konnte, dass es möglich wäre, auf Cais oder Changyes Magie zu warten, denn das Licht der ursprünglichen Sonne erlischt genau in diesem Moment. Trotzdem wird es heller um uns herum, die Schatten unserer Welt werden schwächer, als ich meinen Stern zur Erde leite. Langsam setze ich ihn an die Stelle, an der eben noch das schwache Licht der vorherigen Sonne glühte, und staune dann über die Helligkeit um uns herum. Fast fühle ich mich geblendet und Huoyan hebt tatsächlich die Hand über die Augen, während ich unsere Umgebung mustere. Ohne die Dunkelheit … Es ist, als wäre es eine neue Welt.

Der Gedanke an Darius, dessen Blick gestern noch voller Schmerz war und der mir dennoch geholfen hat, ist bittersüß. Ich weiß, dass mein Stern stets einen Platz in meinem Herzen haben wird. Dennoch ist es Huoyan, dem ich um den Hals falle und den ich stürmisch küsse, um meine Begeisterung zu zeigen. Denn in diesem Leben liebe ich Huoyan und mein Platz ist an seiner Seite.

Ich hoffe, auch Darius wird das eines Tages verstehen.

39 三十九

Ri

Die erste Veränderung, die ich am Himmelspalast bemerke, ist die Art, wie die Drachenwahrer mich ansehen. Als ich klein war, lag stets Stolz in ihren Blicken, weil sie mich erschaffen haben. Je älter ich wurde, desto mehr schlich sich Enttäuschung über meine fehlenden Kräfte hinein. Nun aber, wo die Sonne hoch über uns am Himmel steht und Darius' Licht die Welt erleuchtet, steht Anerkennung in ihren Zügen. Dazu mischt sich wieder der Stolz von früher, die geradezu angeborene Arroganz, schließlich hat *ihre* Geheimwaffe endlich einen Erfolg zu verbuchen.

Aber ich gehöre ihnen nicht mehr und denke auch gar nicht daran, ihnen für ihre Taten zu danken. Stattdessen schreite ich selbstbewusst an Huoyans Seite in den Hof vor dem Palast, in dem wir nicht nur von Drachenwahrern, sondern einem ganzen Begrüßungskomitee erwartet werden. Die Diener verneigen sich bei unserer Ankunft tief, die kaiserlichen Minister tuscheln und die Kaiserin selbst wartet erhaben am Ende des Platzes auf die Rückkehr ihres Sohnes.

Es hat drei Tage gedauert, bis wir die Nordstadt erreichten, und obwohl wir für den Hinweg genauso viel Zeit gebraucht haben, kam mir der Rückweg länger vor. Es war ungewiss, was uns im Palast erwarten würde, und ich fürchtete mich davor, was geschehen könnte. Was die Kaiserin, die Minister und die Drachenwahrer über unsere Zukunft entscheiden würden. Ob sie sich über Huoyans Entscheidung, seine Vision einer gemeinsamen Zukunft, hinwegsetzen würden. Aber der zukünftige Kaiser hat mir stets versichert, dass alles gut werden würde.

Die kaiserlichen Wachen, die uns begleiten, seitdem wir von der Höhle ins Dorf zurückgekehrt sind, gehen voraus. Unsere Pferde haben wir bereits an Diener weitergereicht. Huoyan grinst mich aufmunternd an und nimmt dann meine Hand, um mich durch den Hof zu führen. Der Blick der Kaiserin ist unergründlich, was mein Selbstbewusstsein nicht gerade stärkt, aber ich straffe mich und zwinge mich dazu, es nicht zu zeigen.

»Mutter«, grüßt Huoyan die Kaiserin, als wir endlich bei ihr angelangt sind. Sie verzieht leicht das Gesicht, als sie von ihm zu mir sieht.

»Dass dein Ausflug auf eigene Faust alles andere als angemessen war, muss ich dir ja wohl nicht erzählen«, meint sie missbilligend, »aber wenigstens war er erfolgreich und wir haben nun eine funktionierende Sternentochter.«

Eine *funktionierende* Sternentochter? Ich weiß nicht, was ich von ihr erwartet habe, aber das nicht. Nachdem ich unsere Welt gerettet habe, Darius' jahrtausendealte Magie verwendete, um sie wieder zu erleuchten, sollte man meinen, ich hätte etwas mehr Anerkennung verdient. Sie mochte mich noch nie, aber sie hätte mich wenigstens direkt ansprechen können.

»Es ist schön, dass unsere Arbeit endlich von Erfolg gekrönt ist«, pflichtet der Oberste Drachenwahrer bei. Böse funkle ich ihn an und will gerade etwas sagen, als Huoyan mir zuvorkommt.

»Etwas mehr Respekt, wenn ich bitten darf«, fährt er ihn an. »Ihr steht hier vor der Sonne Midlands, der zukünftigen Kaiserin.«

Seine Mutter schnappt hörbar nach Luft, während sich auf meinen Lippen ein Lächeln ausbreitet. Eigentlich wollten wir das Reich langsam auf unsere Pläne vorbereiten, warten, bis Huoyan gekrönt wurde, aber auch er scheint eine temperamentvolle Seite zu haben.

»Wenn du mich dann bitte durchlassen würdest«, fügt er hinzu und hebt eine Augenbraue, was eindeutig seiner Mutter gilt. »Ich habe eine Krönung für Ri und mich vorzubereiten. Oberster Verwalter, Oberster Drachenwahrer, sorgt dafür, dass sie noch heute Nacht stattfinden kann.«

So viel dazu, es langsam anzugehen. Scheinbar hat er mit allen guten Vorsätzen gebrochen, aber ich bin ihm wegen dieser spontanen Entscheidung alles andere als böse. Im Gegenteil, mir wird das Herz leicht und ich kann es kaum erwarten, bis seinen Worten Taten folgen.

»Heute Nacht?«, echot seine Mutter entsetzt. »Aber …«

»Nichts aber, Mutter«, fällt er ihr ins Wort. »Ich regiere dieses Land schon lange genug und das Theater, dass du als mein Vormund offiziell die Geschäfte Midlands leitest, muss endlich aufhören. Du trittst noch in der nächsten Stunde zurück. Das ist ein Befehl.«

Ungläubig sieht sie von ihm zu mir und fällt dann in Ohnmacht. Mein Ärger auf sie löst sich in Luft auf und ich muss lachen, weil die Frau, die schon immer auf mich herabgesehen hat, plötzlich schwach wirkt. Spätestens jetzt sollte deutlich sein, wer dazu geeignet ist, über Midland zu herrschen – sie ist es nicht. Stolz erfüllt mich, weil Huoyan das endlich auch verstanden hat und für sich, für uns einsteht.

»Eure Hoheit«, spricht der Oberste Drachenwahrer ihn an, »Ihr müsst verstehen, dass Ihr nicht einfach eine Sternentochter zur Frau nehmen könnt. Wir wissen noch viel zu wenig über sie und ihre Art. Außerdem müssen wir sie noch jahrelang unterrichten, bis sie ihre Kräfte unter Kontrolle hat …«

»Mich unterrichten?«, unterbreche ich ihn. Mein Blick schweift zum Folterer neben ihm. Die Erinnerungen an die Schmerzen und die Demütigung wallen wieder auf. Niemals werde ich zulassen, dass Derartiges erneut geschieht.

»Ihr seid entlassen«, verkünde ich daher, ohne Huoyan die Gelegenheit zu einer Antwort zu lassen. »Eure Hilfe ist am Hof weder notwendig noch erwünscht. Ihr und die anderen Drachenwahrer verlasst den Himmelspalast noch heute Nacht.«

Sprachlos sieht mich der Mann an, den ich einst als meinen Vater betrachtet habe und der mich dann schlimmer verraten hat als irgendein anderer Mensch. Der mich, ohne zu zögern, geopfert hätte, um seine Ziele zu erreichen. Der mich, wie seine Worte eben noch einmal bekräftigt haben, nicht als Mensch, sondern als Untersuchungsobjekt betrachtet.

Huoyan nickt und drückt meine Hand. Er weiß sicher genau, wie schrecklich es für mich ist, diesen Männern gegenüberzustehen. Aber ich bin nicht mehr ihre Schülerin Ri, die sie bevormunden können. Ich bin eine Sternentochter und Feuermagie pulsiert durch meine Adern. Als der Drachenwahrer vor mir keine Anstalten macht, sich zu rühren, hebe ich die Hand und lasse eine Flamme meine Finger emporzüngeln. Eine unverhohlene Drohung, was geschieht, wenn er meinen Befehl nicht befolgt.

Noch immer fassungslos wendet er sich schließlich um und verlässt den Platz. Die anderen Drachenwahrer folgen ihm schweigend. Ich überlege gerade, ob es weise ist, sich so viele neue Feinde zu machen, deren Wissen Midland bestimmt nützlich sein könnte, als ich den letzten von ihnen wiedererkenne.

»Warte«, rufe ich den jungen Drachenwahrer zurück, der letzte Woche noch vorgeschlagen hat mich mit einer Pfauenfeder zu kitzeln, um meine Magie zu erwecken. Zwar war diese Idee wenig hilfreich, aber ich habe nicht vergessen, dass er den Raum verlassen hat, als der Oberste Drachenwahrer den Vorschlag des Folterers ausprobierte. Er hat Mitgefühl gezeigt und bei ihm kann ich mir zumindest vorstellen, dass er mich nicht nur erforschen möchte.

»Ich ernenne dich zum neuen Obersten Drachenwahrer«, verkünde ich. »Du und zwei deiner Vertrauten dürfen am Hof bleiben. Ich erwarte von euch, dass ihr eure Zunft völlig neu aufbaut, sodass die Drachenwahrer von nun an die Sternentöchter stärken, nicht unterdrücken.«

Erneut habe ich einen Drachenwahrer aus der Fassung gebracht, aber diesmal auf positive Weise, wie ich seinem überraschten und begeisterten Gesichtsausdruck entnehme. Hastig verbeugt er sich mehrfach und nickt zur Zustimmung so heftig, dass ich mir beinahe Sorgen mache, er könne sich den Nacken ausrenken.

»Eine gute Wahl«, meint Huoyan neben mir und grinst mich an, ein Lächeln, das ich nur zu gern erwidere. Mit den Fingern streicht er zärtlich über meine Hand, was das altbekannte Flattern in meinem Bauch auslöst. Fast möchte ich ihn mit mir irgendwo hinziehen, wo wir unbeobachtet sind, um ihn so intensiv zu küssen wie noch Tage zuvor. Aber direkt am Eingang des Palastes erkenne ich die Einzigen, über die ich mich bei diesem Begrüßungskomitee tatsächlich freue.

»Ri!«, ruft Changye aus. Mein breites Grinsen genügt ihr wohl als Bestätigung, dass sie sich aus der ihr zugewiesenen Position lösen kann, und sie rennt auf mich zu. Cai folgt ihrem Beispiel. Ich lasse Huoyan los und breite die Arme aus, damit sich meine beiden Schwestern hineinwerfen können. Liebevoll drücke ich sie an mich und denke daran, dass ich sie niemals hätte im Stich lassen können, um nach Atlas zu fliehen. Cai und Changye sind meine Familie und wir gehören zusammen.

Für einen Augenblick versinke ich in der Umarmung, bis ich plötzlich etwas Verbranntes rieche.

»Vorsicht«, meint Huoyan etwas besorgt und ich löse mich von meinen Schwestern, um den verkohlten Handabdruck zu entdecken, den Changye auf meinem Kleid hinterlassen hat. Sie selbst starrt ihre Hände mit großen Augen an und versteckt sie dann hinter dem Rücken, ihr schlechtes Gewissen ist offensichtlich.

»Scheint, als bräuchten wir tatsächlich Unterricht«, scherze ich und erinnere mich daran, dass ich heute Morgen beinahe meine Bambusmatte in Brand gesteckt hätte.

»Ich helfe euch«, bietet Huoyan an und bringt mich damit zum Lächeln. Cai, Changye und er sind die drei wichtigsten Menschen in meinem Leben und endlich sind wir wieder vereint. Die Zukunft, vor der ich vor Kurzem noch so viel Angst hatte, wirkt beinahe wie ein Wunschtraum und doch ist es wahr. Solange ich diese drei bei mir habe, werde ich ein glückliches Leben führen. Und gemeinsam mit Huoyan werde ich dafür sorgen, dass nichts uns trennen wird. Es ist Zeit, Midland zu retten – nicht nur mit neuem Sonnenlicht und neuem Wohlstand, sondern auch mit neuen Regeln, einer neuen Regierung. Ich weiß, gemeinsam können wir es schaffen.

40 四十

Einige Wochen später

Darius

Wenn ich vom Aussichtspunkt zur Erde schaue, ist es, als würden tausend Splitter durch mein Herz fahren. Einerseits freue ich mich für Ri, dass sie glücklich ist. Dass sie ihre ersehnte Bestimmung erfüllen kann. Andererseits ist es eine Qual zu wissen, dass sie mich nicht mehr braucht.

Ich versuche mich abzulenken und davon abzuhalten, zu oft nach ihr zu sehen. Trotz allem kann ich nicht anders, als mich regelmäßig zu vergewissern, dass es ihr gut geht. Dass sie noch immer zufrieden ist. Falls sich das jemals ändern sollte ... Weder Himmel noch Erde könnten mich aufhalten zu ihr zu gehen.

Aber bisher ist diese vage Hoffnung nicht eingetreten und ich verbringe meine Tage damit, in der Vergangenheit zu schwelgen. Jeden Moment, den ich mit Mina teilte, noch einmal in Gedanken auszukosten. Und wenn das zu viel und der Schmerz über ihren Verlust zu groß wird, widme ich mich anderen Aufgaben.

Yushi wartet bereits auf mich, als ich in die Höhle trete, in der sie und die anderen Bewohner ihres Dorfs nun bereits seit einigen Monaten warten.

»Merlon hat Mu mitgenommen«, verkündet sie mir zufrieden und ich zwinge mich zu einem Lächeln. Ich freue mich für den einsamen Stern, dass er so schnell einen neuen Begleiter gefunden hat. Er und Mu haben sich von Anfang an gut verstanden und aus der anfänglichen Freundschaft wurde schnell mehr. Ich konnte ihm das schlechte Gewissen ansehen, weil er seine vorherige beste Freundin nicht länger betrauerte, nachdem sie als Sternentochter zur Erde gerufen wurde. Es hat nicht lange gedauert, bis Ri und ihre Schwestern ihre Kräfte gemeistert haben und sie die Erschaffung der nächsten Generation Sternentöchter veranlasste, um die Zukunft Midlands zu sichern. Merlons Begleiterin wird ihn nie wiedersehen, aber dafür kann er mit dem jungen Mann nun eine ganz andere Beziehung führen.

Obwohl ich ihm das Glück gönne, bin ich neidisch. Ich weiß genau, dass mein Herz zu gebrochen und meine Liebe zu Mina zu stark ist, um je eine andere Frau auf diese Art zu lieben. Und mich mit weniger zu begnügen ... das wäre weder mir selbst noch der Frau gegenüber gerecht.

Yushi achtet nicht auf meine schlechte Stimmung, sondern erzählt mir unbekümmert davon, wie feierlich Merlon Mu gebeten hat sein Begleiter zu werden. Als sie von der Begeisterung des Mannes erzählt, heben sich meine Mundwinkel doch ein wenig. Vor Jahrtausenden, als wir zur Erde kamen, um eine Begleiterin zu wählen, wussten wir noch so wenig von Liebe und noch viel weniger, dass sie nicht immer zwischen Mann und Frau entsteht. Einige konnten ihre Gefühle nie richtig ausleben – aber Merlon ist nun das Gegenbeispiel. Die beiden verdienen es, glücklich zu sein.

Gemeinsam mit Yushi laufe ich eine Runde durch die Quartiere der Menschen. Es ist beinahe Routine zu überprüfen, dass es allen gut geht, ob die zahlreichen Bücher in der Bibliothek schon alle ausgelesen sind, die Musikinstrumente repariert werden müssen oder die Theatergruppe mehr Equipment benötigt. Ich habe mir das Wohlergehen der Menschen hier ebenso zur Aufgabe gemacht wie Mingyue, auch weil ich weiß, wie wichtig es Mina wäre.

Yushi hat mich bereits bei meinem ersten Besuch hier belagert, ist offenbar zu störrisch, um mein abweisendes Verhalten zu akzeptieren. Inzwischen bin ich froh über ihre Freundschaft, denn in ihrer Gesellschaft kann ich meine Sorgen manchmal vergessen.

Nach unserem Rundgang wecken wir Mingyue, der am Rande der Höhle in einer Ecke schläft, um ihn darum zu bitten, die Badehöhle zu vergrößern, und kosten ein wenig vom Büfett, das auf magische Weise stets gefüllt bleibt. Würden meine Gedanken nicht immer wieder zu Mina wandern, könnte es ein schöner Ausflug sein.

»Danke«, meint Yushi unvermittelt, als ich mal wieder drohe in meinen Grübeleien zu versinken.

Überrascht blicke ich die junge Frau an, die sich verlegen eine schwarze Haarsträhne hinter das Ohr streicht.

»Wofür?«, will ich verwirrt wissen.

»Dass du mich in deiner Gesellschaft zulässt und meine ... Narbe dich nicht abschreckt.«

Stirnrunzelnd betrachte ich das weiße Gewebe, das sich über ihre Wange zieht und mir zwar bereits aufgefallen ist, jedoch nie etwas ausgemacht hat. Ich weiß nicht, was ich auf ihre Aussage erwidern soll.

»Darius, ich habe nachgedacht«, fährt sie dann fort. »Mir ist bewusst, dass du nie eine andere lieben wirst, und auch ich habe nicht das Bedürfnis, mich auf einen Mann einzulassen. Willst du mich nicht als Begleiterin auf deinem Stern leben lassen?«

Ihre Frage erschreckt mich und ich weiche unwillkürlich ein wenig zurück, aber sie kommt mir nach.

»Die anderen Menschen hier sind gut und ich kenne sie mein Leben lang, aber ihre mitleidigen Blicke ermüden mich«, erklärt sie. »Mit dir könnte ich ihnen entgehen.«

Ich will widersprechen, aber sie unterbricht mich sogleich.

»Ich weiß, dass du eigentlich keine neue Begleiterin willst. Dass niemand Mina je ersetzen könnte. Aber das will ich auch gar nicht. Können wir einander nicht in Freundschaft die Einsamkeit lindern?«

Ich zögere. Es stimmt, dass ich einsam bin, dass ich allein auf meinem Stern viel zu oft in Schmerz und Verzweiflung versinke. Eine Gefährtin würde mir guttun und doch finde ich den Gedanken, mit jemand anderem als Mina zusammenzuleben, abschreckend. Es fühlt sich wie Verrat an, als würde ich unsere gemeinsame Zeit nicht in Ehren halten. Kann ich die Bindung zu einem anderen Menschen zulassen, selbst wenn sie nur ein schwacher Abklatsch von jener zu Mina wäre?

Allerdings hilft es mir auch nicht weiter, allein auf meinem Stern zu grübeln. Und wenn Yushi dies tatsächlich wünscht ...

»In Ordnung«, stimme ich zu und sehe, wie Yushis Augen freudig aufleuchten.

Gleichzeitig wünsche ich mir noch immer, eine ganz andere Frau stände vor mir und bäte mich darum, meine Gefährtin sein zu dürfen.

41 四十一

Ri

Als ich die zahlreichen Reihen der Armee des Gegners sehe, muss ich schlucken. Atlas' Soldaten sind gut ausgerüstet und für ihre ausgezeichnete Ausbildung bekannt. Die Pferde der Kavallerie sind ebenso gepanzert wie ihre Reiter, die Bogenschützen halten bereits ihre gefiederten Pfeile bereit und auch die Schwertkämpfer mustern uns kritisch. Selbst ich bekomme bei ihrem Anblick Zweifel an unserem bevorstehenden Sieg, denn vor uns marschieren Tausende Atlaer auf das Schlachtfeld, während hinter mir und Huoyan nur Hunderte Midländer stehen. Selbst die dreihundert Soldaten, die unser Verbündeter Latium uns gestellt hat, reichen bei Weitem nicht aus, um die Übermacht auszugleichen. Aber die Moral unserer Streitmacht ist sichtlich besser, da sie vom Kaiser und der Sonne angeführt werden.

»Bist du so weit?«, fragt Huoyan mich mit einem leichten Lächeln. Mein Gemahl, der trotz des Gegenwinds der Minister und der Kaiserin auf unserer Verbindung bestanden und sie durchgesetzt hat, könnte nicht mehr Vertrauen in mich haben. Aber ob ich meine Kräfte im Kampf wirklich sinnvoll einsetzen kann?

Kurz zögere ich und denke an Darius. Als er mir seine Magie verweigerte, wollte er genau das hier verhindern. Mit seiner Macht in den Krieg zu ziehen und Menschen zu schaden, gar zu töten ... Auch ich würde es gern vermeiden, aber die Situation an Midlands Grenzen ist ohne meine Hilfe nicht aushaltbar. Während wir in den letzten Jahren stets mit der Front zurückwichen und kleine Teile unseres Gebiets verloren, haben unsere Nachbarländer mit dem Aufgehen der neuen Sonne neue Zuversicht erhalten. Midlands Ressourcen sind in einer lebendigen Welt noch rentabler als zuvor und Atlas hat uns deutlich spüren lassen, dass sie uns überrennen werden, wenn wir nicht handeln. Ich kann nicht länger den Berichten lauschen, wie viele Soldaten für Midland ihr Leben gaben, wie viele Dörfer der feindlichen Armee in die Hände gefallen sind und am Hungertuch nagen. Als Kaiserin habe ich eine Verantwortung für mein Volk, für diese Soldaten.

Obwohl ich Gewalt verabscheue, stehe ich deshalb hier, in der ersten Reihe der midländischen Truppen, und beobachte die Ankunft unserer Gegner.

»Ri?«, hakt Huoyan nach, da ich ihm noch immer nicht geantwortet habe.

Ich strecke die Hand nach ihm aus, die er mit einem Grinsen nimmt und drückt.

»Du schaffst das«, versichert er mir. »Ich weiß genau, wie stark du bist.«

Das stimmt, denn jede meiner Übungsstunden hat Huoyan genau mitverfolgt. Ich bin Ri, die Sonne, die zukünftige Kaiserin. Meine Magie hat diese Welt gerettet und wird heute auch Midland retten. Mit Huoyans Hilfe und der des neuen Ordens der Drachenwahrer habe ich es geschafft, meine Magie zu kontrollieren und zu der Waffe zu formen, die das Reich braucht. Und nicht nur *meine* Magie ...

»Können wir jetzt endlich angreifen?«, fragt Changye etwas gelangweilt hinter mir. Meine Schwester hat bereits eine Feuerkugel in ihrer Hand beschworen, die sie eingehend mustert. Dass die jüngeren Sternentöchter ebenfalls in die Schlacht ziehen, gefällt mir nicht, aber die kaiserliche Garde um uns herum wird sie vor Schaden bewahren. Das heißt, solange wir nicht bis auf den letzten Mann besiegt werden ...

Ich atme tief durch und konzentriere mich dann wieder auf unsere Gegner. Die Macht der atlaischen Armee scheint grenzenlos, aber ich muss daran glauben, dass meine und die meiner Schwestern größer ist. Jetzt ist nicht die Zeit für Zweifel oder Sorgen. Es ist Zeit für den Angriff.

Ein letztes Mal drücke ich Huoyans Hand und seine dunklen Augen finden meine.

»Ich liebe dich«, wispere ich und sehe ein Leuchten in seinem Blick, bevor sich unsere Finger lösen und ich triumphierend die Faust in die Luft recke. Mit der anderen Hand zaubere ich eine riesige Feuerkugel, um sie auf den Gegner zu schleudern.

»Angriff!«, schreie ich und die midländische Armee folgt mir in die Schlacht.

42 四十二

Jahrzehnte später

Darius

Es ist mitten in der Nacht, als ich plötzlich erwache. Überrascht blicke ich mich im Schlafzimmer um, das durch das endlose Licht meines Sterns hell erleuchtet ist, entdecke aber nicht den Grund für mein Aufschrecken. Durch die geöffnete Tür zum anliegenden Gästezimmer sehe ich nur Yushi, die schräg über ihrem Bett hängt und friedlich schläft.

Voller Zuneigung sehe ich sie an und muss wie immer über ihre unbequem wirkende Position lächeln. Es ist Jahrzehnte her, seit ich sie auf meinen Stern mitgenommen habe, und ich habe meine Entscheidung keinen Augenblick bereut. Natürlich gibt es Momente, in denen es mich enttäuscht, dass sie nicht Mina ist, denn meine erste Begleiterin ist und bleibt unersetzlich. Dafür habe ich eine beste Freundin gewonnen, in deren Gesellschaft ich sogar lachen kann. Dank ihr kann ich tatsächlich Glück empfinden, obwohl mich die Schwermut noch immer heimsucht.

Sie war es jedenfalls nicht, die mich geweckt hat, wie mir ihre ruhigen Atemzüge versichern. Und doch weiß ich, es gibt einen Grund für mein plötzliches Erwachen, eine Ursache, die mich daran hindert, mich umzudrehen und weiterzuschlafen.

Ein Ziehen an meinem Herzen und meiner Magie, das mich mit einem Schlag hellwach macht. Der Sog, den meine Verbindung zu Ri plötzlich ausübt, ist nicht mehr zu verdrängen.

Eine Dringlichkeit erfasst mich und ich erhebe mich, so schnell ich kann, stolpere durch das Haus auf meinem Stern. Mein Gang wird mit jedem Schritt fester, während ich zum Aussichtspunkt renne, die Sorge übermächtig. Was geschieht mit meiner Magie? Ist irgendetwas mit Mina? *Ri*, verbessere ich mich in Gedanken, aber selbst nach all den Jahren fällt es mir schwer, die beiden auseinanderzuhalten.

Der Aussichtspunkt ist nicht weit vom Haus entfernt und als ich endlich auf die Erde blicke, sinke ich geradezu in mich zusammen, so erleichtert bin ich. Wie immer hat mein Blick meine Begleiterin zielsicher gefunden und was ich sehe, gibt mir keinen Grund zur Sorge. Mina befindet sich in ihrem Bett und schläft.

Es ist seltsam, eine gealterte Mina zu sehen. *Ri*, korrigiere ich mich erneut. Obwohl sie sich mit jedem weiteren grauen Haar und jeder Falte, die sich mit den Jahren mehrten, deutlicher von Mina unterscheidet, erkenne ich meine Begleiterin in ihr. Es schmerzt noch immer, wenn ich sie ansehe. Jedes ihrer Lächeln brennt in meiner Seele, denn ich wünsche mir nach wie vor, dass sie mich so anblickte und nicht ihren Mann.

Ein Teil von mir ist jedoch froh darüber, dass sie glücklich ist. Dass sie auf der Erde so viel erlebt hat, was ich ihr in den Jahrtausenden zuvor nicht bieten konnte. Während mein Herz blutet, weiß mein Verstand, dass es die richtige Entscheidung war. Und obwohl es ein bittersüßes Vergnügen ist, Ri zu betrachten und Mina in ihr zu sehen, komme ich nach wie vor jeden Tag zum Aussichtspunkt meines Sterns und kann mich kaum von ihrem Anblick losreißen. So wie jetzt, als ich ihr Profil betrachte und mir alle Mühe gebe, die Eifersucht zu vertreiben, die sich wie immer regt, wenn ich Huoyan neben ihr entdecke.

Ich frage mich, ob ihr bewusst ist, wie oft ich sie beobachte. Natürlich ist ihr Schlafzimmer für mich normalerweise tabu und auch sonst versuche ich mich zurückzuhalten, aber ich sehe doch viel zu häufig nach ihr. Manchmal spricht sie mit mir, als wüsste sie es oder als glaubte sie, dass ich sie über unsere Verbindung höre, die nach all der Zeit nicht schwächer geworden ist. Ich habe jeden Meilenstein ihres Lebens mitverfolgt. Ihre Hochzeit mit dem midländischen Prinzen, der sie zu seiner Kaiserin krönte. Die Geburt ihres Sohnes, des neuen Kronprinzen. Jeden Tag ihres Lebens, auch als sich langsam Lachfältchen in ihr Gesicht und Grau in ihr Haar schlichen. Die Krönung des Jungen, bei der Ri ihre Aufgabe und einen Teil ihrer Magie mithilfe der Drachenwahrer an seine Frau, ihre Nachfolgerin und ebenfalls eine Sternentochter, weitergab.

Ich habe erwägt ihr bei dieser Zeremonie meine Magie zu entziehen. Sie braucht sie nicht mehr, denn nun ist es eine andere, die über das Licht der Sonne wacht. Mingyue hat mir sogar vorgeschlagen dies zu tun, wie es sicher viele Sterne nach mir handhaben werden, um die eigene Kraft zu erhalten, denn die Verbindung zu Ri kostet mich jeden Moment ein bisschen von meiner Stärke.

Aber ich konnte nicht. Ihr die Magie zu entziehen, würde bedeuten mich ihr wieder zu verschließen. Etwas, das ich mir gleichzeitig wünsche und doch nicht kann, denn noch immer ist meine Liebe für Mina grenzenlos.

»Wie geht es ihr?«, unterbricht Yushi meine Gedanken. Meine Begleiterin ist durch meinen hastigen Aufbruch scheinbar aufgewacht und mir gefolgt. Sie lächelt mich schläfrig an, als sie den Aussichtspunkt betritt, was ich erwidere. Ich weiß nicht, wie ich die Jahre ohne sie überstanden habe. Meine beste Freundin half mir den Schmerz über Minas Verlust durchzustehen und ins Leben zurückzufinden. Auch bei ihr konnte ich mit der Zeit Veränderungen feststellen, die fast ebenso drastisch wirkten wie die äußerlichen bei Ri, obwohl sie bei Yushi innerer Natur waren. Sie wurde gelassener, die Wunden in ihrer Seele heilten. Inzwischen wäre sie längst wieder bereit sich den anderen Menschen und auch Sternen zu stellen, um wahres Glück zu finden. Ich will ihr die Möglichkeit geben, mit einem anderen Stern das zu finden, was ich mit Mina hatte, aber noch weiß ich nicht, wie ich das Thema ansprechen soll. Wie ich auch sie loslassen soll.

»Ich dachte, wir beobachten sie nicht im Schlaf oder beim Kuscheln mit Huoyan«, bemerkt Yushi, die ihren Blick zu Ri gewendet hat und nun mich fragend ansieht. Ich zucke mit den Achseln.

»Ich habe etwas über die Verbindung gespürt und wollte nachsehen«, erkläre ich. Mit einem letzten Blick auf Ri will ich mich abwenden, als ich etwas entdecke, das mir das Blut in den Adern gefrieren lässt: Ris Brust hebt und senkt sich kaum noch.

Verwirrt ziehe ich die Augenbrauen zusammen und schaue genauer hin. Ihr Atem wird zunehmend flacher, während das Ziehen an unserer Verbindung an Kraft zunimmt.

Ich greife mir entsetzt an die Brust. Natürlich habe ich die Zeichen erkannt, wusste, was die Zukunft für sie bereithält. Mit jedem Jahr, das verstrich, sah man Ri ihr Alter mehr an. Es geschah schleichend, wie bei einem normalen Menschen, aber natürlich konnte es nur eines bedeuten: dass Ri eines Tages sterben würde.

Mir entfährt ein entsetzter Schluchzer, als ich begreife, dass dieser Tag heute ist. Dass dieser Sog an meiner Magie nicht davon herrührt, dass sie Feuerbälle schleudert oder Gegenstände in Brand setzt, sondern dass sich auf ihrer Seite unserer Verbindung ein bodenloses Loch auftut. Und während meine Magie verzweifelt versucht sie zu heilen, ist sie dabei, diese Welt zu verlassen. Im Schlaf in den Tod zu gleiten … Ein schönes Ende und doch entsetzlich.

»O nein«, murmelt Yushi erschrocken neben mir, als auch sie offenbar begreift. Ich will das Gesicht in meinen Händen verbergen, nicht mit ansehen müssen, wie der geliebte Mensch vor mir schwindet, aber ich kann den Blick nicht abwenden. Ich kann nicht anders, als zu beobachten, wie das Leben mit jedem Moment weiter aus ihrem Körper weicht.

Tränen rinnen mir die Wangen hinab. Obwohl ich wusste, dass

dieser Tag kommen würde, bin ich viel zu wenig darauf vorbereitet. Ich bin nicht bereit sie gehen zu lassen. Kann mich nicht damit abfinden, dass diese Welt und ich ohne sie überdauern sollen.

»Nein«, murmle ich mit erstickter Stimme, »nein, nein, nein!«

»Darius …«, meint Yushi und will mir besorgt die Hand auf die Schulter legen, aber ich springe auf und gehe von ihr weg. Noch klammert sich ein Teil von Ri an das Leben, aber es wird nicht mehr lange währen. Sie wird mit jedem Augenblick schwächer und ich fühle, wie ihr nahender Tod über die Verbindung auch an meiner Lebenskraft zehrt. Nichts kann sie noch retten, nicht einmal die Magie meines Sterns, mit der ich sie bereits so oft geheilt habe.

Es fühlt sich an, als würde die Macht meines Sterns in ein schwarzes Loch gezogen, während ihr Leben erlischt. Das Licht um Yushi und mich herum wird schwächer, während ich erneut zu Boden sinke.

»Darius, du musst die Verbindung schließen!«, ruft Yushi panisch. Der Boden unter meiner Freundin und mir beginnt zu beben und auf einmal bin ich so müde. Ri stirbt, unsere Verbindung zerfällt. Mina, meine Mina. Ich habe sie schon vor Jahrzehnten verloren und nun geschieht es ein zweites Mal.

»Darius!«

Yushi verpasst mir eine Ohrfeige und weicht dann zurück, als ich sie ansehe. Ich frage mich, was sie in meinem Blick erkennt. All die Jahre habe ich versucht die Trennung von Mina zu überstehen, aber nun fühle ich den Schmerz, als wäre er noch ganz frisch. Nur der Gedanke, dass ich trotz allem eine Verantwortung für Yushi habe, hält mich davon ab, mich ihm ganz hinzugeben.

Mühsam richte ich mich auf.

»Ich bringe dich zurück zu Mingyue«, verkünde ich leise und nun werden auch ihre Augen feucht.

»Darius, du kannst doch nicht …«, setzt sie an, aber ich schüttele den Kopf. Ohne Ri, ohne Mina, bleibt mir nichts mehr. Ich bin nicht wie die anderen Sterne, die ihre Begleiterinnen einfach loslassen und weitermachen konnten. Die andere Menschen gefunden haben, mit denen sie so glücklich sind wie zuvor, wenn nicht sogar glücklicher. Ich weiß, ich sollte stark bleiben, weitermachen, aber ohne Mina … Ich habe Jahrtausende gelebt und die Ewigkeit genossen. Vielleicht ist nun die Zeit loszulassen.

Ich fühle mich so allein wie nie zuvor. Habe kaum die Kraft, Yushi am Arm zu packen, aber ich weiß, ich muss sie von hier fortbringen, bevor sie mit mir und meinem Stern verglüht. Ich hoffe, ich habe genug Zeit, um sie zu retten.

»Ich nehme sie«, verkündet plötzlich eine Stimme und ich entdecke Mingyue, der hinter Yushi gelandet ist. Die Augen des Drachen sind voller Trauer, aber im Gegensatz zu Yushi versucht er nicht mich davon zu überzeugen, das Leben festzuhalten, das mit jeder Sekunde weiter aus mir fließt. Er nickt meiner Begleiterin zu und zögerlich klettert sie auf seinen Rücken.

»Mögen die Sterne dir den Weg weisen«, verabschiedet sich der Drache von mir, bevor er sich in die Luft schwingt. Keinen Augenblick zu früh, denn das Beben auf meinem Stern wird stärker. Ich beobachte, wie die beiden sich entfernen und schließe dann die Augen. Der Tod zieht immer stärker an der Verbindung, über die ich einst Ri spürte, aber anstatt mich zu wehren, heiße ich ihn willkommen. Ich habe mehr Leben gelebt, als ein Mensch es sich vorstellen könnte, doch nun ist der Zeitpunkt, damit abzuschließen und herauszufinden, was danach kommt. Das Ende naht, aber ich sehe ihm freudig entgegen, statt es zu fürchten. Vielleicht werde ich sie im nächsten Leben wiederfinden …

»Die Ewigkeit mit dir zu teilen, war die beste Entscheidung, die ich je getroffen habe«, murmle ich, als Ris Lebenslicht endgültig erlischt und mit ihm auch meines.

Hinter geschlossenen Augen sehe ich rotes Haar und graue

Augen. Sehe ein Lächeln, das nur einer Frau gehören kann, obwohl eine andere gerade eben noch ihr Gesicht trug.

»Lass uns für immer zusammen sein«, erwidert sie endlich wieder die Worte, auf die ich so lange gewartet habe.

ENDE

MAGISCHE WELTEN
VOLLER LIEBE, KAMPF UND INTRIGEN

Asuka Lionera
STONEHEART 1: GERAUBTE FLAMME
ISBN 978-3-551-30269-4
Softcover
Auch als E-Book erhältlich

Ezlain lebt in einer Welt, in der Männer das Sagen haben. Doch das hält sie nicht davon ab, gegen alle Regeln aufzubegehren. Als Männer getarnt fliehen sie und ihre Sklavin vor den Zwängen ihrer alten Heimat. Doch das Meer trennt die beiden und trägt Ezlain zu einem Fremden, der so rätselhaft ist, wie sie sich ihr ganzes Leben lang gefühlt hat …

Christina M. Fischer
DIE WÜSTEN-SERIE 1: WÜSTENRUF
ISBN 978-3-551-30198-7
Softcover
Auch als E-Book erhältlich

Die junge Adelstochter Dayana ist entsetzt, als sie einen Mann heiraten soll, der für seine Grausamkeit bekannt ist. In tiefster Nacht flieht sie von der heimatlichen Burg und lässt all das hinter sich, was sie kennt und liebt. Doch Dayana bleibt nicht lange unentdeckt. Sie begegnet einem Fremden, der dem Ruf der Wüste folgt, ausgelöst von einem Fluch, der vor langer Zeit über ihn gelegt wurde.

Jenna Liermann
AILEARA 1: ELFENDUNKEL
ISBN 978-3-551-30191-8
Softcover
Auch als E-Book erhältlich

Die Halbelfe Aileara verachtet die Menschen, da sie der Magie nicht mächtig sind, doch auch bei den Elfen hat sie als Halbblut keine Heimat. Angetrieben von einem mysteriösen Schicksalsspruch über sie selbst, lässt sie sich auf den undurchschaubaren Nieven ein. Er scheint nicht nur Antworten auf Aileras Fragen zu haben, sondern übt auch eine unerklärliche Anziehungkraft auf sie aus.

WWW.IMPRESSBOOKS.DE

Impress
Die Macht der Gefühle

Unser Versprechen für mehr Nachhaltigkeit
- Klimaneutrales Produkt
- FSC®-zertifiziertes Papier
- Hergestellt in Europa

Impress
Ein Imprint der CARLSEN Verlag GmbH
April 2021

Lektorat: Diana Steigerwald
Umschlagbild: shutterstock.com / © Olga Ekaterincheva / © Ilyasadovski/
© Mark D Doherty / © Scruptha / © Bildagentur Zoonar GmbH /
© dısk / © seksan wangkeeree / © LeQuangNhut
Umschlaggestaltung: formlabor, Vivien Summer
Satz und Umsetzung: readbox publishing, Dortmund
ISBN 978-3-551-30365-3
www.impressbooks.de